小镇风情

坨乡遗恨［上］

民俗风情的长卷，
在浪漫温馨的民歌音乐中徐徐展开，
它诉说着小镇乡民的
苦与乐，情与爱……

宋振邦／著

当代世界出版社

图书在版编目（CIP）数据

小镇风情：坨乡遗恨．上／宋振邦著．-- 北京：当代世界出版社，2018.1

ISBN 978-7-5090-1302-1

Ⅰ．①小… Ⅱ．①宋… Ⅲ．①长篇小说－中国－当代 Ⅳ．① I247.5

中国版本图书馆 CIP 数据核字（2017）第 301930 号

书　　名：	小镇风情：坨乡遗恨．上
出版发行：	当代世界出版社
地　　址：	北京市复兴路 4 号（100860）
网　　址：	http：∕∕www.worldpress.com.cn
编务电话：	（010）83908456
发行电话：	（010）83908409
	（010）83908377
	（010）83908455
	（010）83908423（邮购）
	（010）83908410（传真）
经　　销：	全国新华书店
印　　刷：	北京盛彩捷印刷有限公司
开　　本：	710 毫米 ×1000 毫米 1/16
印　　张：	14.75
字　　数：	237 千字
版　　次：	2018 年 6 月第 1 版
印　　次：	2018 年 6 月第 1 次
书　　号：	ISBN 978-7-5090-1302-1
定　　价：	30.00 元

如发现印装质量问题，请与承印厂联系调换。
版权所有，翻印必究；未经许可，不得转载。

前言

当我在城里读中学和大学的时候，暑假回家。夏日的黄昏，我总爱在村西的茅道和西山的斜坡上行走。有时和瓜田的长者聊天，有时独自一人，坐在壕岗上，望宿鸟归林和夕阳下的残堡。

"我要给我的祖辈们立传。"这个想法痛苦地折磨着我。我要写家乡的农夫、渔夫、樵夫和士人；我要写爷爷和叔伯们；写那些木匠、铁匠、油匠、皮匠；写裁缝、堂倌和巡警；写杀猪的、剃头的、捏泥人的、跑会的；写推车担担的、引车卖浆的、编筐织篓的、旋木锔锅的；写我所钟爱的流浪艺人；写响马和侠客；写大庙、小庙和教堂；写高僧和传教士；写园林、瓜田和私塾；写大车店、茶馆、饭馆、大烟馆；写带剑闯进我们家园的日军，写他们因剑丧生。

我要给抗日勇士写世家，给穷苦农民写列传。如果我能够，我要写进我的苦痛与悲哀，写进我的怀念与沉思。

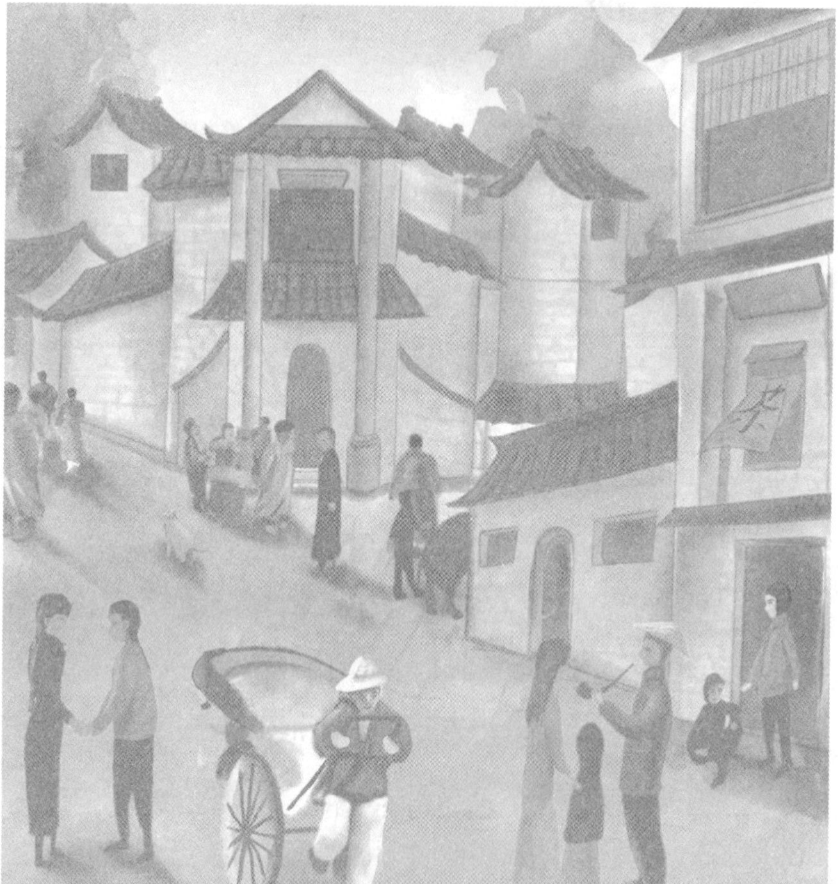

目录 [上]

1	小镇坨乡	/	001
2	茶馆卢婶	/	008
3	浪子柳三	/	016
4	月夜情歌	/	020
5	大有车店	/	024
6	驴贩老秦	/	028
7	桃园惊梦	/	034
8	绣女恋情	/	038
9	木匠悲歌	/	043
10	战乱情殇	/	049
11	游民侯五	/	055
12	难民老妪	/	062
13	燕子归来	/	066
14	瓜棚架下	/	070
15	采风小镇	/	072
16	乐师徐伯	/	076
17	寡妇菜花	/	078
18	早年恩怨	/	082
19	磨坊情缘	/	087
20	红颜知己	/	092
21	民俗拉套	/	096
22	老道高五	/	099
23	传经入俗	/	103
24	裁缝闫叔	/	106
25	嫂弟情深	/	108
26	嫂娘柳叶	/	111
27	埙音悠悠	/	114

28	流浪艺人	/	118
29	卢婶认子	/	121
30	玉镯情深	/	124
31	铁担丁盛	/	130
32	英雄救美	/	135
33	月娥游春	/	139
34	情萌桃园	/	143
35	修女怨恨	/	147
36	巧饰泥壶	/	151
37	鸦片烟馆	/	153
38	汉奸林三	/	157
39	水石鉴画	/	160
40	了因东渡	/	163
41	博弈悬念	/	166
42	光棍德宽	/	169
43	脚夫德厚	/	172
44	活佛二秃	/	177
45	馃匠杨二	/	181
46	面点精工	/	185
47	警长肖三	/	188
48	坨乡二奸	/	191
49	英子姑姑	/	194
50	铁匠大爷	/	199
51	容氏夫人	/	204
52	才子肖六	/	208
53	神秘过客	/	211
54	衙役肖五	/	215
55	瞎子何三	/	222

1 小镇坨乡

坨村

在沈阳市的西南，辽河与浑河之间有一个村子叫"茨榆坨"。在比较正规的地图上，有时也印作"茨于坨"，赶集的乡民更简称为"茨坨"，可见它是一个无名的小镇。既然无名，写起来也就随便。而"茨榆"者，却有其地貌的含义，茨榆坨——长满刺榆的荒岗，这是天然形成的。然而上个世纪初，就在这天然的岗丘之上却有一个人工的大土台。在坨村之北，村人叫它北高台。村南有一道边墙直通"南三台"。它与北高台相距十余里，这中间的边墙上还有一个残堡。小时候我们常到那里去玩。边墙的顶宽足以走一辆花轱辘大车，高约两丈。我们光腿在上面跑，两边庄稼地里的高粱穗就在脚下。

说到这儿，如果某一位考古学家，站在北高台上放眼北望，当他看到"偏"堡子——四方"台"——小"边"——北三"台"——彰"驿"站——潘建"台"……这一连串的地名、地貌和地理的遗迹时，难道不会在他那职业的敏感的心里引起一阵震颤吗？的确，这是一串烽火边城。

我们翻开《中国大百科全书·中国历史》Ⅱ卷，查到"明长城"的条目，便会看到那段说明和一幅略图。说明中写道："明长城是明王朝利用北魏、北齐、秦、隋长城旧筑，先后加修多次的北部地区的军事防御工程，明时称边墙。它是中国历史上规模最大的长城。……西起嘉峪关，东达鸭绿江，……全长一万二千七百多里。"条目中还介绍了长城的全部管理：防守分为九镇，鸭绿江至山海关一段全长一千二百里为辽东镇，总兵驻地辽阳（后迁北镇）。我们察看这段长城的地图，便会发现其中辽阳以西有一小段在辽河的东侧，恰与南北走向的河道平行。我们有理由认为这一段"边墙"刚好经过上文提到的那一串地名。也就是说，把这一串地名自北至南串连起来便是那一段长城的旧址。

首先，我们铺开地图。从坐标位置来看，这串地名非常符合明长城略图中那段边墙的走向。而且这条线与那段长城的位置一样，在辽河东侧。显然，这段长城是为了防范河西的女真族的。其次，让我们实地考察一下，那段边墙有无可能在这串地名连线的以西或以东。先看西侧，那儿有一条小河——"蒲河"，在它的流域散布着一些河水泛滥和内涝留下的水洼、泡子与湿地，这地方根本不适于构筑土城；再看这条线以东，那里也有一条河——浑河（沈水），再向东便接近辽阳城下。从战略上来说，那也不宜筑边。唯有潘建台——茨榆坨、南三台这条线与辽阳的距离十分恰当，既有一定的回旋空间，又不太远，跑马要不了两个时辰。而且如这一线失利，还有浑河屏障。最后，也是最重要的理由，这一线确实残存着"边墙"和土台，还有以这些遗迹命名的地名。这些足以说明它们正是明长城的遗址。明朝管从山海关到鸭绿江的这一千二百里未包砖的边墙叫"界壕"，以区别山海关、八达岭那样砖结构的长城。

从上述事实和分析，以及二十世纪四十年代还残存的烽火高台和历经五百余年未被磨灭的古长城遗址中不难看出：茨榆坨并不是可以让人随便写成别字的无名小村，它曾经是一座边关重镇，并且有一个赫赫威名——"长胜堡"。我上小学的第一天，便唱过那支"校歌"：

坨村本巨镇长胜古堡名，
吾校巍然此区中。
历经诸乡亲惨淡以经营，
而今规模备组织已完整。
教重智、德、体，
莫固步自封，
校训标明二字"诚"与"恒"。
吾等同学齐努力，
迈进无止峰。
将来学品大有成，
母校之光荣！

从这歌的词义和那维新的格调来看，当创于清末。这也许是它能在伪满洲国还得以传唱的原因。歌的曲调属于进行曲,铿锵有力,朗朗上口。我记得,我和小伙伴们每唱起这支歌,特别是到它的结尾,便尖起嗓子,奋力嘶叫:"将来学品大有成,母校之——光荣!"这时,那教音乐的纤弱的女老师便皱起眉头。虽然脚踏风琴回响着昂扬的旋律,但她心里似乎正由于相反的预感,体验着一种无奈的悲悯。

如今,能够记得这校歌的词句、吟咏它的曲调的人,怕已寥寥无几。因为我们只唱到二年级,光复后便停止了。

坨村不但是历史上的重镇,而且风景优美。在它的南边三里许,有一片花木繁茂的果树园。那是许多家的:有财主的,也有自耕农的。面积有二三平方里,村人叫它南大园或南岗。每逢春季桃杏花开的时候,老师便带着学生去那儿郊游。孩子们在树下嬉戏,老师们便打开提盒,吃点心,谈笑,唱那个年代的电影歌曲。村的西边有一个荒岗,村人叫它西岗,南面小半是沙丘,北面大半覆盖着植被,林木葱郁。再往西,五里许是一片湿地,蒲河蜿蜒迂回从连绵的泡子和洼地中流过。蒲草中栖栖着野鸭和水鸟……中学和大学的暑假,我回到故乡。黄昏时分,我爱在村西的茅道上行走,或到瓜田与长者闲谈,或坐在壕坡上看宿鸟归林和夕阳下的残堡……几十年的岁月过去了,这些儿时的记忆一直围绕着我……

坨村,我可爱的家乡,多少故事沉入你苍苍的落照……

集市

二十世纪三十年代,茨榆坨镇的集市中心有一个十字小街。这十字路口的西北一角有两间房,那便是爷爷的肉店——"润记肉铺"。小街路边的房子都是做生意的,有杂货店、裁缝铺、饭馆、理发店——农民称之为剃头房。每逢集日,也就是农历的单日,各种各样的铺面,都在门前摆上"床子"——把木板架在凳子上,摊开自家的货物。这中心小街的外圈,还分布有许多商店:粮油、棉布、农具、酒、糕点、百货、文具,一应俱全。外圈和中心之间有一些空场,不太规则。东北两面连成一片,这就是市场了。这街中心的集市有八条路辐射全村。这广场北面偏东的地方,有一片高地,镇上的人叫它庙台岗。大庙和学校就建在这里,它们连在一起。庙的前殿和后殿之间的庭院,也是学生们游戏的地方,在后殿的北面还有一个大操场。我六岁的时候还没上学，却常去里面爬树玩。

　　学校的大门朝西，面向骡马市场。往西的那条街通到我家，只隔三个大门口。从家去爷爷的肉铺，必经过这里。遇到集日，我便到这个市场里转，看大牲口和大人，各种各样的：老驴瘦骨嶙峋，疲惫地低着头，脊上留下拉磨的印子；小马东张西望，不停地摇着脖子撒欢。我爱摸它油光水滑的毛皮。那些剃光头的、戴草帽的、露出泥腿的农民，挽着裤管的牲口贩子，嘴里嚼着盐豆子，嘻嘻哈哈地笑。有时两人把手缩到袖子里去，接起来，互相数手指头；或者捏着骡子的鼻子，迫使可怜的畜牲张开大嘴，用鞭杆子数它的牙。我仰着头望来望去，常常会碰巧遇到熟人——常有这样的事。爷爷带我买猪，走村串屯，认得一些大人——有一次就这样，南岗老孙头和驴贩子秦伯说话。孙爷爷让他挑一头老驴，便宜一点的，能拉磨就行。伯伯爽快答应了。

　　"大叔，你是该养头驴了。园子里有些杂活儿不说，就是你从南岗到集上来这四五里路，也要有个代步的。腿脚不行了。"他拍了拍孙爷爷。

　　爷爷拍着我的头，对他说："这是肉铺小子！"我嘻嘻笑。秦伯说："认得。"他便抱起我，放到马背上——这当然是我希望的。我高兴地摸了摸他的连毛胡子。他还牵着缰绳在市场里转了一圈。我一面和孙爷爷聊天，一面做出老练的样子，用双脚扣着马肚，身体向后仰去，高声吆喝。老人回头，乐了，现出他残缺的牙齿和慈爱的笑容，"长润（我祖父的名字）这孙子，真鬼。"——他是我爷爷的老交情。

　　大庙的门朝南（总是这样），前面是一大片广场。那是卖布料、家具和席篓的市场。隔三差五，或者庙会、农历节日，还经常有一些说书的、耍猴的、拉洋片的，在这里圈一块场地，敲起锣鼓，娱悦赶集的农民。这也是我最爱转的地方。

　　胶皮轱辘大车从城里拉来的旧衣物，最吸引贫苦的农民。这一个特殊的行当称为卖故衣。而卖故衣的人有点像流浪艺人。那些乡下妇女，老太太，大姑娘，腋下夹着孩子的农妇，都弯着腰，一面挑拣自己能用的东西，一面和贩子激烈地争论，讨价还价。即使那些不买什么的庄稼汉，也围在那里，拄着锄把，一面欣赏忙忙碌碌的女人，一面听那"艺术家"的演唱：

红的新鲜，绿的翠，
扯幅帐子，做床被。
窦尔敦，帐里醉，
怀中搂着十三妹。
王三姐，寒窑睡，
单等丈夫薛平贵。
——卖了嘿……

汉子们便嘻嘻地笑。卖故衣的又抖起一块绉绉巴巴的绸衫——

怎那么艳，怎那么新，
八姐穿它去游春。
她骑在那火车头上拉着一匹马，
眼望南唐笑嘻嘻地泪纷纷。

衔着烟袋的老头乐了，露出残缺乌黑的牙。

他左半脸哭来右半脸笑，
哭了一声小白脸的丈夫程咬金。

"哟——"二狗娘听过《瓦岗寨》，她叫了一声。她捡着破布，小五睡在她的臂弯里。受到女人的赏识，贩子越发来了兴致——

她心中恼恨黄天霸，
不该杀死潘巧云。
——卖了嘿……

当二狗妈王大娘正为一块花布头留恋不已时，贩子说："拿去吧，大嫂，那汉子替你付了钱。""谁呀？"王大娘一边问身边的艾五，一边望着汉子强壮的背影。"还有谁能这么仗义，驴贩子老秦呀！"艾五嬉笑说，"八成是看那小五怪可怜的,难怪你敞开怀让他吃奶,谁不想酌两口啊。"

话音未落,他肩膀上便挨了一拳。

这时木匠胡四来给故衣贩子修车厢板子,王大娘挤了过去。

"他叔,啥时有空,把我家的扇车子收拾一下?"

木匠哼了一声,头也没抬,末了说:"你的活儿闲下来,叫二狗唤我一声就是了。"

拉洋片的人总爱打扮得稀奇古怪:穿一件皱皱巴巴的洋服,戴一顶破礼帽。肮脏的花衬衫卷曲在他的脖子上,那脖子像褪了毛的鸡。他站在板凳上,嘶声呐喊。一只手挥着一根细棍,指点封面上的街景;另一只手牵一根绳,串连着一组打击乐器。随着有节奏的抖动,锣、鼓、镲便一齐发出"咚咚嚓"的声音。每当他的解说念上两遍之后,便去拉箱子边上那十几条细绳中的一条——洋片翻页了。这只有坐在凳子上的三人才能看到,封面还是不变的。

孩子们喜欢拉洋片的。如果我口袋里积下几个铜板,便会急不可奈地跑去,蹲到那个条凳上(坐着不够高),撅着屁股,用双手捂着镜头,饶有兴趣地看那"西洋景"。说是西洋景,不过是城市的画片。老板还高声念着歌,"往里瞧,往里观,哈尔滨十八趟大街你来看看。"

那些掏不出几个铜板的孩子和没见过世面的农民,也总爱围在他的旁边,望着他那飘洒的洋服、歪斜的礼帽,听他滔滔地宣讲。乡下人在欣赏他的风采的同时,也激起了对繁华城市的想往……孩提时代的我就是其中一个。

唱鼓词的奶奶,给我留下了很深的印象。她有四十多岁,清清朗朗的面孔,鬓上别一枚玉簪。一件深蓝色的长衫,随着她手中的鼓点,随着他男人的弦声,飘飘摆摆。她使我们这些乡下人领略了说唱文学的优雅。

虽然我那时还小,却能听懂她的《白蛇传》。因为它是大众化的,特别是用一个母亲的口吻来演唱的:

……

雄黄酒儿毒,

雄黄酒儿毒,

为娘我，现玉身，
吓死你的生身父
……

接着是那男人的一阵繁弦促节，凄婉哀绝，催人泪下——

盗灵芝多亏了
你那青衣小姑。
唉—唉—唉—

这种情绪和语气，乡下人很熟悉。在妈妈摇孩子睡觉的时候，农村妇女不会什么摇篮曲，只拣些辛苦的往事来吟唱——就是这个样子。

侯五叔爱听她的演唱，好多段子都能记下来。

后来好几年也没见这对艺人，有人说她唱《岳飞传》叫日本人抓去了，也有人说夫妻俩进了关……

2 茶馆卢婶

茶馆

　　爷爷的肉铺的路南对面是个饭馆——"独一处",何家开的。它是这个镇上唯一的二层楼,因此得了个浑号——何二楼。路东的对面是老胡头,六十多岁,孤身一人,卖干菜度日。他的北面是李家的杂货铺,再北是鲁家的饭馆。卢婶的茶馆就在鲁家的隔壁,三间筒子房,门朝西,一明两暗:外屋一间摆几张桌子,招待客人;布帘里面是烧水房和内室。

　　茶馆在小镇是人文荟萃的地方。

　　茨坨有什么特产?那就是"小曲"——小镇的儒者,水石先生这样说。

　　提起水石先生,在坨村可谓妇孺皆知。譬如说吧,我姑姑要绣花请他画个样儿;福盛兴的冯掌柜喜得贵子,请他起个名;警长的岳父死了,求他写个挽联;或者剃头房的徐伯为了让那些庄家汉在刮面的时候不为市声所扰左顾右盼,能正襟端坐,专心地从镜子里看对面的墙,也请先生画了一幅裙带飘扬的《仕女图》,挂在那里。那时候虽然没有泳装模特儿,明星的剧照还是有的,但徐伯不喜欢这些东西。也许,他怕他的客人看了这些花枝招展的美人过于激动,影响他的操作,给顾客刮脸时候手里是拿着刀的……

　　水石先生过闲散的日子,全靠祖业的积蓄。但在我出生之前,他差不多已把家产荡尽了。我这里用个"荡"字似乎有些不妥,因为他实在无任何不良嗜好,不过喝一点小酒……当然后来他教富家子弟(如肖六)读书或写春联卖字画也有一点微薄的收入。

　　唱小曲,在坨村要数三个人:柳三、侯五和我三叔了。柳三是海城人,海城——营口那可是二人转南派的老窝。他擅长大段的叙事情歌,为妇女们所喜爱。侯五惯唱小令,俚俗小调,还有那诙谐的即兴的表演。这小伙子可是个机灵鬼。至于三叔，他习惯作配角，更注重文字的整理。在坨村唱小曲有几个地方：夏天在卢婶的茶馆门前，小镇和外地的生意人、村里的长者、工匠和庄家汉，有的喝茶，有的站在两厢，听歌手和乐师们的演奏，享受一天劳累之后的清闲。秋天有时在肖家的场院，长工们打完场，在井水边冲一冲，吃罢饭便聚在场院里吹喇叭唱小曲，那些拔草丫头也嬉嬉闹闹挤在草垛边……"一更里，月牙儿挂树梢"，那当然是谈情说爱最佳的场合。到了冬天多半在徐伯的剃头房，文化圈里的人，大家围坐于火炉旁，喝着酒或茶，浅吟低唱，更带有切磋研究的性质，时而也讲些艺坛掌故。那时候，徐小楼等沈阳城南四将正红极一时……

茶馆门前，摆好了两张桌子，那是专门给长者和有身份的人预备的。爷爷有时也在这里坐坐，但他对小曲没多少兴趣，他的心总是沉甸甸的。他在这里坐一会儿，抽一袋烟，与别人说笑一阵，无非是享受一下在下层人中受到的尊重，维系心里的平衡。

听曲子，我总是每场必到。那年我五岁，有时和三叔一起，有时卢婶抱着我坐在凳子上。三叔，高小毕业，有文化，还有演唱的天才，有时还客串几段。演出开始了，一般是唱几个小段，有时是侯叔，有时是柳叔，三叔也时常开个头。大有店的马夫孙二也惯唱小曲，但有点腼腆，人一多不爱出场。如果要演奏，那就是徐伯、胡四和高老道了。

徐伯——徐国风，是位理发师。祖上也是书香门第，没落了。但他肩不能担担，手不能提篮，无奈选个理发的行当，落得个自在。他深通音律，家藏许多"工尺谱"。眼前的管弦，无所不通。徐伯谦和儒雅，常穿一件白大褂，飘飘然，人如其名……

胡四是个细木工，早年当兵，受伤回家。他性情忧郁，喜爱音乐，擅长箫管。夏夜里，他的箫声从村西的瓜棚里传来，别有一番感伤清幽的韵味。

高老道和他的同伙（多是姓高的）并不是真正的教徒。不错，道徒的衣冠是有的，但那只能叫"行头"。因为他们真正的身份是乐队。如果哪个财主办丧事，邀了他们，他们便穿上道装，吹起笙管，敲着"铛铛磁儿"（巴掌大的小锣，挂在手持的架子上），做一番道场，拿几个钱。之后，他们各自回到妻儿身边，和常人一样，享受他们的天伦之乐。不错，北街确有一个高台庙，但无人称它道观，平时也少有香火，不过是他们办公的地方。

演唱开始了,柳叔起头:

> 柳叶尖又尖,
> 桃叶红了半边。
> 诸君落座,
> 细听我来言。
> 言的是……

柳叔嗓音清脆而柔润,用的是古诗传统"兴"的唱法:

> 言的是,
> 东庄有个王员外,
> 一辈子无有儿,
> 生了个女婵娟
> ……

唱词讲的是婵娟女的风流故事,这里不说了。

在柳叔之前,听三叔和侯五叔唱过另一曲,是这样:

> 姓宋名老三,
> 两口子卖大烟。
> 一辈子无有儿,
> 生了个女婵娟。
> 这姑娘年长一十八岁,呀,
> 起了个乳名,
> 叫荷花女翠莲。
>
> 一更鼓儿发,
> 翠莲没在家。
> ……

随后的情节大致相同。艺人即兴加工把荷花女的风流故事从地主的宅院搬到一个浪荡人家，更可自由着笔……

故事唱着，年轻人耐不住了：
"我说，浪子（柳叔的绰号），来点荤的。"大有店的长工，叫艾五，十六七岁。别人也跟着附合："来个'十八摸'。"
柳叔迟疑地笑着，唱了一段小曲：

一不要你慌来，
二不要你忙，
三不要你穿错了
奴家的小衣裳。（小，言其贴身）
奴家的衣裳
带一个兜兜链呀；
情郎哥哥的衣裳
绣的是绿鸳鸯。

许多年过去了，我一直记得，且能吟咏这只小令。它一点也不春，相反，它俏皮而优雅。
可是，那些梦里都想着大鱼大肉的汉子们并不满足，他们叫侯叔来个荤的。侯叔也正在兴头上，嗓子一提，唱起了"闹五更"：

一更一点一更鼓儿梆，
情郎哥哥来到奴的绣房。
妈妈也是问：
妞儿妞儿，什么东西响？
妈妈你要问，什么东西响，
馋嘴的花猫蹬翻了柳条筐啊，
睡觉吧，娘啊……

"这馋嘴猫儿真是到处都有啊！"一片笑声。

三更三点三更鼓儿梆，
情郎哥哥爬到奴的身上。
妈妈也是问：
妞儿妞儿，什么东西响？
妈妈你要问，什么东西响，
……

"是烧开的壶水咕嘟盖响吧？"艾五痒痒了，大家哈哈大笑。他还想说什么，肩上已重重地挨了一棍。见卢婶生气了，艾五连连讨饶。同时他又把话锋转到了借着灯光剪裁铁皮的丁茂身上：

"喂，丁老大，你别只管闷头干活儿，学学这小曲。半夜睡不着，唱上几句，说不定会有哪个拔草妞儿，钻进来……"

铁皮匠全不理会，他正一正滑下去的近视镜，低声地和蹲在他身边的裁缝闫叔切磋技艺。

这时三叔说："小柳，唱'蓝桥'。"

水石先生有一次在剃头房讲起小曲的来历说：小曲也称俗曲，明清时代由于民间艺人的传播盛行于城镇。究其渊源，可追溯至隋唐五代，如《闹五更》就源于南朝时已流传的《五更传》（见宋郭茂倩的《乐府诗集》）。我在辽宁省实验中学读高中。学校的图书馆里有丰富的藏书，我因喜爱家乡的小曲便胡乱去翻阅。我找到了冯梦龙的采风之作《山歌》，爱不释手。作者赞赏民歌的自然真情，认为俗曲的美学价值正在于：借男女私情揭名教伪药——实乃真知灼见。

卢婶

那时，茶馆用的烧水工具，不是锅炉，也不是那种大茶炊，而是一组小壶，全是洋铁片做的。小壶的形状也很特别：它的主体是一个圆筒，直径有10公分，高约35公分。在铁皮筒中间偏上的地方，有一圈"短裙"。再上，是嵌入筒体的锥形壶嘴，它略高于壶盖，使水不会溢出。筒的上口有一个壶盖，筒的"把手"被弯成一个大圆弧，一边焊在壶顶。壶嘴的上方，另一边挨着"裙"，半径有十余公分。铁皮壶就是这个样子。至于炉体，很简单，不过是架在灶上的一块铁板，中间整整齐齐挖了两排洞。卢婶的炉子有十二个洞，洞口的大小正好放进水壶。现在，读者诸君应该知道那"短裙"的作用了吧？是的，它正好卡在炉板上。而且它的位置，使得水壶受火的面积相当大，可是那"围裙"似乎再不能上移了，因为壶嘴与壶体的接口，必须很低，才方便倒水。试看，不烧水的磁壶不是如此吗？

为了受火面积大，"短裙"应当尽量放高；为了倒水放便，它又应该放得低些。可见，把"围裙"设计在中间偏上的位置，正是一种优化……"黄金分割"无处不在。最后，说说"短裙"的大小，它也是综合了承重能力和占地面积两个因素的结果。就连把手为啥搞成一个大弧，你倒水时就有体会了。

这种小筒壶在烧水时总是排成一串，因此也叫串壶。这串壶是巧手丁茂做的。丁家的铁皮铺就在卢家茶馆的北隔壁。

卢婶的身材好看，她倒水的时候，茶客无不回头。说"茶客"，有些夸张，它容易使人联想起清闲、高雅。其实他们多是些粗人，在集上卖东西，时间长，带些干粮买碗开水，垫补一下。有一次在骡马市场，我听一个汉子问另一个人，"吃了没有？"那人说，"有两个饼子，过会儿买碗水喝。"汉子又揶揄道："你是去喝水，还是去看那娘们儿？""嘿嘿，说真的，她的腰……柳条一样……"

话说回来，可惜……这些壶，这些乡间小镇上的铁皮烧水壶，现在已经失传。我走过几个民俗博物馆，都未曾见到。这使我更加怀念我的故乡，怀念勤奋执着、不善言笑的巧手丁茂和他的弟弟勇武仗义的铜锅匠丁盛，还有小镇上那些光着脊梁、目不识丁，常向你露出狡颉微笑的聪明的匠人……

烧水房的里面就是卢婶的家了。说是家，也只有卢婶一人。

爷爷在铺子里爱喝茶，常给我两个铜板叫我去打水。卢婶从来不要我的钱，她把铜钱塞到我兜肚的口袋里，说道："去买个大饼子吧。"回来我告诉爷爷，爷爷笑着，"那你就帮卢婶干活儿吧。"不用说，我经常在街上拣些秫秸、树枝给卢婶，还帮她烧火。卢婶有过一个男孩，死了。她喜欢我，没人的时候叫我"干儿子"。我知道这事情的严重，不吱声。她抚着我的头，现出哀戚的神色。我点点头，她便把我搂在怀里……

母亲和姑姑讲起卢婶来，常说："她的命好苦啊！"

卢婶姓苗叫苗凤，家原在北满山区。爹给人伐树，砸死了；娘带她要饭，病死在路上。她到吉林去投奔一个远亲，没找到，随一家卖皮货的漂泊到茨榆坨。后来认识了卢叔，结了婚。卢叔三年前被日本人抓去当兵，体格不行，转去做劳工，乡里人叫"国兵漏"——那是最苦的劳役。果然，没到两年，他便死在了抚顺的煤矿。好几个月之后，卢婶才知道这个噩耗。

那年我五岁。开春，一天夜里，爷爷从黄腊坨子买猪回来，路上碰到一个小伙子。凭那破烂的衣衫、疲惫而又张惶的神情，爷爷猜出他是个落难的人。他便从怀里掏出半瓶酒和几个粗面包子（爷爷每次回来，总会带一些好吃的给我）递给他。他吃完了，感到爷爷是个好心人，便打听茨榆坨卢家茶馆。爷爷详细地告诉了他。

过了几天，卢婶给爷爷送水，见屋里没有买肉的，便叫我去给他看炉子。我知道大人们要讲心事，便跑去看茶馆。

一个月后，我从家里人的谈话中才知道：那天，卢婶淌着眼泪告诉爷爷，卢叔死了，被扔在了万人坑里。来报信的是和卢叔一块干活儿的，逃出来了。卢叔临死前，把积下来的五块大洋交给他，跟他说，如果能活着出去，把钱交给嫂子……

这就像一场梦，卢婶说，一场梦。这边给他做鞋，那边成了白骨……那个好心的小伙子，在灯影下晃了晃，就走了，连个名字也没留下……要不是五块大洋和他换下的破衣服摆在那里，就跟梦一样……

半年后，收完了麦茬豆，卢婶家里来了一位客人。卢婶向人介绍，说是吉林来的表弟。可是我知道，那个好心的小伙子回来了。爷爷也知道，我们谁也不说。爷爷知道，因为见过他。我知道，因为给卢婶烧水的时候，听里屋卢婶说："春天你为啥不留下，我一个人无依无靠。"那人说："刚出来，风声紧，怕连累你。"

一来二去，大家都喜欢上了这个茶馆的帮工。怎么能不呢？小伙子又伶俐又殷勤，长得漂亮，喜眉笑眼，唱一口动听的小曲。他因此还得了个外号——浪子柳三。柳三是他自报的，那真名实姓连卢妗也不知道，但这并不妨碍他们的患难之交。

当然，最开心的还是卢妗。她像变了个人，脸也红了，人也胖了，出出进进，笑声不断。那双杏眼，喜气盈盈，走路也格外轻快。一扫原来枯缟憔悴的形容。本来卢妗就长得标致，我虽然年幼，不蒙感化，但男人们总爱与她说笑，我是常见的。为此，她也遭来许多嫉妒。

邻家的王大娘——二狗妈和母亲聊天，

"那茶壶（她这样叫卢妗）有了拉帮套的，更浪了。"

"她也该过两天好日子了，受了那么多年的苦。"母亲说。

"她白天作苦相，晚上可不苦……她那屋，一股牲口贩子味。"

"牲口贩子啥味？"姑姑气不过，"你闻过？"

"哟，你这尖嘴小珍儿（姑姑的名）……"

我喜欢叔叔们，尤其是游民侯五。他们虽然穷苦，却很乐天，混在小镇上，嘻嘻哈哈，少有阴暗的心理。

"嫂子啥时候沾的雨露，花开得这么艳？"候五叔叔提着水壶，打趣卢妗，一面把竹牌放到桌上。这些日子侯叔在理发店干活儿，理发店常用热水，他们便按月买牌子。

"死鬼，没正经的，晚上过来吧，和你柳哥和一曲儿。"

"好哇！"

卢妗有了帮手，生意红火多了。何况又填了新节目——二人转，民歌清唱……

啊，每逢谈起这个题目，我总是想起家乡的月明之夜，想起那清丽、俏皮、委婉深情的叙事长歌……

3 浪子柳三

炉里的余烬还在燃着,茶馆顶棚上的保险灯已经熄灭,只有客桌上一盏带有玻璃罩的小煤油灯发出幽幽的光。卢婶和柳三把杯对坐着。一碟酱萝卜,一碟花生豆,这是二人劳累一天的晚餐了,夜已三更。

卢婶肘支在桌上,手托着腮,细腰儿斜倚桌边,弯一条优美的曲线。她面带微笑,目不转睛盯着柳三。小柳也未下箸,缓缓地说:

"姐姐,自从我折回小镇落脚茶馆以来,你从未问过我的身世来历,却这样信任我,怜爱我,这使我非常感动。"

"小柳,你说的哪里话?"卢婶放下了胳膊,笑着给小柳添了一点酒,"我是谁,一个被社会遗弃的寡妇,孤孤单单,独自一人挑着门口过日子。你来了,早起晚睡,不迟劳苦。帮我撑着这个小馆,不单解脱了我的劳累,也使我的精神得到了安慰。弟弟,现在我们是最亲密的人,相依为命的人。"

"姐,我之所以没讲出我的经历,因为我在观察环境。我留意常到茶馆的几个人,肖家那哥俩,肖三和肖五,还有钱家的秃子以及那个驴贩子老秦,他们可都是有背景的人。"

"你不用担心,老秦是好人。街面上做生意的都知道他贩驴走河西和游击队有来往,大家心里明镜,嘴上不说。这倒好,他成了无形的鞭子,震慑那些狗腿子。肖五人也不坏,给他三哥当衙役。虽说和肖三同宗,但不是近亲。他和肖六是堂兄弟,可他是穷人,家里有个病老婆,天天背她出来晒太阳。你见过那个常来的嘎子,是肖五的儿子。他也是喜子的小伙伴。"

"喜子,我认得,肉铺小子。"柳三笑了。

"我叔老宋头的孙子,"卢婶露出得意的神色,"我干儿子,总帮我送水,爱听戏。别看小,还是他英姑的老师呢。英子跟肖六好,小六教她认字,用唱本,大段大段喜子都能背下来。肖六是大家子弟,才子,写一手好字,就是游手好闲。爱看'清音子弟书',什么《剑阁闻铃》、《黛玉悲秋》之类。"

"《剑阁闻铃》我知道,我们唱过,也叫《忆真妃》,讲唐明皇和杨贵妃的事。"

"是啊,你可以和小六子学戏文。肖六和警长肖三是远房兄弟。肖三是汉奸,也是个两面派。他不敢惹宋家的人,我说那英子是铁匠的女儿,铁匠是喜子的大爷,他儿子承武在河西游击队里。喜子爹在奉天关东军军管区司令部做事,不知为啥,被日本人关进大牢。你想日本人都怕他,宋家的人,谁敢惹?你说的钱秃子原来和驴贩子都是山上的人,后来老秦被抗日军收编走了正道。那秃子走了邪道,被打散了,现在给钱家当护院。钱家老一辈至仁和至义都是汉奸,给日本人干事。至仁当保长,至义在县里当税官。至仁有个儿子茂才在外经商,路子也广,不知和黑道上有无来往。总而言之,这小镇上的人五行八作、三教九流关系复杂,像一张网……"

"正为这个,我才没有对姐姐说我的经历,怕你担心,更怕你受连累。我是海城人,我的堂兄柳絮飞在营口开了个园子,叫海棠艺社,我就在他的班子里唱二人转。园子里还有一位姐姐姓何,叫秋凤,人很侠义。她喜欢我。"柳三说到这儿,卢婶扑哧笑了,

"小三,看来你和凤姐有缘了,我也叫凤,苗凤。"

"真呢,还都是姐姐。"柳三也笑了,"那时凤姐和我都给河西的游击队帮忙。我们给他们买外伤药,他们化装进城看戏,我们就把药给他们。我们那段地面上有一个警长看上了凤姐。有一次演出散场,凤姐在女间卸妆,那家伙突然闯进去纠缠。凤姐情急唤我,我把他推了出去,从此结了怨。后来他抓了我当劳工,还特意送我到了抚顺的露天矿。在那儿我认识了卢哥,你知道,去了那儿,就休想活着出来。半死就扔进万人坑……"

"那你是怎么逃出来的呢?那晚上你来去匆匆,什么也没说。那五块大洋我现在还留着呢,一个纪念——纪念你和你卢哥的生死之交,也纪念你。"卢婶抹眼泪。

"说来心酸,"柳三叹气,"我走后,凤姐茶不思饭不想,只说是她惹的祸。我哥到处托人,后来找到一个在被服厂当头的赵四——赵庆丰,他认识一个和他一起当兵的,在抚顺矿当个小工头。凤姐当了所有的首饰,钱拿去疏通。那个小工头也姓赵,他给了我一包药,让我吃了发高烧。趁我迷迷糊糊,他报告说

我得了传染病，就把我扔到坑里了，还在我身上扬了几锹土。第二天早上，我的烧还没全退，浑身无力，一群野狗围了上来。这时那个姓赵的也赶来了。他把我拉出来，把埋前搜身拿去那五块银元塞到我手上，让我赶紧走，越远越好，千万不能回营口。"

"那晚上，你从我这儿走后去了哪儿？"卢婶问。

"我怎能不回营口呢，我要告诉柳絮哥，转告妈说我平安。再有，非得见一见凤姐不可。"

"那你见到她了吗？"这是卢婶最关心的。

柳三一时没有回答，喝了一口酒，夹一块酱萝卜在嘴里嚼着。

"姐，我虽然年轻，可我也看透了。人的一生就是那么一回事，像我妈说的，和谁不是过一辈子。"

卢婶看出小柳失恋的神态，她温柔地握住了他的手。

"凤姐一来我们的班子就喜欢上了我。那是三年前的事，开初我们还说不上恋爱。她教我戏文、唱腔，还表演身段。你知道，在二人转里我总是演旦角的。她很娇媚，在朝夕相处、耳鬓厮磨中，我冒火了。她二十二岁有一些经验，不过我十七岁，也什么都懂了。"说到这儿小柳笑了，"我爸娶我妈时才十六岁。那时我们疯狂地相爱了，那个亲呀，没事就滚成一团。我妈不同意我们相好。不是因为她比我大，妈说，一门子唱曲儿的，怎么过日子，有了孩子谁顾家？我父亲死得早，她把教育和管束我的权力都交给了我的堂兄柳絮。他艺名柳絮飞，在营口很有名，也是南派的代表。他也不同意我和凤姐结婚。他认为，艺人特别是女艺人都比较浮躁。他在这方面有痛苦的教训。原来他和师妹相爱，可是两年后，师妹却嫁给了一个军阀，而且是二房。所以我哥特别嘱咐那抚顺的小工头，让我走得远远的。回来他又对凤姐说，我不会回来了。接着他劝说凤姐嫁给救我的赵四。赵四是个好人，他妻子死了，也没有孩子。他在被服厂里当头，也算有一定的势力和收入。凤姐和赵四交往了一段，认定他是一个可靠的人，他们便结婚了。哥把她当的首饰都赎回来了。"

"那次你回去见她没有？"卢婶问。

"没有，我不愿再惹是非了，毕竟我还在逃亡。"柳三又喝了一口酒，"走之前，哥交给我一封信，是凤姐写的。她对哥说，等我回来交给我。信里她说，我可以恨她，别恨哥。她之所以同意这门亲事，一是为报恩，二是为我们的园子找个靠山。在这个地面上混，总要有个肩膀。再说，'我比你大了好几岁'——看得出她的眼泪滴在这几个字上……"

炉火熄了，屋里有些凉意。卢婶移坐到小柳的身边，柔柔地倚着他。柳三也便伸出臂膀环着她纤细的腰身。

"你们好时她没有提到年龄吗？"卢婶问。

柳三笑了：

"她说过，'等我徐娘半老了，你再找个小妞，我侍候你们。算我报答你的恩爱。'"

"说的也正是我想的。"卢婶竟流下了泪。

"我可不这么想，你们让我成为一个男人，有恩于我。何况……"

"何况什么？"

"你这么美，永远也不会老。"柳三说着更搂紧了她。接着他话头一转，说：

"今天我在剃头房听货郎鲁哥说，营口的一个警长被游击队处死了，吊在他家门前的树上，因他出卖地下党。姐，你知那人是谁？他就是追杀我的汉奸。这个坏蛋得到了他应有的下场。"

卢婶偎他更紧了。

室内，幽幽的灯光；户外，清冷的小街。不知从哪里传来醉汉的小曲：

"三更三点三更鼓儿桹，情郎哥哥爬到奴的身上……"

初秋的古镇，朗月在天。

4 月夜情歌

一轮满月升到树梢的时候，集市的喧嚣早已散去。薄暮的宁静又降临到了茨榆坨——这个辽中的小镇。

庄稼院打完了场，铺子也关了门。这时候卢婶家茶馆的门前又响起了徐伯悠扬的笛声。年轻人三三两两聚拢来，老人点起一袋烟。妇女们搬了小板凳，坐在自家的庭院里，一边纳鞋底，一边聊家常。她们知道，过一会儿，稍过一会儿，柳三那甜甜的嗓音，缠绵的曲调，便会随着清风，传到小院里来。还有那使她们动情，使她们落泪的悲欢故事……

这里的《蓝桥》是二人转的一个曲目，不是由《太平广记》中裴航改编的戏曲《蓝桥记》。

《蓝桥》是一个爱情故事。描写父女一家，逃难到蓝桥。父亲为了感恩和还债，把女儿许配给周家公子。这周公子是个残疾人。后来，女儿在担水的时候，与一个青年男子邂逅，一见钟情。演唱就是从井台相会开始的。

柳叔扮旦角，侯叔扮丑角。在说唱文学中，说书人有时又要串演剧中人，用剧中人的身份来表演；用说书人的身份来叙事：跳来跳去，煞有情趣。

"你顺着奴的手腕瞅……啦妹呀……"旦角开腔了，后面的"啦妹呀"是一种缀音，听地方艺人演唱都有这个，增加歌的韵味。此时柳叔在演剧中人，他展示了一下自己的身段。

"道南有座影壁山，呐啊……"丑角接下句。此时，侯叔是说书人，但他还是微曲身体，扮演剧中男人，与那旦角做个应答。

"门口一棵歪脖子树，呀哈……"剧中女人唱。

"柳树那个三道弯儿，呀啊……"说书人叙述，但是，带着剧中男人对她家的贬意。

《蓝桥》中的女人，显示出双重性格，她一面要吐露自己的苦衷，一面又炫耀自己的门第。这一点，我读欧洲小说深有体会。那些贵族妇女，在向情人诉说苦闷的时候，并未忘记显示夫君的尊贵。那潜台词是：你看，我抛弃了优越的家庭，屈从于你的爱，是何等的真情……

可是，趣味就出在这儿了：在二人转里，要用至俗至白的对唱，来表演那惟妙惟肖的感情，是件难事。

……听那下面的唱词：

"百灵子树上挂……呀哈……"女人要显示家境的《雅》。

"毛驴子树根底下拴呐啊……"男的不买账，偏要揶揄她的《俗》。

"百灵子唱小曲……呀哈……"女的坚持。

"毛驴子咯儿嘎啊乱叫唤呐啊……"男的也坚持。

这回女的恼了，柳叔柳眉倒竖，扭转腰肢，尽显剧中人的娇嗔风骚。他用食指狠狠在侯叔的额上一戳：

"你这毛驴子叫唤，所为何故？啊……啊……"

书说到这个份上，已经脱离了故事，但剧场的情绪却达到了高潮，大家都笑得前仰后合。

随后，是旦角与丑角的合唱：

只因为啊，小奴家呀，
井台来把水担呐啊，
没把那个草料添呀，
它才咯儿嘎啊乱叫唤呐啊……
哎……咳……哟……呕，
哎咳哟呕……哎咳哟呕……
哎咳……哟呕……哎咳……哟呕……

二人转的"咳哟"读者不可小看。它虽然没有明白的词意，但在抒情乃至表意方面是难以替代的，甚至它会胜过言词的叙述。它能把前面词曲的感情韵味哼得淋漓尽致，如果再加上眉眼和身段，那醉人的魅力更是难以言表。二人转的唱腔异常丰富，"九腔十八调，七十二咳咳"，加之艺人——此时他已经被听众高涨的热情上紧了弦——的即兴发挥那真是妙趣横生。

  在一小段结束的时候，三叔提示说，"猴子，小三，悠起来，悠起来……"

  他们的所谓"悠起来"，就是拉长腔调，夸张抑扬，慢悠悠的，把每个词儿的韵味贯足，允许演员加上自己的口头语和音节词儿。当然，还要大摆大扭，这种慢板是二人转中最有魅力的地方……

  故事的后段，是女人向她的情人，讲诉凄苦的身世。柳叔和侯叔把这段唱词'悠'得出神入化：

  "那……一……年，北国呀啊……"旦角把调儿挑了起来，"（他就）……遭……荒……旱……呐啊……"丑角接着，各唱半句。

  "大旱……（那个）……三呐啊……年呐啊……"旦角唱。

  "（他就）……颗粒无还……呐啊……"丑角和。

  括号中的是演唱者加的虚词儿，下面我把它去掉，从头把这一段唱词抄下，旦角与丑角还是各唱半句。

    那一年北国，
    遭荒旱。
    大旱三年，
    颗粒无还。
    头等户的人家，
    卖骡子卖马。
    二等户的人家，
    折卖庄田。
    像咱们三等户的人家，
    无有别的可卖，
    爹爹他带着我们，
    来到蓝桥前。
    到蓝桥多亏哪一个？
    多亏了周家公子，
    搭救了咱。
    年年供咱们柴来，

月月供咱们米。
　　一年四季，
　　供给咱们零花钱。
　　……

　　就这样，这个可怜的女子陷了进去，在爱恋与情义中苦苦挣扎……
　　明月当头，清风徐徐，浪子柳三撩人的小曲，在小镇的上空，久久不息。它传送着一个缠绵悱恻、哀婉动人的故事，多少农妇为它推开窗阁，多少庄稼汉彻夜难眠呢！

5 大有车店

大车店

上个世纪初生活在东北的人，想必对那时的大车店还留有印象。是的，那是一个多么富有地域和时代特征的处所啊！假如你搭坐一辆胶皮轱辘大车，在白雪皑皑的大平原上赶路。向晚时分，透过暮霭，透过稀疏的林木，远远望到那高高的压着厚厚积雪的柴草垛和那透出小小红光的在风中摇摆的灯笼，你会何等兴奋啊！这时候车老板儿会摔起响鞭高声吆喝，甚至跳下辕来，小跑着活动下肢。牛皮靰鞡踏着积雪，发出欢快的"咯吱咯吱"的声音；马儿嗅到散发在空气中的烟火气味，也会昂头挺胸，喷着响鼻奋起四蹄；车上冻得麻木地蜷缩着身子的旅客，此刻也会在颠簸中躁动起来，大声拉话……

大车店，风雨旅途的驿站，旅行者热乎乎的窝儿。

坨镇的"大有店"就是这样的大车店。它是我谢二伯家开的，在骡马市的西北口，大门朝东，与我大爷家的铁匠铺斜对门。二伯在街面上还有一个成衣铺，和徐伯的剃头房连用三间铺面。他还在奉天开一个店，做汽车帆布蓬沙发垫水箱套，因此他无暇顾及这边的事。大车店——谢家的祖业便全由二大娘来料理了。

大有店的布局和常见车店相仿，也是一排八间正房。青瓦，磨砖到顶，但也年久了，砖面子有些脱落，山墙根石基的缝隙也在残雪中长出藓苔。房子前后两面窗，下扇镶着玻璃，上扇花格子上糊着高丽纸。房檐下吊着红辣椒和关东烟叶。正房西三间自己住着，东五间做了店。中间隔开，各有一灶。前院三间西下屋，一个碾子一架扇车。囤子里放粮食和牲口料，墙上挂着修理车辆的工具。院子里有个洋井（汲筒井），冬天抽子放在屋里，用时现拿热水引。南墙边上，有一个草垛和一个柴垛。在后院南半靠着东西墙是两排牲口棚，柱子磨得精光，牲口啃过的马槽梆子片片断断钉了些洋铁皮。北面是一个菜园子，中间隔一条树枝编的篱笆。记得，夏天我和嘎子给客人遛牲口回来，常钻到园子里去摘两条黄瓜自我犒劳。

我五岁那年大娘雇了两个伙计：孙二，三十来岁是个车把式，人老实，性子慢悠悠的，爱唱小曲；艾五，十六七岁，调皮张狂，人称鬼五。孙二是老孙头的堂侄，老孙头还是艾五的娘舅。老孙头就一个人，早年给财主肖家打更喂牲口，晚年给肖家看果园。正所谓"故土三五载，没有不亲人"。

来往大车爱到大有店投宿，除了这祖传老店待人诚实之外，与孙二牲口喂得好也有关系。孙二干活儿殷勤细心，草铡得碎，料拌得足，拌得匀，还加一点盐。早年他叔就指点他说，喂牲口草料要少添勤添，马鼻子拱来拱去就不爱吃了。夜里至少要添三四次——俗话说，"马不吃夜草不肥"。

我常去大有店找富子和嘎子玩。富子是二大娘的儿子，比我小一点。嘎子是在警察所做杂役的肖五的儿子，比我大三岁。他常来这儿给过往的旅客跑腿遛牲口，人家有时给他两个铜板，有时啥也不给，夸他两句。但我们还是爱到那里去，围着车老板转，骑牲口，听他们坐在火炉边讲旅途新闻和山南海北的故事。

腊月的一天下午，我们三人在大车店的院子里打杂，这时候一群毛驴涌进来了。

"老秦来了！"正在铡草的艾五停下了，续草的孙二也站了起来。

"小子们散开！"一阵厚实响亮声音传来——他怕驴撞了我们。一个粗粗壮壮的汉子跳下了马，他戴个狗皮帽，一脸连毛胡子。

"老秦，"孙二迎上去，"单间还给你留着呐！"他接过了马。

"这次咋没驮个相好的来？"艾五笑嘻嘻迎上去。

"在怀里呐……"汉子说着从皮袍里掏出个狗崽仔儿扔给嘎子，"喂点米汤，路上捡的，差点冻死。"他又转向艾五，"看你头上的草，没事别老跟丫头钻草垛。你那灯芯还没油呢，就点火？"说着在艾五肩上重重拍了一下，哈哈大笑。老实的孙二也乐了。艾五摸摸头，嬉笑说，"铡草了。"

"对了，你要练得像铡刀钉那么硬，才能上阵。你没听说那四大硬吗：门洞子风，老山东，光棍的根儿，铡刀钉。"

这时，院子里围上来的旅客也哄笑起来。有认识的人也凑过去寒暄，问赶来了多少驴，路上可辛苦……

富子从嘎子怀里抢过狗崽儿，我们往屋里跑。嘎子一路喊，"门洞子风，老山东……"

"住嘴!"二大娘掀开棉帘,端着汤,走出来了。

孙二

这时,艾五赶驴孙二牵马到后院去了。老秦见大娘出来,便过来问:"店里可平安?生意可红火?"大娘感叹说,前些日子警察还过来抓兵,闹得人心惶惶。不过客人还有,奔生活总得做生意。她又问驴贩,"最近可回河西老家探望老母了?"

"咳,她有吃有喝,能摸着过日子就行了。"老秦爽朗地笑着。

"你那媳妇心眼好。你长年不在家,她一个人侍候双目失明的妈也不易,听说孩子也跑了?"

"让他自个儿去混吧。"

大人在寒暄,我们三个孩子便跑进屋给狗崽儿喂米汤去了。我们饶有兴趣地观赏小狗进食,看它颤颤抖抖地舔米汤,身子歪歪扭扭的,站不稳。嘎子可怜说,"冻坏了。"他叫我拿块猪骨头来,我便跑回家去。可等我带一小段骨头回来,小狗已在富子怀里睡着了。他坐在小板凳上一动不动……嘎子走了,富子让我摸小狗。它的毛滑滑的,肚皮温温的,一起一伏。我要抱,富子扭了过去。

这时里屋传来一个女的哭声,大娘推门让我去叫孙二。我在后院马棚找到二伯,二伯进屋坐对面炕上闷头抽烟,大娘出去了。女人依然坐着扭头抽泣,我觉得没趣便也走了。后来大娘和妈妈闲聊的时候讲了孙二和小满的情爱,以及那天会面的事。

那妇人是艾五的姑表姐,钱家满姑,当年有三十来岁。因为是小满那天生的,家人图个吉祥便顺口叫她小满子。小满也就是小康,对穷人的孩子来说那已是厚望了。满姑早年和孙二相好,一个给肖家拔草,一个给肖家赶车。两人又沾点亲,兄妹相称,来往甚密。

夏天拔草收工,姐妹们抖着头巾上的尘土,嬉闹着走上夕照的归途。这时候满姑借口脚痛,搭坐上孙二的车。待那些唧唧喳喳的伙伴从视野中消逝,她便柔柔地靠在孙二的背上,喁喁细语。秋天的晚上,在肖家场院,月亮地里,长工们一面收拾扬晒的粮食,一面唱小曲。秀美的满姑手里张着麻袋,口里衔着麻绳,痴迷地望着肌肉结实的孙二。那孙二的情歌便也唱得越发婉转越发悠扬了。小满和孙二的爱情在一天天成熟，而灾难也在悄悄逼近。钱家不甘心这个吉日所生的闺女落到贫寒的孙家，毁了那小满的前程。更何况小满因为母亲生病，又欠了本家财主钱至仁的高利贷。于是，在几番哀叹之后，便决定将女儿许配给三台子林家——一个虽不算富户，却还殷实的中农。小满日夜流泪，却无奈父母贫病交加。终于彩礼送过了，吉日择定了。在一个艳阳春日，喜车子吱吱呀呀载着泣不成声的新娘走上边墙的路。古堡下一个青年拄着镐把呆呆地望着……小喇叭"嘀嘀嗒嗒"……

孙二是一个性情温和的人，对于满姑一家的决定，他没有痛不欲生，也没有横加干涉。相反，他从家里取出仅有一点钱——那是妈给他娶媳妇的，打了一付镯子，送给了满姑，毕竟叫一回哥哥。

小满的男人林福，老实得有点窝囊。祖上留下了个粉房和坨村南岗的两亩果园。正是这果园被本家的三叔看中了。那林三是个双料汉奸，借教会的名义开了个烟馆，暗中还勾结日本官小原，仗势欺人。他先唆使三台子：警察放风说要征林福的兵。等到林福提着点心来孝敬这位年龄相仿的三叔，向他求助的时候，林三便慢慢道出了那早已盘算好了的妙计：他让林福装病，到他的烟馆吸鸦片便是证明。国兵是不要一个抽大烟的人的。林福依计而行，一来二去上了瘾，一年的功夫，那粉房和二亩果园便先后落到了林三的名下。一个壮实的粉房老板成了一个弯腰驼背的鸦片鬼。而"小康"——满姑的梦，也随着福寿膏子的袅袅轻烟化为虚幻。又过了一年，在贫病之中这个漏粉匠的巧手便在瞠目张口一阵无声的痉挛中垂了下去。死前，他让满姑用家里仅有的半斗高粱换了一个烟灯。他将它狠命掷了一下。不知是他的手臂无力还是烟具恋旧，那灯竟然没有摔碎。它在地上跳了几下，发出咯楞咯楞的声音，仿佛是一串嘲笑——晚了，晚了！倒是把五岁的娃儿吓得抱紧了娘的腿。

这就说到了这次的造访。又过了半年，不能总在娘家待着，她的弟弟钱小虎一气之下便去林三家把那姐夫抵押的驴偷了回来，想帮姐姐磨豆腐度日。驴藏了起来，连家人也不知，但死不认账的小虎却被三台子警察捉了去。

满姑断断续续地讲了事情的经过，来求旧日的情人，花便宜价钱从老秦那儿买头驴，把小虎赎回来。

6 驴贩老秦

艾五

　　掌灯时候，嘎子会我到大有店去听评书《秦琼打擂》。我们掀开棉帘一进门，一股热气混着关东烟味扑面而来。屋里吊着保险灯，很多人，有的吃酒，有的喝茶。炉边一个汉子光着脊背捉虱子，火上的茶壶咝咝响。靠近里屋门的炕边摆着一张小桌，说书的是个半大老头，身板硬朗，穿一件灰布大褂，虽已半旧，但还平展，秃脑袋，眼睛有神儿，声音带点嘶哑，顿挫有力。他是家乡的熟人，人称铁嘴丁螺儿。这"螺"或"锣"，吃不准，也许是"箩"。他早年并不说书，他是铜锅匠丁老汉的堂弟，丁茂丁盛的叔。他也爱走村串屯，修理铜铁纱箩，木盆竹器，还有其它一些匠人使用的铁木结构的工具。他的行当就是修理箩筐，所以有个箩字，不是本名。叫"丁螺儿"，可能是因为他做竹木活儿用的是"弓钻"；而唤他"丁锣"许是他四方奔走招揽生意，担子上响着一面小铜锣的缘故。匠人们不计较那绰号，多半是因为它起着商标或专利的作用。乡下活儿少，他便往城里转。因他见多识广，言谈幽默，乡人爱听他的故事。久之，他自己悟到了，说书也可以养家糊口。于是找了几个本子，竟无师自通地摔起评词来。他讲评书有别于传统艺人，常常揉进自己的掌故，惹得酒饭茶肆市井人的喜爱。这天我到时，丁爷爷正扬臂，施威：

　　"……且说王伯党催马到了二贤庄，见了秦琼、单通，把谢魁被擒之事说了一遍。秦琼心如刀绞，吩咐家人备马……"

　　我偎到了一个角落，见一个车老把窝在炕里打酣，脚上的靰鞡都没脱。在他身旁，集上吹糖人的老头正对我挤眼晃头。他随着叫道："小子给我倒点水来。"我要动，嘎子去了。

孙二和艾五走过来推门进了东边里屋。这时一个壮汉走了出来，南炕上有人叫："李大刀，过来摸一把。"那汉子回答："免了，我要早歇了，明天要赶到县城摆摊子。"旁边一个人问："谁？""耍大刀的。"吹糖人的老头答。我们又听了一段《秦琼救谢魁》，"打得张文抱鞍吐血逃往庐州……"嘎子扯我进了里屋。

孙二正向老秦讨话，赊头驴从店账里扣除，接着又无奈地说起了满姑家事。老秦拍着他肩笑说：

"好说，好说，你我兄弟有何不可！"

"秦大哥，我看不如这样，"艾五笑嘻嘻，妙计在胸的样子，"你出两头驴，一头驴换人，一头驴换驴。"

"此话怎讲？"

"先说换人，我看钱虎那小子不是种田的料儿，还不如跟你去，他能偷驴，你用得着……"

说到这，老秦非但不恼，反而大笑起来：

"照你小子这么说，我是个盗马贼啦。"

"他能偷不就能防嘛！小子有点虎，可机灵，又能吃苦，你用得着。"

"那驴换驴呢？"老秦来了兴趣，像逗小孩一样。

"我有一条，跟你换呀……"

"瞎说，"孙二笑了，"你哪儿来的驴？"

"他有！"嘎子插嘴。

"说，"老秦把他吃的狗肉扔给嘎子一块，"是不是偷我的？"

嘎子讲了他听到的。前几天他去西院肖宅二伯家的场院苞米垛，去找瞎苞米——收玉米的时候，人们不掰那些籽粒太少的瞎穗，任它留在秸秆上。冬天孩子们便去搜索，找来烧吃。当时他看到了艾五和在肖家做工的胖妞钻草垛，这个淘气小子便悄悄走过去。听胖妞说，"你驴在我家，得从店里偷点料来。"艾五说："晚上你把驴拉到店的马槽来，它吃店的草，我啃你的嘴儿，多好……"

"后来你又听到啥了？"老秦挤眼笑。

"胖妞大喘气，那草乱动，听不清……"话没完，挨了艾五一个腚跟脚。老秦大笑，孙二也乐着问：

"那驴是谁的？"

"满姑的，小虎从林三那偷回来，交给我，我放到了胖妞家。你真是个呆子！"艾五说。

"那你们把驴交出去不就行了吗？"老秦故意逗着说。

"不行，不行，这就等于招供了，把小虎给卖了。"

"那就按你的法儿办，不怪人家叫你鬼五。"老秦重重拍了他一掌，一仰脖儿灌了一盅，夹起一块狗肉，"孙二、小五你们也来。"他用筷子点着桌面。复又指我，"你就是肉铺小子？那天在骡马市我抱你骑马？"我点头，他便说："去问你铁匠大爷，明天下晌有空吗？我去挂马掌。"我点头。随后，他又诡秘地问艾五："茶馆那娘们儿可有相好的？"

"老家来了个人，说是表弟，小曲唱得好，俩人热乎着呐……怎么，你要起歹心？"

"没有的事，没有的事，问问而已。"莽汉支捂着，脸有点红了，也许是酒的缘故。

我和嘎子出去的时候见丁盛给他说书的叔送皮裲子。他在我脸上拧了一把，手冷得很，说外面下雪了，还说明天给我一个小罐……

不久，那说书人与一伙城北来的唱皮影的搭伙走了。

驴贩

我大爷宋长江是我爷的亲哥，有名的铁匠。铁匠铺就在大有店的斜对门，门朝西。大爷的儿子承武叔前几年跟几个夜里来给马挂掌的抗日军跑了，下落不明。大爷很忧愁。他老女儿英子姑特别喜欢我，常让我传信儿给财主肖家六叔，教她看唱本认字儿。冬天只我和叔吃晌饭，爷奶和妈姑都不吃。那天吃过晌饭，我便领老秦牵马去大爷那挂掌。大爷和他徒儿钱得福给马挂完掌，秦伯伯便让得福扶着我骑马去遛遛，他和大爷进了里屋。好一阵子我冻得哆嗦才回来，他们还在谈。英子姑把我抱到铁匠炉边给我搓手脚，一面呵斥得福没头脑。得福不言语，闷头拉风箱。

老秦从铁匠铺出来便到煎饼铺来看牛二，他们是亲戚。

牛家的煎饼铺开在鱼市的西边，一间房，门朝东。在爷爷肉店的后排街面，走几步就是。有时候家里饭不及时，爷爷便让我买两张煎饼，裹棵大葱抹点酱吃。牛老二，四十来岁，性格平和，人缘儿好。村里和街面的人有事无事爱到他铺里的条凳上坐坐，讲他们的苦乐喜忧。老二的话不多，回答大半是"嗯、唉"。但他却能让人消解烦恼，排遣郁闷。啥道理？现在想来，那多半要归功于他的背影和劳作。

老二一年四季戴一顶无耳扇的毡帽，系一条半旧的灰布围裙，套一副灰套袖。他摊煎饼的动作简单而机械：左手舀一勺稗面糊，轻轻磕在鏊上，右手的小木耙缓缓一轮，便摊成圆圆薄薄一张煎饼。放下小耙，两手提起刚刚煎好的前一张饼盖在上面。稍许，巴哒两口衔在嘴上的烟袋，掀去上面的饼，右手拾起抢刀在饼的周遭贴着鏊，轻轻划个半圆——所谓"抢刀"，那是缠着厚厚的乌黑油布的磨得有点锋刃的白铁片。放下这抢刀，再慢慢启起烙熟的饼。然后用一个由碎布卷成的沾满油污的擦子，把鏊擦光。本来摊煎饼是不用油的，但那油黑的擦子，那用布卷成的拳头大的柱体，带着薄饼的香味，分明留在我的印象中。那油是从哪里来的？或许初始时要沾一点油？也或许是热鏊煎出的米油渗入布里？这便是一张饼的生产周期。

在这一循环之间，坐在后面长凳上的人望着牛老二，望着他那周而复始的腿的晃动、肩的偏转、手臂的缓缓摆动，体验这朴实劳作的节奏和韵律，听着稀糊儿摊到热鏊上的咝咝的声音，嗅着散发在蒸汽中的米香。还有什么焦躁不能舒缓？还有什么忧愁不能消除呢？

在整个操作中，牛二伯始终衔着他的短烟袋，甚至在火已熄灭的时候也不取下。这当然不能算是一个好的职业习惯，不过他从未将烟灰掉在鏊上，至少我没见过。虽然那小花荷包在烟杆上荡来荡去。这算什么？是配重，还是单调劳动的一种调节？也许是一种纪念。那小巧的花荷包，荡来荡去……

老秦坐在后面的条凳上吸烟，不说话，只看着牛二的背影。

"我说妹夫，"牛二发话了，他没回头，保持着操作的节奏，"还是把她们娘俩弄过来吧，你也收收心。留几条驴在茨坨开个磨坊不是挺好吗？"

"嗯。"老秦叭哒一口烟。

"虽然说贩驴挣钱多，到底是风险大。这乱世年头……成年不在家，让人担心。老妹就不说了，大姨那眼是怎么瞎的？现在可好，大外甥也跑了……"

说到痛处，老秦也发呆了。这个经过了那么多争斗的汉子，脑子里翻腾着什么呢？他会想起自己那雨雪风霜的戎马生涯吗？乱世中也有这一角——大舅哥的煎饼铺！人怎么生活才是对的？

从铺子里出来，他想起那段伤心的往事。他的妻是牛二的叔从难民中领回来的。那年她才三岁，是另一个堂叔牛中医治好了她的病。小时候她身体弱，牛二常背着她到岗子上去看花草。她对这个异姓的哥哥是那样依恋。那小荷包就是她绣的,至今还挂在他的烟杆上。老秦想,而如今我把她扔在家里,在日本人的刺刀下,在汉奸的监视中伴着瞎妈,胆战心惊地过日子。要是老爹不被鬼子砍死还好些,想到这,一阵痛苦隐隐地牵动着莽汉的柔肠。

我回家吃了晚饭,嘎子又来拉我说去大有店有事儿。我们一进大门,听到院里吵闹声。

一个花白头发的汉子抓着帽子站在院子里叫骂:"你无赖,你耍鬼。"气急之下,他有点语无伦次,酒糟鼻子更红了。大娘正和老秦聊天,问他驴卖了多少。这时从店屋里飞出一个青花大碗,掉在冻土地上摔碎了。我认得那是他们掷色子用的。随着窜出一个光头大汉,口里喊:

"不给钱,我剥你皮!"此人一脸凶相,脑门上赫然一块疤。

老秦过去拦住了他。大娘也走过去。那碗汤还冒着汽,她端端地立着,威严地说:"这是怎么说的,三翻五次讲,我的店里不准赌。一耍钱就争吵,出是非,斗殴和盗窃跟着来。坏我的名声,谁还敢住我的店!再说,各位老客,都是走南闯北的,哪个不交朋友?做生意,山里城里车站码头,产啥要啥,一个口信,帮你大忙。就说上月,一个人病倒了,素不相识的把他背到我店里。若不是江湖上的哥们儿,他不成了沟里的冻死鬼?"

那疤头见了老秦两人都怔了一下,便急扭头,还想奔过去,老秦制止了他。这时,从屋里走出一个老头,拉着他说:

"二疤,你这是咋的了?我让你认识一下,这是驴贩子老秦。在这条道上,他可是我们的义士。那年在二道沟一个警察二狗子欺负我,扒了我的衣服还要把我吊起来。幸亏老秦搭救了我,还送我一件褂子……"

"不说这些,不说这些。我们都是跑生意的,风里来雨里去,在路上拼辛苦,初次不相识,再见是朋友。"老秦拉着他们。

老头忙来附和:"说得是,说得是。"

"量你们也没多大输赢,酒菜钱我出了,权当打牙祭。"老秦爽快说,又从口袋里掏出一张票子,让嘎子去买五斤煎饼。

嘎子和我把煎饼送回去的时候,老秦和二疤那几个人正喝得酒酣耳热、拍肩打掌、称兄道弟。

"茶馆那娘们儿来了相好的,打得火热呀!"疤头夹了口菜嘻嘻地说。

"你冒火了?"老秦望他。

"我看那小子来路不明……"疤头诡秘地挤了挤眼。

老秦停住,望他,忽然大笑起来,"来路不明,来路不明?你说着了!"他重重在疤头肩上击了一掌。

"乱世,谁都想有点腥味。昨天的马贼,今天成了护院的;昨天的反满分子,今天也许是日本人的密探。你说,你说……"

疤头斜了他一眼,尴尬地笑。同座的老头忙说:"喝酒,喝酒,管他什么来路。"

"说得对,"老秦向疤头举起杯,"有人还说我的驴来路不明,只要它能拉磨,能配种……"

我见没有故事便回家了,老秦也说有尿,走出来。在房山头上他对孙二小声说:"夜里把我的马拉到下屋去喂,若是那家伙,"他指了一下头,"牵马出去,叫我一声。"

"我正想告诉你,刚才嘎子说,晌午,他爹和一个警察在街上走,见那人嬉笑地问这儿有没有日本人。问他啥事,他打哈哈说没事。"他又附耳过去,我已走出大门了。

后来听孙二讲,那天夜里,头上有疤的人果然动了。人们熟睡之后,他悄然牵马出去。孙二立即叫了老秦,但老秦并未马上动身。"放他一程,免得他疑心,"老秦说,"他若真奔县去,在河这边追上,也来得及。我的马快,又新挂了掌。"他抽完一袋烟,把烟管别在腰上,飞身上马,脸色陡然阴沉下来。

清冷的月光下,疾速的马蹄扣响着冻土地,沦陷的辽中平原。1940年,一个令人心悸的冬夜……

天亮之前,他回来了。那时候大车店没有登记制度,二大娘只对孙二说,那个疤头没结账就走了,下次来要说一说。

第二年开春,犁地的农民在蒲河边饮马,发现河里有一具尸体,头皮已经腐烂。那年月逃难逃荒死于沟壑的人多得是,没谁注意。

原来那人早先也是马贼,在河西,抗日军收编之后他又叛变下山。这次在大有店认出了老秦,想奔日本宪兵队告密讨赏,结果钻进了冰窟窿……

那一年的冬天事可真多,丁盛在偏堡子救了一个落难女子,侯五在土地庙捡了一位冻僵的老太太。

7 桃园惊梦

惊梦

茨坨的南大园桃杏花开了,它离堡子有三里许。每逢这个季节,村里总有些年轻人逃离家乡,到外面去闯荡。老人们说,这都是地气上升的缘故。是啊,春天给大地灌满了浆液,青草发芽了,柳梢吐绿了,鸟雀啼鸣了,连一冬天卷伏在炕柜下的猫儿也窜上房嗷嗷叫了。春天使万物躁动不安。其实,青年人选择春天出游也自有他们的道理,他们想:天越来越暖了,夏季好混,容易找到工作,到秋天便会有一点积蓄。等到冰封大地雪花飞扬的时候,他们会兴冲冲地叩开家门,给临近年关愁绪满怀的二老带来意外的惊喜。然而这醉人的美梦有几个化为了现实呢!

"我得走了,姐姐。"他的面颊轻轻地揉着她的秀发,"不是我薄情寡义,不是!你想,在这样的时局之下,我们能恩爱几时?还记得那小曲儿吗?'我好比惊弓的鸟儿落入你的窝……'感谢你,我的好姐姐,你在我无处容身时给了我一个家……"说了这话柳三有些凄然。

"你走吧,走吧……我一生中最怕的事情,我天天悬想着的事情,终于发生了……"卢婶枕着他的肩,泪珠儿一串串滴在他胸前,"我知道你是一个不愿久居篱下的人,何况我是个女人?秦琼卖马也只一时……奔你的前程去吧……"随着这泣不成声的话语,她的肩膀竟不停地抖动起来。

"其实,我怎愿离开你呢,我多想夜夜这样偎着。"说着,柳三更抱紧了她,"可头上总像悬着一把剑。你这里人来人往,遇到一个生人,我就担心。我更怕因我而断送了你的生意,你的茶馆,那可是你的活命的路……"

"我丢不下你,像戏文那样,爱叫你三郎。你是那么温存又有力量,只要你一靠近，我就浑身发热。那曲儿是怎么唱的？'哥哥你且下马，哥哥你莫扬鞭，小奴家愿为你，褪尽我的衣衫……'"她一面偎紧他一面央求着，"就这样，再唱一支小曲吧！"

柳三轻声哼起来，一只手在她光滑的皮肤上揉搓着……

怜今宵，芙蓉帐暖更漏短，
叹明朝，枕冷衾寒谁共温？
……

"不，我明天送你去辽阳，命中还有一夜情……"卢婶坚定地说。

清冷的星光照着荒凉的古堡，柳枝儿在夜风中摇摆。

三更三点三更鼓儿梆，
情郎哥哥爬到奴的身上。
妈妈也是问呐啊，
妞儿妞儿什么东西响？
妈妈你要问，
什么东西响，
巴拉狗子吃食呱哒米汤啊，
睡觉吧，娘啊……

一个醉汉唱着小曲从街心走过，从茶馆的门前走过。那热炕头上正偎依着一对惜别的恋人……小镇的夜晚，春寒料峭，冷月在天……

当我打开青年时期的笔记，翻阅家乡动人的传说，便感到那凄凄的风流韵事，哀哀的温情蜜意，散发着纯真的情爱的芳香，在俚俗春曲中柔柔地流淌……
睡觉吧，娘啊……

离情

"我把这两年的积蓄全花光了。"卢婶一面擦着茶桌一面扬起脸对母亲说。下午的阳光浮漾在她得意洋洋的脸上,显得春风满面。"可惜,宝子没去!"她俏皮深情地盯着我,冷不防在我脸上亲了一下。坨村人都叫我喜子,独卢婶爱用我在外婆家的称呼,也许她为了表示跟母亲的亲密。她们的确处得很好,母亲听我说柳叔走了特意来看她。

"都是爷爷离不开他,"母亲这样说,但我知道她是找借口,"你们还在辽阳的旅馆里住了一宿?"

"是啊,"卢婶应着。

"你看要是带个孩子该多受罪。"

"我想,像个家,和和美美的一家人出门旅行,那多好。我不愿人家看我们是野鸳鸯。我给他买了套洋服,单是那顶礼帽就够我一月挣的。还有这戒指,"她伸出手让母亲看了看,"一人一个,不太值钱。余下的给他作了盘缠。就算这半年多的工钱吧。"她凄苦地笑了笑。

"他想奔哪儿去呢,回老家?"妈问。

"他要回家看看,想爹妈。可是不能落脚,以后打算经营口奔黑山,拜师学艺,进戏班子。要不成,就上山,找游击队。他不想一辈子东躲西藏,过下九流的生活。"

"你没问,他有媳妇吗?"

"我没问,看样子没有。反正对我都一样,人走了,你还能指望什么呢!只盼他能平平安安地闯过难关。那一天从辽阳回来,我一个人骑着你家那毛驴,心里真难过。露水夫妻,做了一场梦。二妹妹,我当寡妇当怕了!"卢婶停下了,软软地坐下来,拿抹布的手垂在膝上,眼盯着墙。妈妈竟也找不到话说。许久,卢婶又接着说:"什么都得你一个人,买柴担水,生火作饭,洗涮缝补,侍候完别人还得侍候自己。一天累得要死,坐下来骨头都是软的。可你能靠到谁的肩膀上?就这样,还是是非非、风言风语,真是身心憔悴……"

她又沉默了,过一会儿,眼睛一亮,"那一天过得可真快乐!他穿上那洋服,戴上礼帽又漂亮又神气。他真年轻,真年轻。我们买了好多吃的,摆在旅馆的桌子上。他拿筷子敲着小碟,给我唱《草桥惊梦》……就是张生进京在野店里梦见莺莺那一段。平时在茶馆唱，只觉得词儿美调儿美，可那晚上听来，心里真不是滋味。开始那几个女招待还站在门边听，后来便进来了，给我们倒茶，也坐下来。她们认为我是做大买卖的，把小柳当成了戏子。唉，就让她们把我看作有钱的荡妇吧，只要像戏文里说的，一夜风流……我当寡妇当怕了。"卢姁闭起眼，泪珠儿从她的睫毛下流出来。这时太阳已西斜，忽然，一个人掀帘走了进来：

"我这里透骨地相思何日了，你那厢枕边儿惟有泪珠盈……嫂子，看茶！"

一个人进来了。逆光给他蓝袍子泛一层光辉。

"这肖六！"两个女人都乐了。

才子肖六是富家浪荡子。警长要抓柳三，就是他给卢姁透的信——他堂哥肖五在警察所里跑腿。

8 绣女恋情

木匠

　　柳三走进卢婶的生活，就像一颗流星划过夏夜的天空，倏忽闪现了一下，旋即消逝了，无影无踪。谈起往事，卢婶会神情疲惫地对母亲说："这都是命。"的确，瞎子何三给他们算过。卢婶是火命，柳三是金命，火能克金如何久长？她的身边需要一个木命的人。"这个木命的人是谁呢？"大有店二大娘和妈妈聊家常的时候，都不约而同地这样问。

　　木匠胡庭芳是一个性情温和带点忧郁的人。我们家乡老一辈多是聚族而居，兄弟们是从同一个祖父那里排下来的。木匠行四，大家叫他胡老四，庭芳这个给人带来美好联想的名字便被忽略了。其实他是个独生子，深得父母的珍爱，传他一手好工艺。他不但木匠活儿好，还喜爱音乐，擅长箫管，是茶馆和剃头房的常客。在小镇，这两个毗邻的地方可算是文人荟萃的地方了。老木匠是爷爷的朋友，胡家爷俩是我家的世交。我六岁时，四伯三十七岁。他半生坎坷，年少出走，当兵负伤，留下了许多故事。这些在小镇上传为佳话，说书人还加以渲染，编成段子传唱四方。在下面的叙述中我已剔去了那花哨芜杂的成分。

　　这事得从我出生十年前说起……

　　在坨镇，肖家是个大户财主，住村西，离我家不远。肖老太爷有三儿一女，老太太早逝，二奶奶生的儿大排行小六。大儿子管家，二儿子在奉天张家军里当个小官。那是民国十三年，经他介绍把家里的小妹许给同僚何姓。姑娘要出嫁了，要做许多针线活儿，还得打些家具，借此机会在娘家宴请宾客，拉拢官绅。春末，胡木匠被请去了。

胡家祖传细木工，胡木匠远近驰名。专做庙上的活儿，也给官绅财主修缮宅邸，打造家具，诸如廊檐门窗、桌椅屏风之类的镶嵌雕镂。为此他收集了许多画谱，像芥子园的，还有一些带绣像的木版书。他们成了儿子老四的启蒙读物。这中间有一本光绪五年的刻本《红楼梦图咏》。胡木匠怎么也没想到，这几册为了给达官贵人装点家居的《图咏》，竟注定了小儿子一生的坎坷命运。

我们家乡有一句谚语，叫做"老不看《三国》，少不读《红楼》。"乡民们认为，《三国》讲计谋，让人学奸；《红楼》谈爱情，使人变痴。老而学奸已经派不上用场，空让人骂；少而变痴，一辈子是废物。这谚语并不反对学奸，而是嘲笑那奸而未得实惠者。倘若少年读《三国》，在后来的人生路上因计谋而升官发财，那就另当别论了，那要比少年读《红楼》变成呆子强多了。

说到这儿，又使我怀念起家乡父老：那些光着脊背在树阴下编织箩筐的汉子；那些在酒饭茶肆高声吆喝，招徕顾客的堂倌；那些衔着烟袋，面带微笑听唱鼓词的老者。他们是多么聪明睿智、深谙国人的哲学啊！

胡家小四那年二十岁，跟爹爹学木匠。那两年做细活儿的少了，胡四便也做些农家器具。就是在这些物件上，他也总能发挥些细木工的巧思。就如年前，他给王磨坊造的磕面柜和扇车子就别具匠心，加了精巧的活门，使用者十分喜爱。

老四念了一段私塾，认识字也懂算术。他看了不少爹收集的市井文学，什么《全相三国志平话》、《岳飞破房东窗记》，鼓词《秦琼打擂》、《穆桂英烧寨下山》。在这些书中，《红楼梦》把他给迷住了。

可是，你叫一个小木匠到哪里去找竹影婆娑的潇湘馆？哪里去找碧纱窗幔飘来的袅袅幽香，悠悠琴声？还有那纯情少女的诗意芬芳……

小木匠算是给毁了！出生在茨榆小镇，在市井中辗转的小木匠，背着刨凿斧锯随爹爹走村串屯，终日为简陋的衣食而奔波的小木匠，算是……给毁了！

曾经有一个给肖家拔草摘豆的丫头，姓黄，叫菜花，十七岁，红红的脸蛋儿，性格泼辣，像家乡的高粱一样憨实可爱。她热情如火地扑向他，在肖家的草垛里向他敞开热气腾腾的胸怀，他却提不起神来。

在这穷乡僻壤，除了高粱地就是豆子地，除此之外就是荒岗沙丘，树倒是有不少，可到哪里去找那花木葱笼裙裾飘香的大观园呢？

小木匠所爱恋的精神家园在哪里呢？

那一天,他给爹爹作四扇屏选料。肖家二少爷是个新派,想借妹妹的婚事把家里搞得排场一些,网罗同僚。他从外地运来了一些木料,有紫檀、红木和楠木,在当地也买了些花梨、杨、樟和松。

胡木匠对儿子说,作屏要镂空透雕,最好选香檀。它的木质细密,纹理清晰,也不太硬,性脆不变形,刻起来也不粘刀,不呛丝。颜色有红有黄,上了漆很显眼。如果檀不够,就用它作饰件,用楠作框架。楠木色泽暗褐,古朴典雅。楠还比较软韧,不劈不裂不走形。有一次,小四拣一块料,不能断定它是不是檀,便去问爸爸。老木匠便提一壶酒来,在料上洒了一点,然后用小白褂的边擦了一下,让儿子看,口里说:"这是紫檀,紫檀见酒变红色。"

爹走后,小胡四慢悠悠地在挑选料,心里还在想着潇湘馆。忽然,一个苗条的小女子向她走来,猫一样轻飘。

"大哥!"声音细细的。

小胡四停下了手里的斧子——那是一个小小斧头,用它来查看木料的韧性、致密度和纹理。

一个白白的细眉细眼的姑娘站在他的面前。

"大哥,能给我做一个绣花架子吗?我是这儿的绣工,叫小翠。"

那怯怯的带一点娇羞的仪态,正是他梦中的所求……

绣女

肖家的后院在老宅的西边,面积是老宅的两倍。它分为三个部分,中间是宅基地,前边是二层院,后边是个园子。园子与老宅的后园连成一片,栽种了家常用的蔬菜:茄子、豆角、黄瓜之类。房基空着,种了一片向日葵。边角处堆着石料,长满了野草闲花。挨着老宅有四个谷仓,燕子栖息在它尖顶的檐下。这后院的西边是场院,它们之间是一排高大的杨树。宅基的南边背靠老宅的西厢房搭了三间棚子。里面堆了许多木料,还有一个大案子。财主家多是如此,每年都有些木工活儿,诸如车辆、犁耙、扇车、门窗之类要打造维修。肖家本打算给老二盖房子,因他当兵在城里安了家,这院便空着。院的南北各有一个大门和角门与老宅相通。

眼下胡木匠在老宅的西厢房里精雕细刻，儿子小四便在后院的棚子里选料下料，往屏风框架上镶嵌饰件。这活儿，老四干得很细：他先把那些刻好的花鸟用水砂和粗布磨好，端正地摆在框架上，用细细的铅笔勾出轮廓；接着拿窄小而锋利的凿子在线内刻出一个浅浅的槽，不断用手指拭摩，将槽底铲得很平；然后反复拿饰件测试修正；末了，在它的底部涂上薄薄的胶，在上面垫上布用小木锤轻轻敲进去。由于饰物的大部凸现在架上，不同的材质更衬出精美的浮雕效果。

爱，总是激发着人对美的追求。

人说"情人眼里出西施"，其实风景何尝不如此？自从小四认识小翠，她那娇小的身影在棚里出没，这荒凉的大院也变得有了情趣。菜花间飞舞的蝴蝶，庭院里呢喃的乳燕，就连那在夏风中喧响的杨树也都变了样。似乎它们都成了快乐的精灵，在光波中款款摆动，在清风里低低吟唱……这晴丽的夏日多么美好啊！舒爽、温馨而生意盎然。

有的美学家说这是"移情"，有的美学家说"不"。其实，小四欣赏的不过是大院在他脑子里的"底片"。底片既然在脑子里，免不了染上感情色彩。是啊，马夫兼更倌的老孙头就没什么感觉。他不是也经常从老宅的角门出来穿过后院到场院的马厩去吗？他老是闷着头，太累……

胡四做的绣花架子，不仅小翠喜欢得不得了，连老太爷也端着水烟袋绕着它转了三圈。

乡下妇女绣花都用花撑子，圆的有团扇大小，竹制的两个圈卡住绣件，绷得紧紧的，轻轻巧巧拿在手里，随意翻转刺绣。姑姑就有这样的花撑子。我有几个兜肚，上面的"喜"字、小猪、带金穗的铜钱，都是姑姑用那花撑子绣的。外婆家河村的吴姨给她女儿的布衫上绣的荷花，也是用那样花撑子绣的。

可是小翠要绣的是大件，花撑子不顶用。胡四做的绣花架子像是一个长方形的空心几子：有一尺半宽，三尺来长，在宽的一端，有一根位置可移动的棍，绣件套在棍上，棍上有绳紧绷在架子上。架子设计的匠心之处是，它的四条腿可以伸缩，夏天可以支在葫芦架下，冬天又可以放到炕上。

小翠特别喜欢这花架子，竟与它形影不离，绣起活儿来废寝忘食。小姐主人看她这样勤奋，也摇着手帕走过来夸奖一番。

小翠要绣的帷幔，包括它前面一段三尺来高的帘罩，它和幔帐一般宽，那上面少不了各种花鸟人物。她不善创意，需要别人画成纸样，她再描到布上，注上颜色号码，然后去绣。而设计花样正是细木工胡家父子所擅长的。老头有经验，儿子小四更是天资聪颖，他用工笔线条勾勒的花鸟鱼虫惟妙惟肖，栩栩如生。特别是他笔下那些姑娘丫鬟更招人喜爱，个个都是柳腰慢摆，裙带飞扬，婀娜多姿。他爱画她们，还专门跟坨镇年轻的画师水石先生学过艺。

当腼腆的小翠红着脸说出她的请求时，胡四便一口答应，接着便取出他的芥子园和各种绣像图本。小翠看了，显得惊讶和兴奋。

就这样，在木料棚的长桌上，两人摊开纸笔切磋起来。天真的小翠在观赏胡四的描绘时，赞叹里充满了倾慕。

小翠爱看小木匠刨木料。他的动作慢悠悠的，准确而有爆发力。白粗布背心衬着那结实的肌肉，正是这个苦命的孤单的女孩所企盼的——可以兴家立业的男人应有的力量和美。

两人在挑选花样翻阅图画时，少不了比肩接肘、耳鬓厮磨。有一次，他们翻到《西厢记》中张生和莺莺卿卿我我的姿态，不禁相视一笑——你很难说清那愉悦的目光是欣赏画中的美人还是喜爱面对面的模特。那青春的容颜，灿烂的微笑，正燃烧着情爱，飞扬着霞彩……

这时，一只蜜蜂飞来，落到张生的脸上，他们便大笑起来。渐渐地，笑容收敛了，俩人对视的目光却有些惶惑了。

"你这，小褂，汗透了，我……给你洗洗吧。"小翠怯怯地说，纤指在他背上划了一下。

9 木匠悲歌

知音

  酒酿好了，封起来埋在地下，过若干时日打开，才好喝。一见钟情的爱，好像也需要时间的作用。整整一个夏天过去了，两个青年人熬过了多少不眠的夜啊！晚上躺在炕上，月亮移着窗棂的影子。小翠听见后院传来悠悠的箫声，她知道那是胡四吹的。箫声呜呜咽咽，像小河流水，诉不尽她的苦难……父亲去世那年的夏天，母亲带她回外婆家，在羿家桥的小河边坐了许久许久。哪里有活命的路？何处是安身的家？小河水汩汩地流，就像这箫声如泣如诉……莫非小木匠知道我家的命运？他如何能这样打动我的心？人活世上知音有几？郁郁的箫声带着苦情又化解苦情，像柔柔清风抚慰着往昔的忧伤。听着听着，小翠已泪水盈眶……

  木匠和小翠虽然近在咫尺，却不能天天见面。半个月来，为了赶活儿，小姐把小翠盯在眼里。有时，木匠便叫肖家小六捎个信。小六是小姐二妈生的，那年六岁。一个灵俐的孩子，下了私塾，就爱找胡四看画书。

  那一日，小姐随二哥去奉天买嫁妆。歇晌的时候，小翠跑过来。小四忘情地搂住了她。她顺从地偎依着，有点发抖。片刻，她复将他轻轻推开，坐到一边掉下泪来。小木匠慌了，莫不是自己太粗鲁了？小翠慢慢讲起她的身世。

  她娘是羿家桥人，嫁给了南三台林家一个浪子。林氏家族有两三个大财主，信教，洋人用庚子赔款在三台子修了个教堂。后来梵蒂冈承认满洲国，教会在这块"王道乐土"上和日本人勾结，教堂传达天主的声音开了个戒烟馆。吸鸦片到戒烟馆去，这确实有点滑稽。小翠的爹就在烟馆里混。没几年，家产散尽，他也带了一杆烟枪，躺到六块板钉成的棺材里。小翠娘用衣襟擦干了眼泪，在娘家住了几日，思前想后，便拖着六岁的小翠来到了茨坨肖家，当老妈子。因她女红好，专做炕上活儿。一大家子人，针线活儿多。这样过了五年，翠娘也死了，据说是奶疮，用现在科学的眼光看就是乳腺癌。

从此小翠成了孤儿，就寄养在肖家作丫头，今年也已十七岁。本来她外婆家还有一姨一舅，日子过得都艰难，只在年节来接她，也带些礼物给好心的肖老太爷。

小翠静静地讲述了家世，拿眼望小木匠，这个多情的小子早已泪流满面。这时太阳已经西斜，老杨树的影子偏了过来。风吹起，叶子沙沙响，荒草中向日葵沉甸甸的头摇摆着。

稍许，姑娘又平静地说："那一天我在里屋无意中听到姑娘和二太太说，要把我带去。肖家那个未成亲的女婿来过两次，他在张大帅那当个小官。我给他们上茶，从他和老太爷的谈话里我隐隐约约听说，他们想把我带到城里去，说是姑娘得有人侍候。将来也让我认识认识他们的同僚。姑娘为探听我的口风，还讲了个故事：说如今给当官的做小如何受宠爱。我把这事跟教我画花样的水石先生说过。他分析了之后悄悄对我说，按姑娘那性格，岂能容你争风？闹不好会把你送给他们的上司，拿你当礼物。"

小翠讲得很平静，似乎这事她已想了很久：对于一个父母双亡，孑然一身寄人篱下的小女子，出路又在哪里呢？

今天她这样缓缓道来，可要看看胡四的态度。

果然，小木匠听罢原委，双膝跪了下去。

从此，小翠便时而来棚子里与胡四相聚。两人海誓山盟，以身相许，青年男女的柔情蜜意便在平静中发展着。

那一日，姑娘在案上描图样，弓着纤细的腰身。一缕阳光照在她的发际和稚嫩的面庞，幻一圈光辉。她白白的、细细的手指在图纸上蠕动。忽然一阵冷风吹来，她咳嗽两声。小木匠望着，心里陡然升起无限爱怜。他放下了手里的尺子，走到她身边，握住她的手：

"霜降了，你可要当心，别着了凉。"

她便也倚着他，"看你说的，我是金枝玉叶吗？"

她沉默了片刻，用下巴指指她正在描的"黛玉葬花"：

"再讲她吧。"

于是他便坐下来,又给她讲了大观园里的故事。

"她跟你一样,没了爹妈。"

"我怎能跟人家相比,姥姥也死了,没人疼爱,是卖到别人家的丫头,像那个……补裘的……"

"真的,你的手和晴雯的一样巧,还那么美,那么柔软……"说着他便紧握了她的手,把她揽入怀抱。

她莞尔微笑,一面用另一只手梳理他的头发:

"娘临终的时候叮嘱我,珍贵这双手。她说我体弱,不能下大地干活儿,就用这双手养活自己吧,这——"她看着自己的手,"就是她给我的……"

秋日温煦的阳光照着这一对爱恋中的情人。

时而他们也能找到一点短暂的空闲,聚在一起倾诉情怀。

有一次她慌慌地跑来,惊恐地依偎着他。他问她缘故,她更贴紧了他,摇头,喃喃地说是梦。他抚着她,在薄薄的衣衫之下,那娇小的浑圆的胴体在颤动。他一下想起了三年前他和父亲去千山看林木,无意中碰到一只被猎人网住的小鹿。他把它抱在怀里,抚摸它光滑的毛皮,听它"咻咻"的呼吸,感受它的体温和剧烈而柔弱的颤抖。它的目光是哀怜的。他轻轻地放它到草地上,望着它弹跳而去。这一次,他的俘获者目光中闪着同样的哀怜,却要他拥得更紧。一个无助者对命运的悬念鼓动着激情,就这样胸贴着胸,臂环着臂。他的手轻轻滑下去,沿着腰际美妙的弧线。他的面颊在她的耳际磨擦,就在他的唇触到她颈项的一瞬,他的血液沸腾起来——他嗅到她的体味,那青春处子的纯美的芬芳……

生别

正是隆冬时节,天寒地冻。毛驴子不停地喷着响鼻,荒岗上积雪在它的蹄下发出咯咯吱吱的声音。它时而用困惑不解的目光扫一下它的主人:大冷天,我们这是在干什么?

小木匠没有回答,只是亲切地移动一下它背上的毯子,还把一件狗皮褂子搭在它肩上,复又温存地摸摸它的面颊,依旧踮起脚望着村边的肖家大院。

牲口棚的杆子上那盏马灯在风里晃动,那是更倌老孙点的,夜里他还要给牲口添料。

小翠虽然瘦小却也机灵。场院西墙根大柳下有一段木头,那是他白天放好了的。她只要把它竖起来,倚在墙上就能蹬着它翻过来了。毛驴还在不安地躁动着蹄子。他又从口袋里抓一把高粱塞到它嘴里。不知从哪个窝棚里传来小曲:

星儿稀,月儿明,
梆儿已打罢三更呐啊,
我的小妹,你穿过门厅,
脚步儿可要放轻啊呀哎。

农历腊月二十,半轮的明月已升到中天。

帷幔和屏风都做好了。四扇屏面雕的是春兰、夏荷、秋菊、冬梅,配上时令的鸟儿,雕镂得玲珑剔透,活泼典雅。帷幔中间是水波与荷叶映衬下鲜艳的并蒂莲,四周是四时花卉,它的枝叶翻卷勾连,形成了流畅而浪漫的花边。更为美丽的是幔帐前面的那一幅宽宽的帘幕。一排绣的是《红楼梦》里四个美人:宝钗扑蝶、黛玉葬花、湘云醉眠和惜春作画。

他们两人都知道,两件手艺完成之时,便是他们分别之日。肖家老太爷把一切都看在眼里,岂容一个毛头木匠搅了他的算盘?在他的观念中,那是给小翠一个更好的前途,何况他有恩于小翠母女,焉能纵容那伤风败俗的负义行为。

那一天,这两件工艺品在堂屋展示,家人和几位亲友都交口称赞,纷纷向老太爷祝贺。老人家也让胡木匠上座,命家人看茶。就在这闹哄哄的时候,小四和小翠跑到后院的棚子里,搂在一起,彼此都感到对方的心儿在怦然跳动。他们只用三两句话便约定了这个计划。事实上,它在两个人的心里早重复了百十余次。

小翠紧紧地偎着小四,一会儿觉得他们将生活在一起,一会儿又感到他们要永远分离。这种极度的欢欣和恐惧剧烈地折磨着她,使她的精神和情绪濒临崩溃。于是从她的内心深处,从她的感觉深处,升起一种欲望,一种不可遏制的渴求。她的身躯微微颤栗,暖蒸蒸出了虚汗。她望着小四,眼里是奇异的光彩,口齿却像害了热病一样呢喃着。这时小木匠感到一种力量,一种本能的冲动,他要把小翠放在热烘烘的胸口,他要给他一个顶天立地的誓言。他站起来,毅然拨旺了炉火,反锁了板棚的门。小翠瘫软在案上,胸脯激烈起伏着,葱绿色的对襟小袄裂开来。小木匠瞥见了粉红色的精巧的兜兜,兜兜下面绽露出清纯处子的小小的蓓蕾。炉火哔哔剥剥地响,他通体燃烧着⋯⋯

小木匠在寒风中跺着脚,一想到这个无父无母的孤女,甘愿委身于他,眼泪便止不住滚落下来——"我小四顶着天上的星星发誓,让她过好日子。"

是的,只要小翠找到机会溜下场院的土墙,便会有一件皮褂子裹在她身上,把那纤弱的簌簌发抖的小身子放到驴背上,远走他乡⋯⋯

两个年轻人有手艺还怕挨饿吗?要是有个孩子,妈会在他兜肚上绣条小鱼,爸爸会给他雕个小马驹⋯⋯

突然,肖家场院里的一声驴叫打破了他的美梦。他的驴也跟着叫起来。乌鸦从树上飞起,东方已经露出鱼肚白,天上的残月正在黎明中消隐⋯⋯

露儿浓,霜儿重,
寒风儿透前胸呐啊!
我的哥哥,你在荒郊,
奴家的心儿痛呀啊唉!

那只小曲又响起了,但不是从窝棚里,而是从他悲怆的心头。

他再也忍不住了,便在就近一棵树上拴了毛驴,小跑进了村,翻过土墙——就是这个可怜的年轻人望眼欲穿的那段土墙。他落到场院里,刚好踏上那段木头。响声惊动了老孙,他悄悄走过来对小木匠说,小翠被送走了,昨天吃过晚饭就走了。城里来了一辆车,一个当兵的跟着。"噢,这是她给你的。"小四连忙接过来,那是一条绣花手帕,上面歪歪斜斜写着三个小字:"我恨你。"

他像遭了雷击一样,木然站着。《红楼梦》那股撕肝裂肺的邪劲儿在他身上发作着。他不知怎样翻过墙,骑上毛驴,昼夜兼程,在掌灯时候到了奉天城边。在小店里喂了牲口,猫了一宿。第二天,他卖掉了他的驴。可怜的畜牲纳着头,疲惫不堪地啃了啃它乖戾的主人。就这样,他在这个陌生的大城里茫然踯躅,四处打探。遇到衙门便询问肖二的下落,他从别人的呵斥声中感到地位低下的屈辱。于是在日落时分,他走进了一座兵营⋯⋯

是了，更倌老孙曾经用棍子捅他，让他回家。他走到村北曾下了驴，登上那古昔的烽火高台。望着他祖辈留下的，现在父母居住的老房子，在雪中跪下去……可是五年后，当他拖着伤残的身体返回故里时，二老已双双谢世。

那是民国十三年，爷爷说那一年的冬天格外寒冷。

坨村，我苦难的家乡，有多少流失的故事待我追忆！

10 战乱情殇

战争

7月的一个傍晚,爷爷带我从羿家桥看猪回来。翻过西岗便听见悠扬的乐声从胡四伯的瓜棚里传来——胡琴和洞箫的合奏。我们走到跟前,徐伯笑着招呼,四伯移过板凳,又捡了个甜瓜,擦了擦递给我。

"今天得闲,过来玩?"爷爷和悦地望着徐伯。

徐伯:"梦屏回来了,孩子是学音乐的,四哥叫我来见一见。"

爷爷:"孩子在哪儿?"

胡四伯接道:"在屋里教侯五抄谱子呢。"

"孩子有出息,可惜,妈妈不在身边。"爷爷感叹说。

"她能上学到今天,也亏得养父家……"四伯说。

他们聊了一会四伯的女儿——梦屏在师范学校的学习和将来的打算。过了一会儿,徐伯问:"那一年你跑出去怎么找到的四嫂?你从来没说过。"

"说来话长,"四伯磕了磕烟袋,"我最感痛心的是伤害了爹娘。如果那时我不那么任性,二老也不会死得过早。爹若活着,今年也不过六十七岁!当时我只想到奉天找到小翠,问个明白。哪想到这一去就是五年,要不是我受了伤,还不知道流落到哪里……"四伯又点上了一袋烟。

下面就是他讲的故事——它早在坨镇的乡民中流传,而且染上了口头文学中那种神秘浪漫的传奇色彩。

"你们二位知道,那年我二十岁——"四伯吐了一口烟,"民国十三年,腊月二十一。我骑一头毛驴在章驿打一顿尖,掌灯的时候到了奉天城边。在窑地的

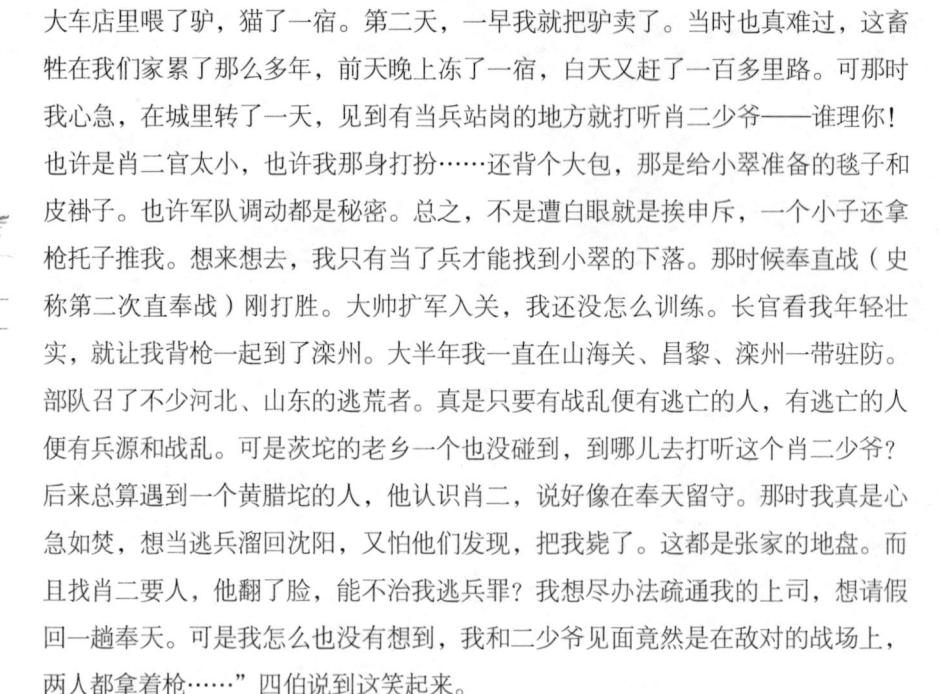

大车店里喂了驴，猫了一宿。第二天，一早我就把驴卖了。当时也真难过，这畜牲在我们家累了那么多年，前天晚上冻了一宿，白天又赶了一百多里路。可那时我心急，在城里转了一天，见到有当兵站岗的地方就打听肖二少爷——谁理你！也许是肖二官太小，也许我那身打扮……还背个大包，那是给小翠准备的毯子和皮袄子。也许军队调动都是秘密。总之，不是遭白眼就是挨申斥，一个小子还拿枪托子推我。想来想去，我只有当了兵才能找到小翠的下落。那时候奉直战（史称第二次直奉战）刚打胜。大帅扩军入关，我还没怎么训练。长官看我年轻壮实，就让我背枪一起到了滦州。大半年我一直在山海关、昌黎、滦州一带驻防。部队召了不少河北、山东的逃荒者。真是只要有战乱便有逃亡的人，有逃亡的人便有兵源和战乱。可是茨坨的老乡一个也没碰到，到哪儿去打听这个肖二少爷？后来总算遇到一个黄腊坨的人，他认识肖二，说好像在奉天留守。那时我真是心急如焚，想当逃兵溜回沈阳，又怕他们发现，把我毙了。这都是张家的地盘。而且找肖二要人，他翻了脸，能不治我逃兵罪？我想尽办法疏通我的上司，想请假回一趟奉天。可是我怎么也没有想到，我和二少爷见面竟然是在敌对的战场上，两人都拿着枪……"四伯说到这笑起来。

"那年，民国十四年阳历11月22日，郭松龄军长打着少帅的旗号，回师逼宫，让老帅下台。那时，我部归郭军统率，出了山海关一路顺利。这时候日本人介入了。战事一起他们就想趁机渔利，分别和张、郭谈判。郭没有答应他们的条件，他们便去帮张。不知张作霖许了什么愿，关东军沿辽河设防，借口保护日本居民和南满铁路，阻止郭军。郭不敢与日本正面冲突，也没有理会他们的通牒。他拿下了新民，与奉军在巨流河一带展开了决战。郭军在河西，张军在河东。日本人给张提供了大炮，双方的火力都很猛。大炮和炸弹震耳欲聋，扬起来的黑泥沙土打在身上，差一点把我埋起来。"

"仗打了一阵，战场上传开了，少帅和老帅在一起，郭松龄倒戈是叛军，军心散了。他们往后撤。我那时候就想回奉天，不愿死在战场，一有机会我就抱着枪往后边溜。我猫在一个荒沟里。过了好一阵，可能郭军都溃散了，我站起来。这时候一个人端着枪向我追过来。拂晓了，天上有点云，看不太清。幸好谁也没开枪。走近些，两人一下都愣住了，我认出他，他也认出了我。"

"'小四？'他喊，唉！在战场上听到村里人的声音真是亲切。"

"'二少爷！'我也叫起来。"

"我俩都把枪口顺了下去。"

"'快！'他拉我跑到一个壕沟里，他趴下把我也按倒了。"

"'你到这儿来干啥？'他问。"

"'找你呀！'"

"'家里出事了？'他俯身点了一枝烟。"

"'我找小翠。'我说明了来意。"

"'你这混蛋，还有脸找小翠？'他猛吸了一口烟，开始骂我，'你把两个姑娘都弄大了肚子，还有脸找她？'"

"小翠怀孕使我惊喜，可我不知道他说的另一个是怎么回事，便问他。他不理，开始骂，骂折腾他两天一宿没睡觉，骂天气，骂巨流河不结冰——我看他裤子大半截全湿了——接着他又骂郭松龄忘恩负义，骂小六子（张学良）乳臭未干，骂大帅任人惟亲。他冻得有点发抖，让我把他靴子脱下来。我讨厌他那东家的派头，又看他怪可怜的，便给他脱了，用衣服给他擦干了脚。他听了听枪声说快结束了，又说肚子饿得受不了，得进村找点吃的。"

"我们一进村，模模糊糊看见一辆大车向村西拐去。少爷又骂了一声：仗都打完了还跑什么，这些土财主！"

"事后我们知道，郭松龄带着他夫人就是坐大车跑的，肖二又后悔丢了立功的机会。我劝他说，你咋知道那是郭军长？战乱时候谁不跑？！"

"后来是骑兵把郭军长追上了。"四伯摇了摇头，"临刑前，郭夫人凛然地说，让我走在军长的前面，真是巾帼英雄，红颜知己。"

情殇

"我们找到了一个小铺，天已大亮了。掌柜很惊慌，少爷丢给他一块银元，他给我们弄到了一瓶酒和一只烧鸡。"

"你问清了翠嫂的下落？"徐伯问。

"我怎能放过这机会？"四伯继续说，"劝他喝酒，三杯下肚，他也暖和过来了，又开始骂我：说我扔下家就跑，爹妈现在也不知咋样；他的话触动了我，掉下了泪，可眼下已是箭在弦上。接着他又骂我，庭芳啊，庭芳，多好一个名字？在家的时候，看你作木匠活儿，挺老实。那个，伙计们叫她一阵风的，黄……菜花，不是挺好的姑娘吗？团团的脸，喜眉笑眼，身板那么结实，能给你生一打小木匠……"

"我说：'别瞎扯了，我关里到关外，冒着枪子儿，就是为了找小翠。我可不像你，放着地主不当，给人卖命，老想升官。'"

"'我瞎扯？'他把筷子一摔，我六弟亲眼看见你和菜花从草垛里钻出来。他拿眼瞪我。我向他解释了当时的情况，说我和菜花没啥，我要娶的是小翠，我要和她成家。'少爷，求求你了，我得见她一面。'我说着，眼泪止不住流下来……他直盯盯地望着我，或许他感动了，或许他醉了。"

"'小四，'他拍着我的肩膀，'你是个情种，可是你把一切都弄糟了！你想要她，为啥不明媒正娶，让你爹和我爹说？'我说：'你爹不会答应。'"

"'那也得听听小翠的！'他辩解说，'牛不喝水强按头？我们肖家卖过活人吗？'"

"'事已至此，少爷，你让我见她一面……'我恭恭敬敬给他满了一杯。他沉吟一会，'老四啊，那时候，小翠发现自己怀了身孕就和我妹说了。我听了之后就派个当兵的回茨坨找你，可你小子跑了。你爹又气又急病倒了。老孙头说，你骑条驴不知去向。街面上还有人说，你嫌干木匠活儿累，去当土匪，去过逍遥的日子。我让老爷把小翠接回去，或送你家，小翠死活不肯，怕丢人。我没办法，只好把她当一个无依无靠的亲戚。其实也可说是亲戚，她妈和她在我家待了二十来年。后来，孩子生下来了。那时一个姓孔的少校常来我家串门，他叫宪武，兄长宪文在教会办的师范学校当校长。书香人家，上校没孩子，还看上了小翠的贤慧纤巧。我看出他的意思，编了一个瞎话，说你们已经成了亲，小翠不愿离开我妹，要到城里生活。这下惹恼你，又跟菜花好起来，你们便离了婚。他表示理解，要认那婴儿为义女，收养她们母女。小翠感激不尽，后来做了他的二房。'说到这儿，肖二停下来。他拍我肩膀，继续说道：'你小子让我背了多重的黑锅呀！可怜的小翠，在我们身边，挺个大肚子，人家会怎么想……'"

"我那时悔恨交加无地自容。我给他斟了一杯酒。"

"'你看，'他接着说，'我编的话，堂堂正正，大家都体面，这回你的女儿有了一个生父和一个养父。也给你解释了，怎么会把两个丫头都弄出了大肚子。'他又笑了。

"过了一会儿,仗打完了。等他们打扫战场的时候,我俩,一个张军一个郭军,已经酒足饭饱,走出了村子。正像街面上说的,茨坨人到哪也不吃亏。"说到这儿,三个大人都笑了。

"你回奉天见到嫂子了吗?"徐伯问。

"没有。"四伯一面装烟一面说,"九九八十一难,罪还没遭完呢!"

"肖二没领你去?"

"小翠跟那个男的跑了,他是个少校,四十来岁了,也是个新派。过去和少帅、郭松龄过从甚密。一见到郭的通电,吓坏了,就写了一封自责的信,解甲回乡了,把小翠也带走了。张大帅查知郭的倒戈内幕是受冯玉祥支持的之后,除了训斥儿子交友不慎之外,并未殃及他人。"

"那,那个少校回来没有?"

"大帅能让那号人回来?他还不知道他儿子那性格,为啥骑兵报告抓住郭军长的时候,他让就地正法?他怕儿子给郭说情。唉!郭夫人也给赔上了……直到大帅老道口被炸,那是民国十七年(1928年)六月的事了。好像又过了半年,小翠她们才回奉天,可能是少帅招呼了。那时候,我正在关内打仗……

"我是民国二十年七月末打石友三的时候受的伤。滹沱河涨水差点儿把我淹死。我回到茨坨,她听说了,偷着来看我,雇了一辆三轮车,连夜回去的。车夫打了一顿尖,她连饭都没吃,哭得像个泪人……这就算对我那一年拉个毛驴子冻一宿的报答。这是我们最后一次见面。可这期间我爹妈都死了。说心里话,回来之后,我一看那空房子,那个揪心。那时我不想小翠,只想两位老人。这就是我为啥扒了老房子,搬到这儿来的原因。在二老的坟边上,守着,心里好受一些。可是小翠回来不知谁看着了,编了段鬼狐传,茨坨人呐啊!"四伯一面磕着烟袋锅,一面苦笑。

"四嫂那年为啥说恨你?"徐伯问。

"这都是肖老太爷使的计,现在他人死了,我们也不说他的坏话了。他把在外面做工的菜花叫回来了。这个蠢丫头也是嫉妒,她让小翠摸她的肚子,说有了我的孩子……她知道小翠的性格,不像她那泼皮。说瞎话,她啥都干得出来。这娘们儿,所以我这次回来不理她。"

"后来四嫂是哪年搬走的?"

"北大营事变,东北军撤了,男的带她走了。屏儿那年七岁,正在念书,留在了奉天家里。不过，说实话，养父母，特别是伯伯对屏儿都好，他们是大户人家。"

"你今天说的这些，《鬼狐传》里可都没有。"徐伯说这儿，三人都笑了。爷爷拉我起身和他们道了别。

"《鬼狐传》是咋回事？"路上我问爷爷。

"都是瞎话。"爷爷回答。

可是后来稍大一些我知道了。说四伯给爹妈守坟尽孝，感动了坟上的狐狸精，半夜化成美女去陪他。经说书人一加工，还有点《聊斋》的味道。茨坨人呐！艾五叔还打趣说，要替四伯去看坟……

11 游民侯五

油坊

　　侯五叔是老侯二姑的堂小叔子，是我的好朋友。所谓"老侯二姑"是我们宋家的姑娘，我的远房姑姑，行二，后嫁到侯家，故有这称谓。侯五原来是油匠，本是油匠侯五，因其爱唱小曲，更以助人为乐，啥活儿都干，深得村人的喜爱。乡民们便昵称为"游民侯五"。说是游民，但不是乞食者。相反，他会很多手艺：榨油、磕面、理发、当堂倌。遇有红白喜事，他还参加吹鼓手的班子。他的小喇叭吹得浪而且悲——"新媳妇听了也掉泪"，卢婶这样说。他常和柳三叔叔在卢婶的茶馆里唱二人转。他不爱死守一门手艺，是因为天性散漫，不以工匠谋生，单为追逐快乐。一件活儿干上几个月，他会突然对东家说："我腻了，想换个行当。"掌柜也奈何他不得。

　　侯叔第一次教我手艺是在油坊。那一天（我五岁那年的春天），爷爷去油坊讨债，顺便拉两块豆饼。他在账房和他们谈生意，我跑到作坊里去看热闹。一进那间热气腾腾的大房子，我也开始冒汗了。两个只穿一条油污短裤的汉子，提一包冒着热气的豆子走过来。嫌我碍事，他们高叫道："谁家孩子？走开！"我正要躲开。有人喊："是我侄儿，喜子过来！"唤我的人看不清，他正站在大锅台上，一片雾气。他跳下来走到我身边，笑说："果然是你。"我怔了一会儿，他满脸油污，浑身汗水，只穿一条短裤。我对别人叫我侄儿不奇怪，集上和爷爷看案子，满眼都是叔。他见我发呆，便将一手叉腰，一手向上扬起，作一副托盘样子，一面扭着屁股，"炒猪肝来了——"我一下看出来，搂住他的腿，"侯叔！"我兴奋叫着。他摸摸我头，笑了，嘟囔说："不怪你认不出，东家和伙计，财主和穷人，光了屁股都一样……"

　　侯叔领我参观他们的作坊，一面给我讲解。

二十世纪上半叶，在东北的小镇，用大豆榨油很普遍。它的工艺流程是这样：先用碾子把豆子压扁，然后用锅蒸，目的是蒸得软些而不是蒸熟。最后是把蒸软了的豆子用油草包起来，放到铁圈模子里去轧出油来。

现在细说，那铁箍模子有自行车轮大小，三指多宽。在它底下铺好油草，把豆子包起来。这样箍了铁圈的油草豆子包有十来层，叠在一起放在两个大铁盘之间。铁盘也是圆的，和圈一样大。下面的托盘固定在地基上，上面的压盘有一掌厚，中心安一根碗口粗细的螺旋柱，铁的，方扣。它的顶端是一个带母扣的铁的横梁，横梁和两根侧柱形成一个铁的龙门形支架，固定在地基上。这门架通过模具的中心线，和螺旋柱在一个平面内。当压盘转动的时候，由于螺旋柱受到横梁母扣的约束，它便上下运动——这正是榨油所需要的。为了确保压盘的平正不偏斜，有一个厚铁板它能以侧柱的凹槽为导轨，上下滑动。它中间有一个孔，刚好把螺旋柱套上，于是它就保证了旋柱的垂直定位。这块铁板可以靠自重下滑或者被压盘托起。那个厚厚的压盘边上对称地分布着四个凹槽，弧距为90度，每个槽有一掌多深，可插进拳头粗细的铁杠子。

当我把榨油机的结构做了这番描述之后，你总可以想象它该如何操作，以实现榨油的功能了吧。

对了，就是那样——当四个工人两两一组，将两根铁杠插入压盘的凹槽（从上面看）顺时针推转时，由于横梁上母扣的约束压盘便向下有一段进尺，而与压盘挨着的铁板由于受到两侧导槽的约束保证压盘不发生偏斜。当然工人是无法连续推转的——有两根侧柱挡着。于是他们转到约90度之后便抽出铁杠退回来插到后面的凹槽中，再转90度（当然严格地说只有80度）。如此，随着大铁盘不断向下运动，豆子中的油便渗过油草缓缓流下来，流到地槽，流到大桶里去。挤压到一定程度便停下来，缓一段，积累出时效作用。这时，虽然压盘不动，油却还在流，而工人又到另一个榨油机上重复这套操作了。像这样的机械，在作坊里共有五台。

现在回过头来看这古朴的人力榨油机是那么粗粗笨笨的，可是你竟然挑不出它的毛病。没有一件多余的东西，没有一点雕虫小技。不错，它是笨重的，看那大铁盘，那大粗铁杠子，然而这"重"不正是榨油所要的吗？这机械没有滚珠轴承，没有齿轮传送带，只有两千年之前就已用过的杠杆原理（螺旋推进施力也是一种杠杆的变形)——多么简易实用！甚至连为了减小摩擦用的润滑油也无须另加，靠那被榨出的豆油的自然浸润也就够了。

参观完了，侯叔便带我试一试。那大铁杠子我是抬不动，当把它插到压盘的凹槽中时，那高度在成人的胸和腰之间浮动。我便举着双臂推，用头顶，在头上垫了小褂，只一会儿我便又出了许多汗。我还要脱掉裤子。侯叔笑着制止了我，一面用他的手巾为我擦干上身，为我穿上褂子。他也穿好衣服，把我送到账房爷爷身边。爷爷看我身上的油渍笑着说："回家妈妈要说你了。"

回到家里，妈妈果然斥我道："哪里沾的这些油？你能穿出什么好衣裳！"

"五叔领他在油坊里玩。"爷爷抚着我头说。

"哪个五叔？"奶奶问。

"游民侯五。"爷爷笑了。

"为啥叫游民？"我问。

"身上有油就叫油民。"叔叔说。

"那姥姥说我肚里有油呢？"

全家都笑起来。

"那你就是油丸子！"叔叔把我抱起来，亲了一下。

"看那身上的油啊……"母亲无奈地说。

当然，如果你站在现代文明的高度，带一点感伤色彩回首望去，那又是一幅怎样令人震惊的图画呢：一群精瘦的汉子，光着身子，只在裆前系一片污布，弓腰抱一根粗铁杠，汗流浃背，在蒸汽的迷雾中沉重地喘着气，推转那厚厚的大铁盘。混浊的油从麻草中涔涔渗出……作坊中的纤夫，生活像泥河一样流，这就是几十年前家乡的油坊。

夏天，小舅把我一个人从外婆家送回来。就是货郎鲁伯串屯那天，因为我想爷爷了，爷爷托货郎鲁伯给我带去好多吃货。望着鲁伯担着担子远去的背影，我忽然想念起爷爷来，非要回家不可。妈妈没办法，下晌便让舅牵一条毛驴送我回家，舅吃过饭又回了河村。我在爷爷的怀里坐了一会儿，出了肉店便到集上去疯跑。后来，我浑身是土跑到卢婶茶馆，恰好侯叔在桌边喝茶聊天。卢婶惊喜地拉着我，说一个月不见我长高了，晒黑了。她又问妈妈回来没有。我告诉她，妈还在河村做棉衣，过几天我还回去。卢婶便叫侯叔给我理发，侯叔去剃头房取来推子便给我推头。

理完发，卢婶又和侯叔兑了一大盆温水给我洗澡。卢婶给我细细地搓洗，把我的小腿扭过来扭过去。侯叔坐在那里一面喝茶，一面望着这情景，竟然掉下泪来。这一下可把我怔住了——乐乐呵呵的侯叔可从来没哭过。他见我和卢婶看他，便揉起眼睛大声说：

"嫂子，你这屋的烟太熏人了！"说着立起来，拍拍我的光脊背，"吃过晚饭跟爷爷到胡四伯的瓜园去，咱们吹喇叭。"说着拿起推子哼着小曲走了。

"侯叔咋哭了？"我问。

"你不懂……你想妈不？"

"我今天刚回来，我明天想妈……"

"这鬼宝子，"她亲了我一下，又低声自语，"没娘和没孩子一样痛苦！"说着又在我背上细细搓了起来。我实在有点烦了……

游民

在外人看来，侯五的性格中有很多矛盾，让我们从衣食住行说起。侯叔不看重钱，也不大会赚钱，可他的生活并不十分窘迫。两间草房整整齐齐的，门窗该漆的时候都漆过，房草该扇的时候也扇过。锅灶自己盘，炕洞自己掏。南炕连着腕子炕，无论东南西北风从来不倒烟。冬天两炕暖暖和和，夏天南北窗风风凉凉。这么好的条件他却不常在家里住，这是一个矛盾。说到这儿，乡亲便摇头。他有时睡我家肉铺，有时躺在裁缝店的案板上——那是与徐伯的剃头房共用三间屋子。一件灰色长袍穿在他身上，干干净净像福盛兴体面的伙计。用现在的话说，就是白领。但到春秋的时候，长袍又变成了长衫。到夏初和夏末，他又会挽上袖管撩起下摆，扎一条围裙在饭馆里旋转——这长衫又成了跑堂的工作服。忽而体面潇洒，忽而捉襟见肘，也令人不解。年长些的妇女会感叹："唉！多漂亮的一个小伙，啧啧啧……"公平地说，小褂还是有两件的，但他并不看重衣着这倒是真的。说完了衣住再说食和行，侯叔吃的很随便。这"随便"有两个意思，一是什么都吃，二是走到哪儿吃到哪儿。有时在饭馆，有时在茶馆，有时在剃头房，有时在我爷爷的店里。母亲送饭的时候，总要多带些。侯五如赶上了，他会从怀里掏出两个饼子扔在炉子上，去茶馆提一壶开水。就这样，爷俩边吃边聊起眼前的工作……市面的人都不把侯五当外人，谁家的活儿他都帮着干。侯叔不但手巧而且巧思，他和铁皮匠丁茂给卢婶打的铁皮壶，设计就很巧妙。裁缝闫叔碰到特体雇客，在下料时也要找侯叔商量裁剪……

"小镇埋没了这人才！"饱学先生水石经常这样说。

侯五是有求必应，给人干活儿不计报酬，给多少是多少，遇到这几家熟人从不要钱。但在我家，干活儿多了，爷爷还是把钱给他的经纪人——他嫂子我二姑（那时候老侯姑父已经死了）。二姑便说："攒着，留给他娶媳妇。"侯叔干活儿勤快而认真，但看起来好似漫不经心，有时还哼着小曲，活儿做完了你却挑不出毛病。过上十来天，他就说要歇一歇，用现在的话说是度周末。但那年月对我们这样下层人还没这规矩，独侯五例外。

这时候，侯叔便揣一把推子到街上去闲逛，遇到小叫花子，侯叔会扯着他耳朵拉到茶馆，给他理发洗脸，然后领他到饭馆去帮着收拾碗筷。开头这些小家伙不愿去掉头发，凉飕飕的，便以暴相抗。但后来他们发现，对于一个干干净净帮着干活儿的小孩，掌柜是愿意把剩饭剩菜拨给他的。这要比蓬头垢面在人家饭桌前伸出肮脏的小手好多了，会得到更多的笑脸和实惠。于是他们改变了态度，一遇到侯五，便蜂拥而上，跟在屁股后面，用儿童那种不可抗拒的声音喊叫："五叔，五叔……"他们中间有个叫溜儿的和他特别亲。那一天在我家铺子前，溜儿捧了半碗小米饭，竟兴奋地叫五叔为干爹。二秃叔（我的本家的叔）给了他一脚，叫道："你得先找个干妈来。"大家哄笑，侯五为啥干这事？

"这都是他自幼没妈的缘故。"母亲和卢婶这样说。

应当承认，在心理分析方面，妇女尤其是母亲们，总是卓有见识的。更有甚者，当侯叔看到一些孤寡翁妪在街上乞食时，他便取出小喇叭为这些体弱声衰的老人献艺求助……

还有一个现象，也很矛盾。侯五虽然人缘好，言谈和气，却不愿与人多聊天，讲那些圀谈彼短的闲话。在小镇，虽然他的知识多，却从不与人辩论。这一点与二秃正相反。二秃叔叔，比侯五小一岁，他的知识少却凡事必争，辩个没完。人说天狗吃月亮，他说不，那是狐狸吃的；人说月亮是冷的，他偏说是热的。人家请水石先生来裁判，水石先生笑着引用古人诗词，说"琼楼玉宇高处不胜寒"，可见月亮冷得很。二秃说："狐狸吞月，为何吞进又吐出？因为它太热，烫嘴……茨坨也有个老狐狸——钱大冤家，他仗着家人给日本人干事霸了我家地。早晚得吐出来！"别人无话说。官家也占了侯五家的地，但他的反应却不那么激烈，只是有时望着原属于他家地上的土地庙出神……

侯五喜欢和孩子在一起，特别爱找我玩。他还喜欢动物，动物也爱围着他转，他每次来我家，那黄狗总要跟着他，送出门外，还谦卑地舔他的脚……

说到这儿，我确有一点感慨。试想，一个男孩若是有一条忠实的狗跟在后面，像我在外婆家时栓柱的大青对我那样，那是多么惬意的事呀！回到家，我便极力培养我家的黄狗，我甚至打算把全部零花钱都用在它身上。不是为了玩，是为了事业。那时，我对市面上的流浪艺人早已心向往之。我明里暗里整整拿了好几块骨头，而且，我还在李家铺里买了一把糖块。我自己只对其中的一块舔了舔，我是下了本钱的。碰巧，那时集上有一个杂耍老头表演他的狗。我学会了两手，回到家，兴致勃勃、满怀希望地投入了训练。结果，唉！我还是别说了……那条懒狗，赖狗，叫它什么好呢！却总是懒洋洋地躺在猪圈门口，把它那因为怠惰而分外难看的嘴脸担在前爪上，似睡非睡地闭起眼睛，借口值夜班，一动不动。不消说，骨头和糖块它是全吃了，我踢它，它只歉疚地摇摇尾巴……有什么办法！奶奶对它挺满意，自从有了它，夜里，猪就再没丢过。

话说回来，侯五在嫂子们面前活泼顽皮，经常唱小曲给她们排解忧愁。一次，胡四伯领着他给王大娘修扇车和磕面柜。之后，他帮大娘磕面。当时爷爷把我家毛驴借给大娘拉磨，因大娘家先前那毛驴是个玻璃眼（白内障）。我以为驴拉磨要刺瞎眼睛，心里很难受。妈解释说，带个眼罩就行了，可我不放心，还是跟了过去。我见大娘跟在驴后收料，述说生活的艰辛，说到伤心处竟痛哭流涕。这时，侯叔正帮大娘磕面，便做出滑稽相，一面应着磕面的节拍夸张地扭着屁股，一面细声细气唱起《寡妇难》："寡妇难，寡妇难，半夜三更直把身翻，也不知谁家的猫儿房上窜，嗷嗷乱叫唤，害得那梦中的人儿也难到身边。"大娘竟破涕为笑，骂猴崽子是个疼人的汉子……

可是，侯五见着姑娘却有些拘谨，常人看来这又是一个矛盾。那天他拉我去西岗脚下胡伯家，一群拔草妇女在路边歇气儿。一个叫二妞的丫头冲他喊："五哥，唱个小曲。"侯叔急惶惶地走起来，过了一截地，在壕坡上坐下了，掏出小喇叭嘀嘀嗒嗒吹起来。妇女们都侧耳细听。

一个媳妇说："这小喇叭吹得浪巴溜丢，真像搂着你的腰一样。"一片笑声。

"哟，嫂子，侯五啥时候搂了你的腰？"二妞大声问，我听了也禁不住咯咯乐起来。

"我说妞啊，搂你腰又咋了，人家高挑的个儿，白白净净的……"那媳妇还没说完，有人帮腔：

"人家能写会算，有那么多手艺，还没老的累赘……"

"嗬，嗬，说不定亲嘴还能亲出喇叭调呢。"一个胖丫头讥讽说。

哄笑声刚停，那媳妇又道："妞儿，胖儿，你们别争，说真的，谁有那个意思？提一筐鸡蛋来，我去传话……"话音未落，三人已滚成一团了。

侯叔不吹了，我们站起来。

"你们别闹了，"一个年长些的女人说，"你们也不看看侯五奔哪儿去的。"

"可不是，人家现在学木匠的劲头可大了！"那个胖丫头故意这样大声说。

我忽然想起那个爱唱歌的风一样轻飘的姐姐来。她是木匠胡四伯和我没见过的小翠的女儿，四伯叫她"梦屏"。她的妆束和发式都很特别，两根辫子不长，发稍卷成个大球球。她喜欢和小孩玩，总是在瓜地招一帮孩子，他们这样唱：

屏，屏，
爱唱歌，会捉虫。
辫子一摆像铃铃，
我想和她藏猫猫，
还想和她数星星。

这词儿是侯五编的。

那一天，提起这事，母亲说："看来，小五是喜欢上木匠女儿了。"

"是那个叫梦屏的洋学生吗？"姑姑问。

"是啊，啧，啧，啧，不知是福是祸……"

"总是这样，总是这样，命啊！"姑姑感叹着。

后来的事证明，对侯五的命运来说，妈妈的话略露悲音。

12 难民老妪

老妪

我五岁那年的岁末,腊月三十。快到晌午了,我和妈妈在肉店里准备帮助爷爷收拾东西回家过年。那时,妈刚送走最后一个讨债人。妈领她到和我们有来往的李家的杂货店办些年货,磨了一下账,还送她儿子一个小灯。那是我选的,她高兴地回去了。她是太平村人,从我未过门的姑父那里论过来还沾一点亲……那一年,由于父亲在狱中,姑姑还有病,家里节日的气氛竟比平时更为萧肃,但爷爷还是给我买了不少花炮。

"刚才,侯五来找喜子玩。"爷爷说。我顿时兴奋起来。

"侯五也怪可怜的,一个人过年,他今年有十八了吧!找一个小孩玩……"

"侯叔爱跟我玩,他还教我吹喇叭呢。"

"二姑娘也找过他,他不愿到嫂子家去。"爷爷说。

"可不是,哥哥死了,嫂子又嫁了别人(说的别人是杨二)。看见孩子也难受……"妈妈正做心理学推测,一阵小鸟叫,画眉,喜鹊……我推开柜门冲了出去。果然,帘子一掀,侯叔进来了。妈妈便说:"这机灵鬼,我还想冰天雪地哪儿来的春鸟……"侯五从口里吐出喇叭哨,向爷爷和妈妈打拱拜年。说着,他又从怀里掏出一挂小鞭,拉着我手说:

"咱们到土地庙放花炮去!"说着我俩便跑了出去。妈妈出来给我戴上帽子,又嘱咐说:

"过一会儿把喜子带回来,到你嫂子那儿去过年。"侯叔应了一声,我们便朝村西去了。

天色灰暗,阴冷,西北风卷着地上的雪沫在空旷的街上打着旋,偶尔有零星的鞭炮声。前面一个人,猫腰捂着皮帽子,夹着一些纸张匆匆奔去。我认出那是嘎子爹肖五。他家在他大伯财主家的东侧，肖家大院的西边便是村外。坨村的西大门，土地庙就在那儿。我们一遛小跑，来到了这里。我放了一挂小鞭，侯叔从怀里取出小喇叭，悲悲切切吹了起来……

这小庙的洞门朝南，庙的西北有两面残墙护着。原来肖老太爷在世时想在这儿修家庙，被他在张家军当官的儿子肖二制止了。儿子是个新派，不愿搞宗庙那一套。其实老太爷有他个儿的如意算盘。这块地原来是侯五爷爷的，修国道被征了去。国道穿地而过，西北边留一小块埋了几代老人，道东的一小块地便空着，后来又与坨村上国道的路以及肖家墙外的粪堆地连成了一片。侯五孤身一人本不以土地谋生，也不去计较。肖老爷却想借在墙外修家庙之举，扩大场院。后来因儿子反对，便只建了个土地庙，但为修家庙而建的两道残垣还在。显然这成了大家都能接受的现状，残壁保留着肖家对这块地盘的觊觎。而土地庙算是公家的，不管怎么说，那是村人共同朝拜的对象。

在纯朴的乡民看来，土地爷有特殊的身份，在众神之中他是一个地位卑微的地方小官。经典小说里把他描写成一个拄着拐杖的白胡子老头，且不说孙大圣，既使本领低下的妖怪也对他呼来喝去。在那个动乱岁月，他使人想起维持会的跑腿的。再看他的供俸，那小庙只一人来高，比鸡窝大不了多少，洞门也仅容得一根蜡烛，且没有窗户。逢年过节，善人们便在他的泥钵之中插几根廉价的草香。偶尔放一个冷馒头，也常被乞丐拿走……更有甚者，那些家狗野狗跑经此处，还常常毫无羞耻地支起腿来，在风雨剥蚀的庙墙上留下它的印记。

土地爷他级别低下，待遇微薄。以那样老迈的年龄为人鬼神妖不同的阶层服务，任凭驱使，风尘仆仆，做各种事。

侯叔爱到土地庙这里来吹喇叭。有人说，侯五在土地庙吹喇叭是和土地爷说话，感谢他守着自家的地没被官家和财主霸去。水石先生说，那是因为他觉得孤单。中国有句老话："每逢佳节倍思亲。"他的亲人在哪儿？他用那小曲去慰问和他一样孤独的土地爷，那也是对自个儿的可怜。但我知道还有一个人在雪地的茅道上徘徊，为那哀哀的小曲动情。她就是过年来看望父亲的胡四伯的女儿——梦屏。她妈妈跟她后来的在张家军当官的丈夫撤到了关内。

风儿紧，雪儿狂，

小镇风情[上]

四野里白茫茫啊，
我的亲娘啊，
你流落他乡，
女儿我痛断肠，
啊啊——啊啊！

就在这时，下雪了，北风旋着鹅毛雪片，纷纷扬扬扑面而来。一个老妪挎着筐，拄根棍子踉踉跄跄奔小庙而来。显然她是想偎在断墙下，避一避寒风。可是她还没走到庙前砖阶便倒下了，很快身上便盖满了雪花。我和侯叔急忙跑过去，见她在喘气，但已经不能言语了……侯叔俯下身去叫我帮他把老太太扶到背上，这时梦屏也跑了过来，我俩帮他把老女人扶到他背上。

梦屏说："先到我家去，给她喝碗粥，暖和过来，再问她家住何处。"

"还是到我那儿去吧，只我一个，不打扰他人过年。你还是回去吧，雪越下越大了，师父会着急的。"说着便背了老妇人奔南街他家去了。我提着那筐和棍儿，小跑着跟在后面。拐进胡同前扭头望去，梦屏还站在那里，头上落满了雪……

我帮侯叔给老太太烧了热汤热炕，她很快醒了过来。

我回家讲了经过，家人都夸我是好孩子做善事。唯独奶奶说我不该在大年三十的拾那讨饭筐和打狗棒。叔叔便打圆场说："咱喜子灵，那讨饭筐扔给侯五了，没带家来。"大家都乐了。连素日讨厌叔叔贫嘴的爷爷也欣赏叔叔的机智了。

"咱们现在就放炮过年吧！"我拉着叔叔大声嚷着。

"小四，晚上把冻饺子给侯五送些去。"妈说。

被侯叔救回来的老太太自言是县南小北河赵家人。儿子裁缝，她编柳条篓子，母子二人相依为命。那一日儿子去县里买鱼，一去未归。她跑到县里一打听才知道，当天有许多乡下人被当作游民抓去当兵。此后老人变卖了一点家当，从辽中到奉天，找她的儿子。后来她又辗转于辽阳、营口，沦为乞丐。

初二，侯五到剃头房给师父拜年说起此事，几个熟人便议论起来。我嚼着糖块，在转椅上旋来旋去。

"这真是'儿行千里母担忧，天性相关不自由。'"徐伯说，"明知道大海捞针，还讨着饭四处寻找……"

"她每天这样找着,太阳一出便有个盼头。"水石先生正在写字,他停下笔,分析说,"若是她呆在家里,说不定就疯了。"

"可不是,老太太说过了年还要走,我真怕她冻死在路上。"侯叔叹气。

"你附耳过来。"先生对侯叔悄悄说了一句,还在他写的字间画了个圈。侯叔连称好计。这一下可急坏了我,跳下来跑到跟前。侯叔便说:"去,去!防的就是你。"水石先生在纸上画完圈后,把他写的一圈字提起来,让徐伯念。徐伯笑着沉吟道,你这十个字的回文诗,我可断不了句。先生又拿给肖六叔,肖叔略加观察便读了出来。多年之后,我回乡采风,与六叔重提此事。他在我的本子上画了个圈,注了四个箭头,取下衔在嘴上的卷纸烟,念道:

"莺啼绿柳弄春晴,柳弄春晴晓月明,明月晓晴春弄柳,晴春弄柳绿啼莺。"

——汉民族真是一个擅长文字游戏的民族!

初三,侯叔把在茨坨算命的何三领到家去。路上如此这般地嘱咐一通,这位"心理医生"用他那命理学说的特有语言着实为老太太开导一番。说来也怪,目不识丁的乡间妇女,对命书之中那些文绉绉的呓语却有超凡的领悟力。当然,经过预谋的主旨是明确的:亲生儿子命中有劫难,但三五年后便会回到她身边;所遇贵人乃前生之缘,不久之后便有亲人来接应……于是老太太便也安下心来。虽然老人的一只眼有轻微的白内障,但还能帮助侯五料理些家务。生火烧饭,缝补衣衫,清明之后还在他的园子里栽了土豆、种了豆角。侯五割了些柳条子,她便编了筐篓拿到集上去卖,贴补侯五打工的收入。虽然多了一个人吃饭,因为过正常的农家的节俭生活,日子比他一个人胡打海摔时反到宽裕了些。更重要的是,弥补了侯五从未享受过的恰是人生不能或缺的母爱。于是集上又有人说,土地爷被侯五的孝敬感动了,让土地奶奶来疼他……茨坨就是茨坨,什么时候茨坨能没有典故呢!

土地庙蹲伏在坨村的西大门外那原属于侯五家土地上。它是那样孤单、矮小而卑微。暑往寒来,风朝雨夕,人们想象着一个挂着拐杖的白胡子老头,为穷人和富人、农民和工匠、乞丐和寡妇,在天堂、地狱和人间不停地奔波着。逢年过节,他会享受乡民们的一撮草香,还有那令他欣慰的小喇叭,善良人苦情的小曲。

13 燕子归来

燕子

  燕子回来了,我还没留意。赵老婆子一面伏身编着炕席一面思忖着,她坐在侯五给她剪裁的一块毡垫上,身底下是她已编了大半的席子——可不是,小满已过了好些天,时下快到了芒种。我还没留意,燕子回来了……

  早晨天空里有些薄云,空气很新鲜,老榆树上的雀儿叫得欢快,园子里的菜蔬飘来清香。南满的初夏,一个农家的小院,舒爽宜人。

  你还有什么忧愁呢?你这老婆子——老太太带着矛盾的心情这样自责着——你的儿子失而复得,他就像你亲生的一样。你看他高高的个头,白白净净的,温温柔柔的,那么和善。他问你寒,问你饥,看你闷了还给你唱小曲。你是拣来的儿子修来的福气哟!你还有什么忧愁呢?可是,燕子又回来了……

  燕子在侯五家的庭院里盘旋,呢喃叫着,啄着从园子和泡子里飞来的虫,飞回到巢里,去喂它的雏。这巢就在侯五家南窗的檐下。燕子唤醒了赵老太太对于家——自己的家的怀念。这三年多的时间多少场伏雨?那房草怕早已烂成泥了,檐头脱落了。那巢儿怎能不毁坏!要是自己的儿,赵四——她的小燕归巢时,看到这破败的家,想念走失的妈妈,心里又该何等的痛苦呢!一个想法,一个一时难于出口的计划在她心里酝酿着……

  "小五啊——"老太婆拖着长腔呼唤着,其实侯五就站在她的身边正要挽她吃早饭。这长腔是她发自内心的爱。这种母爱已积压得太久了,自从她亲生的儿子被拉去当国兵至今已有三年。她忘不了因为思儿心切四处寻找那些沿门乞讨的凄苦的日子。在风雪交加的岁末她倒在土地庙前,是她现在这个干儿子侯五救了她——"你记着今天是什么日子吗?"

"是四月十八,庙会,干妈,我记着呐。"

"我感激佛主,让我在北风烟雪的那天倒在你的身边。这是佛主的意思,他指点了我们娘儿俩的缘。"

"好吧,我们先吃饭,然后再去烧香。"侯五俯身。

"先去土地庙,然后去大庙,我要你带上小喇叭……"赵老太深情嘱咐。

"听你老人家的话就是了。"侯五顺从说。

母子二人进了屋,炕桌前已经摆好了一个小盆。稀薄的小米粥里面掺了些糠菜和盐——在青黄不接的四月,能有这样的吃喝的农家也是不多的。

大庙里,如来佛笑容可掬端坐在上方。他的一只手抬起,拇指捏着中指,仿佛随时会将他那取之不尽的甘露弹给拜倒在他膝前的牲灵。就如此刻,双手合什跪在蒲团上的老婆子双唇不停地蠕动着,不知她向这位长耳垂肩的智者诉求着什么。香炉中的烟袅袅升起,一个坨村人从未见过的僧人,立在供桌的右侧。他垂着头,一只手揖立在鼻子前,另一只手缓缓地敲着磬。那磬的大小和形状像冬日里农家炕上的火盆。它那厚重的悠悠的金属声音是那样柔和悦耳,足以慰藉一切跪在桌前的羔羊,抚平他们内心的痛苦,包括那些放下屠刀的恶人……

说来也巧,就在这时,三个军人(一个日军两个伪军)进来了。他们可没有放下屠刀,枪还端在手里,四下睃望,其中一个还挑开了供桌的布帘。拿枪的人十分警觉,敲磬的人却格处镇静,那悠悠的乐音在香烟缭绕的大殿里回荡。

这时庙堂里出现了紧张的对峙:一方是分坐两厢的十八罗汉,一方是三个军人。军人端着枪,屈着膝,背靠背互成犄角,围着罗汉转圈;罗汉们或龇牙张目或诡秘微笑,但都饱含了对苍生的悲悯,凝视着三个身穿制服的人。

1941年农历四月十八,庙会,日伪军在坨村大搜捕——抓反满分子。那一天,我和奶奶去进香,亲眼看到一个卖艺的汉子耍大刀。他玩得正起劲儿,一伙军人把他捉了去。也是那天,赵老太太烧完香,忽然行起乞来。出了大庙,在西面的石阶上,放下夹在腋下讨钱的小笸箩,还让等在外面的侯五为她吹起喇叭。虽然喜子奶奶替侯五难为情,但侯五不以为然,还向喜子挤了挤眼。因为他常在街头献艺,挣了钱便给那些老弱病残和无家可归的孤儿。他们除了伸出肮脏的手,用令人厌恶的呻吟讨食之外竟无一点演艺才能。说到这儿还有一段趣闻,在坨镇传为佳话。有一个打竹板数来宝的汉子在独一处饭馆门口,竟与侯五唱起了对台戏，直到驴贩子老秦出面调解。老秦还请那汉子到单间里去喝了几盅酒……

其实对赵老太太来说，今天的一切活动在早晨编席子的时候都策划好了。她知道坨镇的庙会从来就是个大集。尤其是在这个换季的时节，奉天和辽阳的杂货商、故衣店都来做生意。不仅是十里八村，甚至县西的人都来看热闹，买卖东西……她的家乡小北河也会来人。她知道侯五的小喇叭吹得美妙动听，他为这无助的老婆子募钱找儿子会成为动人的佳话。借赶集人的嘴传遍四方。如果她的儿子逃出牢笼流浪在外，即使一时不敢回家，也会从这些传闻中听到娘的消息……这些正是她在佛主面前祷告的。当然她也在心里默诵了第二个愿望：保佑她的干儿侯五早日娶个好媳妇。

不知是佛爷显灵还是偶然巧合，当我和二秃叔搀扶奶奶从大庙里出来的时候，我们看见了那动人的一幕：一个青年女子和赵老太太抱头痛哭。她是老太太的外甥女，住在小北河，全家过完年才从江北回来，安下家便寻找这姨，直到今天才找到。在场的人都被这亲人团聚的情景感动了。娘俩哭罢，这位梳两个辫子的有红扑扑圆脸的姑娘又给恩人侯五磕头。侯五忙将喇叭塞入衣襟，扶起她。这时二秃叔从他那破袈裟里掏出两个馒头，放到老太太怀里。那姑娘把募来的钱交给侯五。他惶惶地摆手，姑娘又说那就捐给庙上吧，说着便把钱给了和尚。二秃叔也不分辩，塞到口袋里。姑娘又说今天正好小北河来了一辆大车，让姨收拾一下东西。姨说没有什么可收拾的，姑娘说那就认认恩人的家门，以后好登门拜谢。围观的人感叹唏嘘。

她们到了侯五家，乡亲们围拢过来观赏这传奇故事，感念这人世的真情。姑娘庄重地跪下去，侯五也慌乱地跪下。姑娘叩头，侯五也叩头。站在一旁的他嫂子我二姑对邻居嘟囔说：

"哟，这怎么有点像拜堂！"

大家都笑了。

一个从土地庙救回来的老太太来了又走了，侯五又回到了他从前的生活中。他悠悠当当地从院子走到屋里，又荡荡悠悠从外屋走到里屋。他感到身上的重负一下子减掉了，顿时觉得有些轻飘飘。他再也不用筹算给老妈妈吃什么可口又易于消化的食物，再也不用思量选哪些从集上听来的故事愉悦老人那忧愁的心。是啊，是啊，他再也看不到老妈妈盘膝而坐，谈论着园子里该侍弄的菜蔬；看不到穿着洁净蓝布衫的老人在院子里编筐织篓；享受不到洁净的小桌上摆着的葱和酱……那家的温馨……他看了看门上的春联，那是水石先生过年给他写的，前两天边角有些张裂，娘用浆湖贴上了：

"悲观化为达观，苦情亦作闲情。"娘问啥意思，他笑了笑。都过去了。

他悠悠当当，一身轻松，忽然觉得自己正像春天野地里的蓬，风一吹便满地跑了……

春天？不，现在已入了夏，再过两月又是暑假了。到那时师妹屏儿又该回来采风了，在瓜园傍晚的柔风里唱小曲……

14 瓜棚架下

瑶琴

　　梦屏，木匠胡四伯和绣女小翠的女儿。小翠后嫁的丈夫是东北军的一个军官，"九一八"事变后，撤到关内去了，便把梦屏留在奉天伯父家里。当时她在城里念师范，学音乐。伯父孔先生在师范当校长。说起来这学校还是张氏父子创办的。第二次直奉战之后，奉系的势力扩张到长江北岸，大帅的野心也膨胀起来。他一面敷衍日本，在军阀间周旋；一面扩军备战，大有割据一方、振兴图强的气势。少帅从北平、济南和扬州等地招募了一些人才，这其中就有一位因战乱流落北方的琴师。此人深得校长的喜爱，孔便让聪颖的侄女师从他学琴。孔校长为了提高学生的修养，还专门从盛京艺社请来了一位教师温卿，给她们上文学和表演课。这位女老师特别欣赏梦屏的才艺，她们处得很好。

　　这次回家，她还将伯父给她的一把玉琴（古琴）带了来。胡四伯拿给徐伯看，徐伯爱不释手。那天，他们捧着把琴看，发现琴背上还刻有制作者的名字和年代。琴是明代造的，长三尺许，共鸣箱宽不到两掌，厚不及半拳，通体呈现瓦灰色。

　　"我家的书上画着图，称它为瑶琴，"徐伯说，"但实物却没见过。"他又指着宽的一端说："这是头。这是承弦的岳山。你看弦有七根，也叫七弦琴。窄的一端为尾，看这承弦的叫……"

　　这时屏儿插话说："龙龈，护尾的叫焦尾。"

　　两位长者点头，笑了。屏儿益发兴奋，便指琴面外侧说：

　　"这十三个圆点是徽，泛音的标志。"

　　徐伯仔细观察说：

　　"它好像是贝壳做的。"

在外侧紧挨徽的为第一根弦最粗，往里依次是2—7弦，一根比一根细。弦的一端打成结挂在琴头的"绒娄（音）"上，然后压在岳山上，拉过琴面，绕过琴尾，分别缠到琴底的两根木柱上。

"看来这就是雁柱了。"徐伯自语。

"它是怎么调音呢？"胡伯问。

"看这——"徐伯指着说。

"绒娄——用丝线捻成绳绕在木制的琴轸上，绒娄自琴底穿过琴头挂住琴弦。转动琴轸使绒娄因松紧而改变长短，来调音和转调。"

他们看琴背上有大小不同的两个出音孔，方形的，徐伯正在端详，屏儿指着说，大的叫"龙池"，小的叫"凤沼"。

徐伯说，我家里有一些古琴曲谱，像什么《列子御风》、《庄周梦蝶》、《秋鸿》、《潇湘云水》，还有讲古琴制作的书。他问胡伯，"我们能造吗？"木匠笑了，用手指扣了扣琴又揉了揉说："这是桐木，背是梓木。把你的书找出来，我们试试。"

两位长者让屏儿弹一曲，梦屏便端坐下来调了调弦，弹起"渔歌"。

琴音缓缓地，悠悠地，把人的想象带到了夕照下的河面，带到诗人创造的意境。她时而低缓沉郁，时而清亮明丽。在听者的脑海中便展现出远山含黛、墨影参差，彩霞满天、碧波万顷的美丽风光。屏儿的纤指敏捷而优雅地在琴弦上拨弄，她的头微微摆动，青春的神采在飞扬，华美的乐章映射出瑰丽的景色："一道残阳铺水中，半江瑟瑟半江红……"上游，几条渔船，顺流而下，琴音舒缓而飘荡，小船沉稳又轻盈，江水在弦上流淌，柔柔的，风声、涛声和歌声，宛转悠扬，渔舟唱晚……

两位民间的乐师深深沉迷了，还有一个深深沉迷的青年人，纳着头坐在不远的壕坡上——他就是木匠的徒儿，灵秀而敏感的侯五。

15 采风小镇

采风

六岁那年的夏天,我在外婆家只住半个月就回来了,想爷爷。回家后,每天傍晚爷爷都带我下瓜园,听小曲。胡四伯的瓜棚就在西山脚下他的宅子旁边,挨着一条蜿蜒的茅道。晚霞照在林子上空,乌鸦在它绚丽的色彩中缓缓盘旋,老远便能听到那迷人的管弦,爷爷和我悠悠地走着……

四伯的女儿——屏儿来父亲这度假,一面享受田园和天伦之乐,一面还有她学习的任务——采风,毕业的创作需要收集民歌。她经常请父亲的好友来瓜棚演唱,这其中就有理发师徐伯、民歌手我三叔、乐师高老道,还有一位意大利来的游方教士,此人名约翰——他实际上是一位意大利国籍英国人,是旅行家、记者。他爱收集满洲的民间故事和市井趣闻。侯五那时正跟四伯学徒,自然是每天少不了的。有时候,瞎子何三也过来吹他的埙,只要他白天在这一带算命。

那一天,我们到时徐伯和侯叔也在。四伯捡了两个瓜放在爷爷面前,又把一个木头削的小猴塞到我怀里。小猴在打秋千,它的胳膊上带着皮筋,系在两边的木棍上。在杠杆的作用下,用手一捏,小猴儿便蹦跳起来,使我爱不释手。

四伯拿出了棋盘,爷俩对着棋子端详起来。屏姐顾不得招呼我们,正坐在小板凳上,闷头记谱。徐伯带来他的大正琴,这简易的民间乐器可能是从日本引进来的,也叫凤凰琴,是弦乐。长方形的共鸣箱(有一臂长)上有四根钢弦系在柱上,用给挂钟上紧的钥匙调弦的调,上面有两排扣子和钢琴的键位一样,由此可见它不是中国民间的发明。演奏时,用右手握一个塑料片拨弄琴弦,左手弹那扣子,那上面标有1、2、3、4……它下面铁片的刃便压在弦上,不同的部位发出不同的音。徐伯弹的是一个《西厢》小令:

绿树阴浓夏日长，

莺莺唤红娘。

徐伯盘膝坐在草垫上，低声吟唱——凤凰琴一端担在他的右膝上，一端斜向前方。他的右手时而舒缓时而急促地拨弄琴弦。他的左手微微斜举，手指高高扬起，旋又疾速俯冲，在琴键上弹跳，轻盈而有力度。

你支开绣楼窗，

两眼不住望西厢，

暑气逼人叫我好难当，

……

那跳荡的旋律在金属的琴弦上铿锵和鸣，音色华美。

徐伯在连续弹了两遍之后，便让屏儿来弹。梦屏接过琴，理理短发，便照记下的曲谱，弹了起来。她继承了爸爸对音乐的敏感，学起来很快，音调和节拍都十分准确，但是还有点生硬呆板。这一点他父亲首先觉察了，他让徐伯一节一节细细给她讲，这时候叔也移过小凳望着自己的琴师。

凤凰琴的构造十分简易。那托着钮扣键位的是一个金属片，侧立着焊在扣上，另一端嵌入轴上长有寸许。正因为它是有一定长度的金属薄片，有弹性，可微微左右摇摆，于是，徐伯便把他演奏二胡的技巧运用到这里。他不仅可以对键位击和压，而且可以捻和揉。徐伯便把这种技巧演示给他们。

那个傍晚，徐伯从他的工尺乐谱中选了两首曲子，一面弹奏，一面给梦屏和侯五讲解。

"工尺谱"是中国民间传统的记乐谱的方法之一。它历史悠久，从唐代使用的"燕乐半字谱"、宋代的俗字谱，到明清时的工尺谱，广泛用于记录民间歌曲、乐器曲甚至戏曲。徐伯还具体指给他俩工尺符号与简谱符号的对应，如工尺号中的"合、四、一、上、尺、工、凡、六、五、乙"分别与简谱中从低音5（sol）到中音1（do）至7（si）对应，比"乙"更高的音在那工尺谱符号的左边加上单立人，而比"合"更低的音在符号的末笔作个曳尾。两个年青人饶有兴趣地作记录，梦屏还时而探过身去检查和校正侯五的错误。

徐伯还语重心长地对他们说:"音乐可不是简单的吊嗓、运气和指法这些技巧的事。你知道你爸爸、你师傅箫吹得为啥那么好吗?"说到这儿,两个青年有些愕然,两位下棋的长者不由得笑了。徐伯温文的笑容是很迷人的。"那就让你爸爸给你讲讲吧……"的确,如果当年小木匠没有对绣女的深情思念,那"暑气逼人叫我好难当"的感情韵味又怎能吹得出来呢!

这时,屏儿又让五哥教几个唢呐调。侯五腼腆地说:"喇叭近了听很嘈人,让我到西边壕坡上去吹。"

"那我们就走得远点吧,我如不跟着你,怎么问你呢?"屏儿说着还要拉我去。我摇头,爷爷也推开了棋子说:"这盘我输了,咱们听听小五的喇叭吧。"

侯五和屏儿俩站起来,沿着瓜田间的小道走去。可能是过于激动,侯五绊了一跤。幸好屏儿挽了他一把。长辈们笑了,望着侯五蹑蹑前行。这时晚霞已渐退去,橙色的天空映衬出屏儿婀娜秀美的身影。"真像她妈。"徐伯叹息说。须臾,那厢便传来了小喇叭那俏皮而浪漫的小调:

送情郎送至在大门西,
猛抬头看见了一个卖梨的。
我有心上前去把梨儿买,
他身子儿软肚腹饥,
吃不得那凉东西……

"侯五这小子机灵,对音乐有神,小喇叭的味儿,算是叫他吹足了。"徐伯赞赏侯五。他所谓的"有神",就佛教所言,就是现在被引伸了的"悟性"。

"嗯,小五这孩子人品好,"爷爷附和说,"他的手艺也不错,好几样都能拿得起来……"

"艺多不养人。"四伯不以为然。

"那你就好好教教他木匠活儿吧。"爷爷笑着说。

"木匠学得再好又能怎么样!你们看我爹和我混得这个样子……"

"你爹可是一位受人尊重的人,方圆百里,谁有他那样的手艺?可惜呀……"

"梦屏毕业后,你想让她留在哪儿呢?"徐伯怕爷爷的话勾起胡伯的伤心往事，插话问。

"在城里教书呗，得听她养父家的意见，是人家把她拉扯大的。工作和结婚都得听听人家的。当然了，梦屏自己也有主意。再说，回老家跟我在小镇上混能有什么出息？二叔的意思我懂，爹的手艺传不下去是可惜。侯五是个好小伙，他要学，我不会藏两手，就看他的造化了。我看他和屏儿学起音乐来确实在行。但要学到国风那样怕也难……"

四伯看到女儿对于自己的音乐专业这样勤勉，不禁暗自高兴，但同时他也为女儿与侯五相处得欢乐融洽而产生了一丝忧虑。孩子应该有更好的生活。美丽聪明的屏儿应该在大城里有体面的工作，进入社会的上层，岂能因为孤独的老父和别人而沦陷于小镇……这时他又想起她的妈，心里感到一阵隐隐的苦痛。

这时候，四伯又提起一件事。头两天肖五来了，一面吃瓜，一面传话，说警长要请他们父女俩去县城演奏，日本县长小原要听梦屏的古琴。（伪满州国的法律规定：日本人可以在各级政府任职。）肖五说，他先捎个信，过些天警长还要亲自请客。警长说，这是小镇的光荣……四伯有些不安，吸着烟。

"民国年间，水石先生在奉天的画铺里学徒。"徐伯说，"他和小原有些交往。那时大帅有个日本顾问叫本庄繁的，就是后来的关东军司令，小原在他手下。当时他还年轻，对中国文化很有兴趣，说一口流利的汉语。他常到先生的店里去收买书画，样子谦和，见人就鞠躬。这回召见你，也许只是想听琴。"

"但愿不出什么事！"四伯忧郁地说。

回家的路上，爷爷不说话。一听跟日本人打交道，爷爷就忧愁。

16 乐师徐伯

徐伯

　　当然，说起音乐，侯五和梦屏两个青年要练到徐伯那种程度是不易的，也许终生难以达到。徐伯心境平和，淡泊功利，与世无争，一生追求美。他不吸烟，无论土烟和洋烟都不吸。他那修长的手指不留指甲，面庞白晰，大褂也洗得干干净净。这一切不是为了招徕顾客，而是出于对人的尊重。

　　庄稼人遇到办喜事或去做客，到徐伯的店里（它刚好与爷爷的肉铺隔街斜对）花少许钱理个发，便会享受到一种服务和尊重。细细地柔柔地操作，他不会像有的剃头匠那样把你的脑袋扭来推去，也从不讲下里趣闻。就是在他给你理完发抖落罩单上头发的时候，也总是背过身去走开一些，轻轻的动作。然后折起单子搭在臂上，从容、谦和而儒雅。仿佛他心里一直流淌着音乐，一种宁静、柔和的音乐……

　　徐伯的人生观得益于祖父的教育，他的祖上原也是有钱的读书人家。可能是因其家人都读书，而未能向官宦转化，产业便日渐凋零了。独那当票却陆续多起来，它装在一个大盒子里，收入东厢房的档案柜中。那一年三十放花炮，东厢房起了火，年少的徐伯闯了进去，抱出一个盒子，家人以为是当票，舒了口气。事后打开一看，原来是一堆"工尺谱"（乐谱）。老爷爷捋着胡子说："这是天意，吾孙将来定是伯勤弟子……"

　　说起来，徐伯的祖父也是一个爱好音乐的人，有相当造诣。在徐伯五岁那年，祖父曾帮助高荣奎和他的妻柳叶制埙，在高家扶植起一个产业。当时的小荣奎也正是在卖埙时结识了一些吹鼓手，后来组织了高氏家族一个身披道袍的乐队。

　　所谓"伯勤"，是明朝王子，他是"新法密率"（十二平均率）理论与算法的首创者，音乐理论的集大成家。在徐伯抢出来的乐谱书中就有一本他的《乐律新说》。这位王子一生献身于音乐理论的研究，晚年更以"让国高风"推辞了王位，潜心著述。正是这一点使徐伯的爷爷奉为楷模，给自己的孙子命名国风。只可惜由于家业衰落和日寇的侵略，徐伯未能受到正规的高等教育。

徐伯会演奏小镇上乡下人所常见的管弦乐器，但没有摸过手风琴和脚踏风琴（这两样在小学里有），更不用说钢琴了。当他看到凤凰琴的键位排列和风琴一样，在一个八度音内有十二个键位时，他马上想到了朱伯勤的新法密率——十二平均率。于是他喜欢上了简易的民俗乐器凤凰琴，开始研究它的结构和弹奏技巧……

我念大学是学数学的，闲时爱去图书馆翻阅一些有关数学的科普读物。这中间被称为上帝的语言的音乐与数学特别引起我的兴趣，那时我恰好在学习弦振动方程。我知道了一个八度音的频率比是2，这中间的十二个音（5个黑键与7个白键）按等比级数均分，公比是"2开12次方"，便是所谓的十二律。于是，任一相邻两音之间的频率比都是那个公比数，约为1.059463，从任意一个音到比它高八度或低八度的音的频率比都是倍、半关系——这个理论在中国恰恰是朱伯勤提出的。它为现代乐器的制作定音调律，演奏时的自由变调提供了理论和数据，钢琴就是这样做的。

放假回家时，我把这些知识和徐伯讨论。当时他已是退休工人，儿孙绕膝。他兴奋地和我讲起了那位王子根据自己的十二平均律的理论制作校正管乐器的管径和管长，采用了与弦律相同的数据。徐伯还讲了自己制作箫管的经验……

徐伯，一个终生迷恋音乐的人，在贫苦而淡泊的生活中安详地度过了他的晚年。

这段往事发生在我六岁那年的夏天，纯朴的乡情就像那八月的云霞在我心里留下了绚丽的色彩。几十年的岁月过去了……

17 寡妇菜花

毛驴

说来也巧，磨坊寡妇的故事竟以"毛驴始，毛驴终"……

我五岁那年的一个春天，胡寡妇后嫁的丈夫也死了，因此她的寡妇成了双重的。双重的寡妇有极苦的命，却得了极恶的名——"扫帚星"。她的头一个丈夫姓胡，是木匠胡四的堂兄，他和她生了一男一女；第二个丈夫姓王，妻死了，扔下一个大小子，十二岁。因为这小子叫狗儿，她带来的男孩便改称二狗。二狗比我大两岁，故事的当时是七岁，已经跟十二岁的哥放牛了。其实胡寡妇娘家姓黄，她名叫菜花。年轻时，她在村里也是一个惹人喜爱的活泼姑娘，性格粗放泼辣，号称"一阵风"。

当寡妇嫁给磨坊王掌柜时，叫了几年女掌柜或狗儿娘。王一死，村人又称其为胡寡妇。为什么称胡寡妇而不称王寡妇？有一次我问母亲，母亲斥我说："你要叫王大娘，小孩子不得无礼。"后来我才知道，那胡曾在镇公所跑过腿，名气到底比王大些，名份自然依了他。那比她大二十岁的胡酒鬼，除了给她留下两个拖鼻涕的孩子之外，片瓦无存，只在她寡妇二字的前面烙上一个胡字。比她大十五岁的王磨坊和她生了两个孩子，一丫一小。丫头三岁得了小儿麻痹症，幼儿才一岁，他便扬长而去了。这个厚道的老头总算没亏待她们，给娘儿几个留下了三间房和一个磨坊。磨坊在西厢房，倒还宽敞，只是那屋顶山墙和门窗都很简陋。里面有一盘碾子、一盘磨、一个扇车、一个磕面柜，都已破损，靠北墙还有一面土炕。

家里唯一值钱的是一头服役多年的毛驴，为了给丈夫看病，也给卖了。

我对那头性情温顺的老驴十分怀恋。当它从磨上卸下来之后，我和二狗总要去遛它，乘机骑它玩。

驴背上的毛许多处已经磨光，肩胛和肋部披挂夹板和绳套的地方，皮已磨成灰白。我可怜它，有时拿半个饼子喂它。它用唇在我手上卷来卷去，一发现饼子，便卷进嘴里，贪婪地嚼起来。由于年老和体力不支，它给不出什么欢跃的表示，只是低下头，用那被笼头和眼罩勒出伤痕的面颊在我肩上蹭几下，致以谢意。给拉磨的驴戴眼罩是一种常规，大概是怕驴转晕了；但对它来说，似乎有些多余，因为它两眼本来就有东西遮着——长了白内障。因此王家的人和我们孩子便叫它"玻璃眼"。由于多年的职业习惯，它总是恭顺地低着头，走路也是谦卑地踱步……如果驴也有性格的话，就是如此。

但它也有反抗的时候。那一天，驴贩子来牵它——天啊，这样的老驴，贩子也要，说明还有更为潦倒的主人，有更为辛酸的命运，委它去分担。它不愿离开那多年的槽头，拼命往后坐；直到那残忍的贩子用一根很粗的木棍，打在它瘦骨嶙峋的臀部，它才踉踉跄跄向前走了几步；尔后，回过头来，望着与它朝夕相伴的主人，发出一声暗哑的嘶鸣——可怜的大娘，竟然嚎啕大哭起来……

更令人同情的是，在王磨坊出殡的那天，大娘在灵前痛哭不已。当她历数自己不幸的往事、瞻念暗淡的前途时，竟几次将那头老驴与胡、王并列。不知情者曾误以为生活中有三个男人抛开了她，他们悄悄地问："那玻璃眼是谁？"

那天，在送葬的亲友离去之后，她又哭了很久。她哭自己送走了一个老头又送走了一个老头，还剩下什么呢？环顾四周：破烂的家什，锅碗瓢盆，一群衣衫褴褛的孩子，嗷嗷待哺。看那患有小儿麻痹的小四，正弯着可怜的小腿，捡那掉在地上的祭奠亡父的供菜……

怎么会落到这样的地步！她嚎啕大哭，一个三十四岁的农妇，耐倒了两个男人，自己还这样健壮。老天爷呀，这到底是为什么！为什么我不能撒手而去，却背了这样沉甸甸的破烂和一个"扫帚星"的骂名！

所有这些恨都集中到一个人的身上，那就是在少女时期她曾以疯狂的热情投怀送抱的人：十八年来她在胸中捶打、在梦中撕咬的负心汉子。如今，他像一匹狼，在夜的荒野中奔跑，挨了枪子儿，蜷伏在茨榆坨西山脚下，舔他的伤……

寡妇

对于王大娘（或胡寡妇），我们家里人明显分为两派：同情者有奶奶和妈妈，奶奶信佛，妈妈命苦；讨厌者有姑姑和叔叔，姑姑讨厌大娘"扯闲话"，叔叔嫌她邋遢。一提起王大娘，他便念一首歌子给我们听，逗得大家笑个没完。由于他常念，我至今记得。那是家乡的口头语言，写成文字，许多处只能用谐音处理，稍加注解也就是了。歌词形容了一个邋遢女人的衣食住行，要略摘录是这样：

……
秫米饭，"红大虾"；
臭大酱，"乱转嗒"；
大布衫子，"嘎巴嘎"；
大破鞋，"跐拉拉"；
大嗓门，呱呱呱；
大屁股，扭达达；
大奶头，颤塌塌。

现在先来解说几个口语俗词。"嘎巴"，当动词用的是"粘东西凝结在器物或衣服上"；作名词是"粘在器物上的凝结物"。当我抄录字典上这条注释时，不能不为汉字使口头语失色而感慨良多。"嘎巴"是多么生动而有概括力的词儿啊！现在却用"凝结物粘在器物上"来解释，这是多么滑稽！

"红大虾"是烂叭叭的高粱米饭的颜色，饭煮到这种程度是为了"增量"。汉字是词素——音节文字，这音节又不得不用象物、象事或会意的字来代表，这就容易望文生义而发生误解。譬如在这里，如果不作音节理解，照字面去讲，"红大虾"会认为大娘带五个孩子，整日里以海鲜度日，那可大错特错了。

再说"转嗒"或者"转打"，也是音节词儿，形容使用筷子夹菜因菜少而很难入箸的状态，频率高而效率低，便发生这种情形——"转嗒"或"转打"，多用于穷人家的饭桌，绝少形容酒宴；倘若你应官或商的邀请——"聚一聚"，席上，唯见筷子在"转打"，那是大煞风景的。

叔叔用这样生动的语言描摹了王大娘困苦的生活。那顺口溜不是叔叔的杜撰，是家乡流传的，既是流传的，便具普遍性。王大娘是那些苦命人的典型。寡妇是苦难岁月的产物：战争和生活的重负常常使年轻的男子死于沟壑。

如果读者诸君同意这样的分析，那么，那首快板词，那首根植于社会土壤中的俚俗的民谣，不该留传后世吗？

我们常常用不修边幅来阿谀那些文人，为什么对一个拖着五个孩子的寡妇予以苛求呢？其实，用现在的眼光来评判，王大娘并不难看——她三十刚过，身体丰满，体格健壮，用现在的话，怎么说，也叫性感。她那圆圆的脸蛋极富表情，尤其是当她讲起自己的不幸或者别人的趣闻时，眉飞色舞，声情并茂，常使听者动容。

至于"扯闲话"，对于文明人来说，确是一个缺点。可是，对于我们这些"生活像泥河一样流"的苦人、"罪人"，有什么能消除我们的烦闷、解脱我们的苦恼？有什么能在昏暗的黑夜中闪一丝光亮，在混沌的浊流中浮一朵浪花呢？而且我们这些粗人，在生活的重压下，没有文化，没有修养，不懂幽默，难为旷达，无法在自嘲中得到慰藉。那么，还有什么呢？假如，我们这些拉磨的驴，能在扯闲话中，嘲弄一通负重的骡子，看它们痛苦不堪，不也得到一点宽慰吗？或者，反过来，我们这些骡子妒嫉拉磨驴的悠闲，何妨骂它转来转去没有出息呢？扯闲话哟，愿你给贵妇们的锦衣添花，给苦婆娘的粥里加盐，给市井文学带来繁荣……

苦命的大娘，在灰尘蒙面中转吧，和你的毛驴……

18 早年恩怨

三丫

有一次我从园子里掰了两穗苞米,到二狗家的灶上去烧。我见三丫挖灶坑门上的泥巴吃。我问好吃吗,她憨笑,把一小块黑糊糊的泥痂递给我。我用舌头舔了舔,咸渍渍的,还有点苞米的糊香,便放到嘴里嚼起来。她嘿嘿地笑,露出豁牙,还摇着毛头小辫。我觉得牙碜,便吐了出去。三丫便向我示范,拿一块在嘴里嚼几下,咽到肚里去。二狗蹲在旁边,解释说,可能要吃自家灶上的才对味。

我决心做实验,可是我家的灶是用石灰抹的。那一天,我偷偷地用砖头敲掉一片灰,用泥巴抹上去,过一天便烧干了。晚饭前,我趁妈妈不在,便蹲下去挖一小块泥,放在嘴里。还没等我细加品尝,灾难来了:一只手揪着我的耳朵,把我拉起来——是叔叔;另一只手,也是叔叔的,把我的头按到锅台上的水盆里——那是妈为了捡锅里的热饽饽,给手降温用的——"吐出去!"命令是简短而严厉的;接着是一个"腚跟脚"……

第一次吃土实验就这样夭折了。

后来,我问姑姑,三丫为什么吃土。她说那是肚里有虫子。可肚里怎么才能有虫子呢?

这问题困扰着我。那一天,在饭馆里混——我和爷爷看肉铺,好几家饭馆在对面,都是熟人。见一客人吃着新鲜东西,便问:"叔叔那是什么?"客人用筷子夹起一个,笑着说:"虫子,你想吃吗?"我摇头。回来跟爷爷说,爷爷便要了一盘油炸茧蛹给我吃,很香。

从此我便时常让爷爷给我买炸蛹。虫子吃了很多,却始终没有唤起我对泥巴的食欲。后来我又为许多新的问题所苦恼,虽然还爱吃炸蛹,但对它能否在肚里成虫,以及是否要吃土的逻辑问题逐渐淡忘了。

三丫，王大娘从胡家带来的女儿，五岁，穿着破烂的衣衫，毛松松的小辫，脏兮兮的圆脸，笑起来露出豁牙子，招人喜欢，爱吃土，怪事……

王磨坊死后没几天，大狗二狗还没有解下白带子，王大娘就夹着不满周岁的小五到我家来了。她倒是没穿孝，也许她当寡妇当累了，也许她到别人家有所顾忌。

"你这样穿装，不怕王家的人说长道短吗？"奶奶关心地问，多少带一点责备。她不高兴大娘刚死了丈夫就到处串，尤其是到我家。毕竟奶奶是个极守旧的人。王大娘可不管那一套，她的精神压力太大了，她要找人哭一哭，而且在这个小镇上，也只有我家——就在前一天妈妈还去安慰过她……

"他们说什么？谁可怜过我们孤儿寡母，哪个叔叔伯伯送一斗米一捆柴？"大娘撩起大布衫，拧了一下鼻子，继续说，"二婶，你看两个死鬼给我留下了这帮崽子，我拿什么喂他们呀！"说着便拍着大腿哭起来。气得姑姑一摔帘子，到里屋去了。她怀里的小五由于吸不出乳汁吟吟而泣，两条裸着的瘦腿，无力地蹬着。妈妈见这番情景，眼圈红起来。

在哭诉中大娘道出此行的用意：她想把三丫给人，让奶奶帮找个人家……

我一听这话便飞快跑了出去，一直跑到二狗放牛的甸子。老远，我一见二狗的影便高喊："二狗，你妈不要你妹子了！要把她送人。"

二狗开始没听清，我弯腰喘气，又简单说了情况。二狗一抹鼻涕——他一着急就抹鼻子——扔下鞭子，撒腿就往家跑。我是跑不动了，拾起鞭子，往回走。还没到村口，便遇到二狗拖着三丫。我问他去哪儿，他低着头说找四叔。我又抹身跟他俩往西走。

我知道他四叔是谁，西山脚下的胡四伯，看坟的，还种了几亩瓜地，爷爷常领我去吃瓜。

对胡四伯的早年村里传说很多，讲他的出走，当兵，受伤，回来。为啥丢了老房子，跑到坟边来住，说书的还给他编了《鬼狐传》。对于传说中的美女——狐狸精，也就是我胡四大娘，没什么印象。我根本就没见过她，可是她的女儿，那在城里念书的洋学生梦屏，我却认识。她比我大十岁，只在夏天和冬天回来，细柳的身材，短辫子，梢上烫了两个球，狐眉狐眼，总在笑，活泼极了，爱唱歌、画画，缠着爹学木匠，爹没办法。我也看出来了，侯五叔爱上了她。我叔问我咋知道，我说侯五叔见了屏姐就摔跟头。叔笑了，还说："你看叔见哪个娘儿们跌过跤？侯五没出息！"我跟爷爷去瓜田，梦屏就捉弄我，让我听她摆布，逼着我认歌谱上的码。

胡四是二狗的四叔，堂叔，木匠，还是个细木工。在张家军里当了几年兵，受伤回家来，跑到老坟边上开了几亩地。把村里的老房子扒了，在这盖了个整洁的小院，三间正房三间厢房。正房住人，厢房做木匠活儿。

我们在瓜地没找到他，便去小院，见四伯正在做木工，旋一个什么。二狗说明了原由，他便说："别怕，你妈又想鬼点子了。"说着便去正房锅里拿了三个饼子给我们，我说吃不下，便给了二狗。四伯又从里屋拿出一个木雕的小猴给我，我喜欢得很。他又取下毛巾，在盆里为三丫擦了脸，然后拍着二狗说："告诉你那骚妈，晚上我去找她论理，回去吧！"

旧情

二狗左手搂着我，右手搂着三丫。我们蹲在窗根下，听那关系到三丫命运的一场谈话。她四叔正在和她妈吵架。纸窗上映出悠悠的灯火，我们仨紧张极了，搂得紧紧的……

"你呀，我说你呀！"她四叔的声音，"咋说你好！也活了大半辈子，老是出马一条枪。啥事也不用脑子虑算一下。就算你和我哥绝情，那三丫也是你的亲骨肉。她听说你要卖她，抱着我的腿让我劝你，说她以后光吃土不吃饭，多可怜！"听到这儿，三丫在窗下又抽泣起来。"那是你肚子里掉出来的。你把她送给别人，她长大不记恨你？再说，她都五六岁了，还能吃几年闲饭？唉！你这娘儿们，心就是狠！"

"我心狠？是我心狠，还是你心狠？"三丫妈喊起来。听到笤帚疙瘩敲炕沿的声音，小五也"哇"的一声哭起来，我也打了一个寒颤，夜有点凉。"当初是谁撇下了我，去追那个狐狸精；人家跟当官的跑了，你也去当了兵。枪子儿咋没把你的膀子打掉？"

"住口吧！你这泼妇，还有脸提那往事。人家在厨房里烧汤，你跑去跟人家说啥？还让人家摸你的肚子。人家是十五六岁的黄花闺女，听了你的话，又羞又气，跑了。我连个解释的空也没捞到。你造的谣算把我害苦了！你这辈子，除了扯闲话就是编瞎话。你说我啥时候碰过你那儿？"

"你没碰过？那年五月十五，在草垛里……"

"我承认喜欢你那股热乎劲儿。是啊,你心眼好,我做木匠活儿的时候,你常偷饼子给我吃。那晚上……那晚上,你老在我眼前晃。"说到这儿,胡四笑了(听到这,二狗抱住脑袋),"可是,那跟你肚子也没关系呀……"

"你这没良心的,你说,从那以后,我们哪天没见面?我把我的怀,我的心都敞给你,让你在我身上滚个够、亲个够……可是,我去外屯拔草,你变了……你把我的心挖去了。你在我身上练的甜嘴,又去啄她的樱桃……后来我回来,一摸黑,我就在草垛那儿等你。你不理我,我真想放把火,把那木匠棚和你俩全烧死……"

"你这泼皮,啥都能干得出!"

"那年你去追那狐狸精,我跳到泡子里,你知道吗?是你哥救了我。他花言巧语,把我接到家,说去找你。他也真找了,结果音信全无。我要去找你,又没有盘缠。第二年,你那病嫂子死了,你哥现了原形。一切苦难都从这儿开始了,那年我才十八岁,他整整比我大了二十岁,还是个酒鬼。"

二狗站起来,走了。我听到她妈一面哭一面继续说:

"后来,你也回来了。我去找你,你又骂我,说不能伤天害理。那你哥咋伤天害理,霸去了我?"

"你胡扯什么!你和二哥生了三个孩子,能没感情?"

"生孩算啥,咋都能生……大丫头难产死了,生了这三丫。你哥也死了。我也没说他是坏人,他耍手腕弄到了我,可我耍手腕却没弄到你。我这一辈子就想你,那时候我真想搬到你那狗窝里去。别说你胳膊受伤,就是断了两条腿,我也愿意侍候你一辈子……"她声音软了,没声。只听墙根下的蟋蟀叫,邻家的狗叫……

我害怕了,叫二狗进屋看。二狗转回来,舔破窗纸,看了一下,坐下了,不说话。三丫便又起来去看,一忽儿扭过头。我问咋了,她便俯身到我耳根说:"妈倒在他腿上了。"

二狗忙打岔,小声说:"咱们藏猫猫去吧!"我们跑开了。跑了一阵,二狗又蹲到窗下,我们也蹲下了。

"当时我也可怜孩子,想帮你……"四叔悠悠地说。

"你的窝棚里不是闹鬼了?全茨坨都知道你演的'鬼狐传'。这一下可给你们胡家坟添彩了……说书的都编成了段子……"大娘愤激起来。

"你不知道,她的命比你还苦。她流浪天涯,亲生骨肉都见不到。你的性子能赶上她一半就好了。除了她,我这辈子还能惦记谁?"木匠装烟巴嗒两口。

"我不恨她,走了,就算死了,活着的还得活。当我看到她又来偎你,心就凉了,我想找个老实人吧,两个孩子咋办!可你知道,我一进王磨坊的下屋,眼泪就止不住。你还记得吧?那扇车子和磕面柜还都是你打的。别说茨坨,就是十里八村也找不到你这样的能工巧匠。我握着那把手就像拉着你的手一样,摇呀摇……"大娘的声音。

"现在不行了,左胳膊使不上劲,真想把那扇车给你修修。"木匠说。

"唉!在草垛那会儿,你多壮!搂得我透不过气,身上热腾腾的,真爱闻你那汗味。看现在你瘦得让人心疼。一想到你一个人,睡那坟边上……"大娘声音变细了。

又没声了,三丫忍不住站起来偷看,用小手捂着嘴。二狗就说:

"喜子你回家吧,你妈该找你了。"

果然妈喊我,我一溜小跑回家了。

第二天,妈带我去大娘家,给爷爷捎话。爷说送给她两个猪崽儿,让她养着,还说早早晚晚让大狗二狗到独一处何家馆子干点杂活儿,可以提两桶泔水回来喂猪——爷爷给说好了。过几个月猪出圈了,卖给我家。

大娘又千恩万谢。末了,妈劝说:

"三丫是你的骨肉,你真舍得给人?"

大娘便附在妈耳边嘟囔了几句。

妈笑着说:"想不到你这张飞粗中有细,会使苦肉计。不过这事你可别急,一则大狗爹刚死,怎么也得过一年半载;再则,他心里还没丢开那人,虽说她走了……木匠可是个重情义的人,别看他答应帮你养两个孩子,那也有兄弟的情份。他烦你那脾气,柔和点儿。你看茶馆他卢婶……"

"别提那臊货!"

"你这嘴呀,吃亏还不够?"母亲和气地说她。

19 磨坊情缘

邻居

　　我们到了西岗下木匠胡四伯的瓜地。胡四伯的瓜棚在他的小院的南边隔一条路。老远，我们就听到了四伯的悠悠的箫声。他看到我们乐呵呵招呼爷爷，拉着我说，小子这个夏天又长高了。随后移过两个小凳，又给我们摘了两个甜瓜。爷爷说："你别忙活。心里烦，到你这儿聊聊。"说着，他装起一袋烟。

　　我一边吃瓜，一边看四伯作的蝈蝈笼，里面一个小蝈蝈正在啃瓜瓤。

　　"二狗妈又去你家要债了？"四伯问，也装起一袋烟，用拇指压了压，拿出火柴先给爷爷点着，探询地望着爷爷。直到火柴烧了手，他才扔掉，又划了一根：

　　"那娘们儿不懂情义。"

　　"她也难……"爷爷吸一口烟。

　　"我猜就是，头晌让二狗给你家送西瓜，听说他娘又打三丫。"

　　"明天散集我跟她结清就是了……可是以后呢，怎么办？不管咋说，你得帮帮她。"爷爷和悦地说。

　　"王磨坊死后，我没少拉扯她，去年秋天还给她一口袋高粱，到底两个孩子是二哥的。可这女人心术不正，老想用打孩子压我，肚里尽是邪点子。十七年前，她当着翠说她怀了我的孩子，这是哪有的事儿！"每逢提起此事，四伯就心烦。

　　"不能全怪她，肖老爷把她找回来的，她正在外屯干活儿。那老爷子老谋深算，你斗得过他？都过去了，冤家结不得。"爷爷劝他。

　　"我不想和她算旧账，年轻时有一阵儿我也喜欢过她，可是她那性子叫人受不了。她老是对人说我毁了她，她才真毁了我。这人最爱扯闲话，人家茶馆卢家咋得罪了她？我不过是和国风他们去吹吹曲子，她就说人家和牲口贩子不干净。"

"你二嫂一个寡妇带五个孩子，不易。"爷爷又把话拉到正题，"跟我一墙之隔，孩子饿的哭声都听得清，远的看不见也就罢了。你想想，那三丫在我的猪槽子里捞豆饼吃。"

"豆饼好吃，趁热。"我分辩说，"在油坊侯五叔给我吃过。"

"豆腐渣还好吃呢，像你奶那样做，放点葱花菜再加点拆骨肉。"四伯笑着拍我头。

"说起侯五，还有一件事，他跟你学得不错吧？"爷爷笑着望四伯。

"艺多不养人，那小子兴趣太广。"

"你说得是。我也劝过他，他说那些算不了什么，木匠才是手艺。小五机灵，油一点，不滑，主要是人品好。就说他自己那两间房，借给一个眼色不好的老太太住，分文不取，非亲非故。这事，茨坨谁能做到！他很敬重你，你就带带他。你受伤后，力气也使不上了，让他打个下手。"爷爷说。

四伯一时没有表态，却笑着说：

"二叔心眼好，总是帮别人忙。侯五的喇叭吹得挺好，在茶馆我们还和过。前些天，梦屏回来了……"

"你闺女是个人才！"爷爷称赞。

"不像她妈，她泼辣。"四伯得意地笑了。

"我想把驴借给你二嫂，你帮她修修磕面柜和扇车子，还是让她把磨坊那摊捡起来。她有力气，大狗二狗也顶用了。下力的活儿你就叫侯五。我再跟果子铺冯掌柜说，他们本来就想加工点好面。"

"二叔真是操心啊！"四伯笑着说，"谁都可怜那几个孩子，国风还跟我说过，问大狗愿不愿学剃头。"

话题一转，他们又谈起郭军反奉，那是四伯的军旅旧事，四伯对郭松龄的夫人佩服得五体投地，红颜知己……

"那年你跑了，你妈差点儿急疯了。啥事，都不能替老人想想？现在轮到你教孩子了，屏儿也十六七了吧。你现在不成个家，将来外孙谁带？"爷爷带着责备的口气说。

"她妈走得太远了……"四伯吐了半句，吸着烟，陷入沉思。

这时，太阳已经沉落到西岗后面，天上鱼鳞片一样的白云被染成了桔色。暖风拂过田野，鸟儿也飞回树林来了。

磨坊

胡四听从了爷爷的意见，帮他二嫂修好了扇车和磕面柜，有些力气活儿便叫候五干了。爷爷求了冯掌柜给大娘介绍了福盛兴加工面粉的活儿——那时候日本人已经对大米（我们叫粳米）和白面进行了控制，市面上的交易没有了，谁家吃它也要被抓为"经济犯"。点心铺也受监视，少量做些，供给官绅上层。这样一来，磕面反倒有一点生意。

爷爷还把毛驴借给了大娘，条件是，"孙子要来照看"。爷爷笑着说。邻居们对我的瞎混已经习惯，喜子是爷爷的心肝，他要掺和，谁能阻挡？爷爷这样做，也是照顾我的情绪。我非常喜欢家里的毛驴，它的年龄不大，爱撒欢，我常骑它遛着玩。说起来，小毛驴还是我提议买的呢。我五六岁的时候爱在村口看放牲口的回来。像艾五的弟艾六、肖家的小嘎子，骑在牛或马背上，耀武扬威的。他们见了我便讽刺说："喜子，骑猪来玩。"我心里难受，便去闹爷爷。爷爷笑着说："咱们也买一头驴。"当然，爷爷买驴可不单是因为宠孙子，家里有许多活儿得要一个牲口，哪怕是一条驴也好。运个粮米柴草，买两块豆饼，也不用人背肩扛了。要是走远一点买猪，特别是夏天，赶猪走远路可是个麻烦事。它总爱钻到水沟里翻泥滚，不起来。虽然有时我带着的黄狗跳下去扯它耳朵，但是它过一会儿又要窜下去，你算是没办法。

现在好了，毛驴拉个板车，猪捆好了扔到车上。搭几枝带叶的树枝遮阴，路上再饮点水，淋点水，游游逛逛就到家了。有时候爷爷带我查行情，也就是查猪情，譬如说，谁家的猪要出栏了，哪屯有猪瘟要不得；或者访朋友，讨债还钱之类，带我牵着毛驴走村串屯。我累了，爷爷便把我放到驴背上。

因为王家的毛驴有白内障，起初我认为要拉磨就得把驴的眼睛弄瞎，便大哭了一场。后来，妈妈解释说，驴拉磨戴个眼罩就行了。驴是借给大娘的，不拉磨的时候，你还可以牵它玩。我的心宽了些，但我还是要盯着。开始我家的驴不习惯转圈，常常往外使劲，还走走停停，我便牵着它；后来我有点晕了——我没戴眼罩，便赶它走。转上几圈，我就从衣袋里摸一片豆饼片喂它。（削豆饼也是一项技术和力气活儿，叔叔使用一种两端都有把的二尺长的大片刀，将豆饼夹在

19 磨坊情缘

两膝之间，为了防止圆饼滚动垫上砖头）小驴一旦知道前面有食物，便加快了脚步。有时候看到抱着弟弟坐在门坎上的三丫眼巴巴望着我，我便也给她一片。

王大娘为了分散我对毛驴的注意，便向我讲解磨面流程的各个步骤，于是好学习的喜子也就放松了对毛驴的监护。

侯五叔经常来帮忙。那一天他伏在磕面柜的扶手上，笑眯眯的，嗬嗬咧咧地唱起家乡的小曲：

寡妇难，寡妇难，
上色的衣裳不让咱们穿。
也不知哪辈子丧天害理呀，
得罪了五殿阎。
今生一世找到咱呀！
命里也该然。

他的屁股随着筛面箩的摇摆扭动着：一切都那么和谐，那箩左右摆动撞击立柱，发出"啪啪"的响声，好像繁弦急管中的响板，和着那美妙的俚俗的小调在空中激荡。如果我们从后面看，还可以欣赏到他腰肢夸张地扭动，与音响的节奏十分合拍。它把小曲的词儿和调儿完全烘托出来，那醉人的野味分外浪漫。

"操作者既然坐在凳子上何以能自由扭摆？"现在的细心的读者或许会这样问。

原来那凳有一个光滑的曲面，操作者的屁股是半依半坐的。如此他才能脚踏踏板，驱动筛面箩的摆动。可见，我们的匠人在设计磕面柜的"硬件"时——用现在的话说——不仅考虑到了磕面的需要，而且也想到了那"软件"——便于操作者的演和唱。这思想难道不值得我们学习吗？！还有那时的劳动者也是演唱者和伴舞者，是三为一体的。与现在流行的不管什么歌曲，都要整整一队人来舞蹈，也是大不相同的。

就这样，王大娘一面从箩里清出秕子倒进一个笸箩——准备再磨，一面由磨盘上扫下麦粉倒入箩里去筛。她包一个头巾，干起活儿来十分熟练麻利。特别是当她跟在驴后边，一手拿着小簸箕一手拿着小苕帚，交替移着脚步，均匀地将麦粉扫入箕内，那动作的自如和轻快不由得使人想起她早年的绰号——"一阵风"。看来，乡亲们这样称呼她确无贬意。

　　说起磨房里的劳作，王掌柜在世的时候，大娘就是主力。她干着这活儿，不免想起那和善的当家的。想起俩人靠着勤奋与节俭带几个孩子过上不愁衣食的日子，心里涌起无限的怀念。再听侯五那小曲，不由得悲从中来，竟然坐在凳上啜泣起来。

　　这一下，侯五也停下了，开导她说：

　　"二嫂，你要振作起来，就算为了那几个孩子，你也该找个人儿。你才三十出头，熬个啥劲儿……"说着说着，他又唱了起来：

　　　寡妇难，寡妇难，
　　　半夜三更直把身翻，
　　　也不知谁家的
　　　猫儿房上窜呀，
　　　嗷嗷乱叫唤。
　　　害得那梦中的人儿
　　　也难到我身边呀，
　　　抓心又挠肝！

　　大娘破涕为笑了：

　　"猴崽子，看来得给你娶个媳妇了……可惜你太小，不然我搂着你。"

　　秋天，侯叔到底给大娘介绍了一个驴贩子。那人姓秦，原来他想和卢婶好，卢婶未答应。

　　那天我在场，在茶馆的灶里烧土豆。

20 红颜知己

秋阳

我六岁那年，秋天的一个下午，散集了，我去卢婶的茶馆，在中屋炉灶的余烬里烧土豆。

门帘掀开着，我见胡四伯扛一个条凳进屋了；卢婶笑着从里间走出。四伯说：

"那一桌一凳也修好了，过会儿让侯五推过来。"

"那你为啥不让他一起搭上？还亲自扛来。"

"没多沉，游游逛逛，空手也是走。"

"你那肩不是带着伤嘛！"卢婶忙给他斟茶，声音里露出怜惜，"看你那褂子都破了，脱下来，缝几针。"

"太重的活儿不行，这一点算不了什么……"四伯说着，脱下外衣，掏出他的烟荷包。我见了，便从灶坑里取一段烧着的树枝给他。他抚着我的头说：

"二叔这孙小子可真招人喜欢。"

"那是我儿子。"卢婶一面扭着腰肢乐滋滋地搂着我，一面拿过四伯的褂子。我去灶坑里拣了土豆坐在旁边吃起来。

"我真希望你有个孩子，"四伯拿眼瞟了一下卢婶，"头痛脑热，有人在身边……"

卢婶低着头，无言，缝那外衣：

"你还不是一样，下雨阴天，伤口痛了，发起烧，谁来报信儿？你那女儿，活泼可爱，也心疼你，可惜念书在外……"过了一会儿，她又喃喃地说，"这荷包还是她娘绣的吧？"

四伯点头。卢婶便拿起荷包端详起来：

"全茨坨，谁有这女工！可惜，走得太远了！"

"我对不起她，一想到她受的罪，我就感到揪心……"

"四哥，你不要老是这样自责。你不是要带她走吗？甚至抛了爹娘。你还到奉天去找她。"

"我不是指的这，那年我跟肖二少爷到奉天，小翠已跟他男人回老家了。肖家小姐见了我，她那时的态度，让我很难堪，无地自容。我也能理解她当时的心情。你想，按她们的如意算盘，本来是想让小翠侍候他们一段时间，以后再把她当礼物送给他的上级。可是小翠怀了孕，全乱套了；而且那几个人，二少爷，小姐的丈夫，都背了黑锅。肖家是体面人家，怎容得了这样的事？从小姐那天对我的申斥、对我的怨恨，就能想到他们当时是何等气急败坏。"四伯看了一下我的土豆，感伤地说，"小翠成了这热土豆，他们急着把她抛出去，你可以想见她那时候精神上受的压力。那年她才十八岁，没亲没友，由肖家的使女变成了肖家的灾星。她还有什么选择？什么乐意不乐意？她的病就是那时候得的。幸亏肖二编了一段故事说，我们结婚又离了，孩子是我的。那男的姓孔，官大，年龄也大，比她整整大三十岁，性格还好。娶了两个老婆都没生孩。他倒不在乎小翠有身孕——这正好说明她能生，后来他们还是没生。养父对屏儿挺好，特别是她伯父更喜欢她。他在一个师范学校当校长，屏儿便在那儿念书。我见肖家小姐的时候，已经升了连长，因为起义归队有功，肖二编的，算是有了一点身份。不然她还不知怎么放肆，骂我。人不能做错事，你看我这一辈子！"

"后来孩子不也回来了嘛，你们不也过了几年好日子吗？嫂子在外面只要平安，总有见面的一天，你别老是沉在心里。那箫吹得呜呜咽咽的。唉！我一听你那箫声就悲伤，可我还是爱听……"停了一会儿，她又问，"四哥，你算过命吗？你是什么命？"

"没有，"胡四笑了，"我整天和木头打交道，想必是木命吧。"

"嗯，其实，命，都在个人的心里，何必去算呢！"

就这样，在静谧温馨的小茶馆里，铁皮水壶在炉子上冒着咝咝的蒸汽，秋日和暄的阳光从窗里照射进来。我坐在桌边吃烧土豆，听两个大人娓娓地讲那往事。

卢婶缝好了衣服，用牙齿嗑那线。这时，王大娘推门进来了。

"好哇！可真好哇！"她叫起来，"炮仗还没放，就脱了衣服连起线来了。"

你这茶壶，我叫你们相亲相爱……"她抓起瓷壶就往地下摔。

卢婶忙搂住我，四伯厉声说：

"二嫂，你又在这儿撒泼！"

他站起来忙往外扯她，热水烫了她脚。她又蹦跳着哭喊起来：

"胡四啊！你这个没良心的……"

"喜子，快去叫大狗、二狗，把他妈拖回去！"四伯叫道。我连忙跑出去，老远还听大娘喊：

"我为了你跳河上吊，你不念想我……如今，我为你们胡家拖着这些崽子……"

半路我追上二狗，他正提半桶泔水往家走。我说："你妈和人打架了。"我让他放下桶，他不吱声，怕桶丢了，我便和他一起慌慌忙忙往家提。桶放到他家院里，我又叫大狗。大狗一听说就喊：

"二——狗，操……操家伙！"他有点口吃，说着，提起一个扁担。我也急了，从他手里抢下来说，你四叔让你们去拉你妈，又不是打群架。

等我们三人慌慌张张走到茶馆时，已经风平浪静了。侯五叔和二狗妈坐在外面的桌子旁，还有那姓秦的驴贩子——我认识，叼个烟袋笑眯眯地坐在那里。大娘见了二狗便喊："你们来干啥？快回去喂猪！"俩人悻悻地走了。大狗还嘟囔着，"还——让我来，来抬——你呢！"我叫住二狗，又跑回屋里，把另一个烧土豆塞给他们。屋内四伯和卢婶正在收拾，碎壶已扫走，修好的桌凳也搬了进来。

我又跑到屋外，原来他们在谈生意。

"二嫂，这好事你还等什么？你把那头驴套在磨上，春天老秦回来，请他两顿酒菜就顶了。"

"哟，"大娘眉飞色舞地说，"他要赖在我家，我可供不起。"

"二嫂，你带崽儿都是出了名的，还能给咱们老秦断奶吗？"玩笑没说完，肩上挨了一棍子。

"我这奶现成的，你这猴崽子来吃吧！"

连走出来的四伯也笑了。

"你别看那驴老，有劲着呐。"驴贩子拿烟袋锅一语双关捅了捅大娘。

"生意还没谈成，你来烫我的腰。"

爷爷喊我收拾床子。我回到家里，妈训我说：

"看你从哪儿沾的泔水，一裤脚子，能穿出什么好衣服！"

不久街面上就传出谚语："胡寡妇家有两个拉套的，一匹瘦驴和一条壮汉。"这就是那天发生的事。

究竟是什么淡化了胡伯对小翠的思念，使他的情感和性格趋于平和？坨村的长辈们在闲谈时常常言及这个问题。是的，这个问题太重要太令人关注了。

你们看，当年小木匠的出走引起多大的震动：一个虽不算富裕却还殷实的家庭一下子瓦解了。一个强壮的、一身好手艺的青年却被一辆花轱辘大车晃晃悠悠拉了回来。迎接他的，是三间门窗洞开的破败的瓦屋。两代木匠精雕细刻的小巧廊檐都已朽坏，燕子做了窝。棚顶结满了蛛网。一根木棍挑过去，老鼠在残破的棉絮中逃窜……难道"爱情"就是这样的炸弹！老年人也常用他的例子教训那些不着调的孩子：跟谁不是过一辈子，难道你要像胡四那样？

当然，还有菜花——那被人称作"胡寡妇"的二嫂，早年她是一个多么欢快的姑娘！

黄昏，坐在自家的瓜棚下，胡四在反思：

你把人家满满地搂在怀里，你激动了。你点燃了炸弹的芯子，人家身上就没有火药吗？咳！看她现在被孩子拖累成这个样子……人首先得活着，得让孩子活着。你不懂得，菜花懂，驴贩子懂……

你该知足了，谁有你这样美丽又聪明的孩子，会音乐，还能当老师，全茨坨有几家？这不就是结果吗？人一辈子再苦再累，不就是图一个好结果吗？

二叔和乐师的开导是对的。咳，人还得有朋友，再穷再愁的日子，有了朋友，在瓜田里聊天，点一袋烟，还有什么不能化解呢？正如音乐……

是的，爱好音乐是胡伯从痛苦中解脱的重要因素。

音乐这玩艺，你乐她帮你乐，你愁她帮你愁。可是你乐她不使你狂，你愁他不使你伤。就像那箫声悠悠的，也许，若是菜花懂得这个道理，我会娶她的……

想到这儿，他又拿起他的箫，呜呜咽咽地吹了起来。他知道，此刻在街心的茶馆里一个疲惫的女人正支着肘，望着窗外的明月，听徐徐清风送去的箫声，化解她的苦情……

"红颜知己"这个词儿是怎样震动人心啊！

21 民俗拉套

家乡人把那些贫困寡妇的情人戏称为"拉帮套的"。这种幽默里不仅含有道德上的宽容,也有几分会心的赞许。而对于那些更穷的光棍汉来说,拉帮套常使他们妒羡。在提起老秦时,他们会愤愤地说:"驴贩子有驴儿的玩艺吗?高老道敢跟我比?"

这里说的老道高荣奎是一位乐师,他领导的班子是一群伙计道士,以给人家作道场谋生。高爷爷是个大个子,他心地善良,乐于助人,常到我家铺子里来和爷爷下棋。因为他性情随和年轻人便爱与之玩笑,他们说那些有钱的寡妇爱找高家班子,是看上了高老叔袍子下面的悠当生得奇伟,演奏时竟能敲锣。当然这种揶揄之中也不无羡慕。的确,在那古朴的小镇,我可爱的家乡,保留着先民们对生殖器崇拜的遗风。

驴贩子老秦四十多岁,是个神秘人物(在本书"大有车店"那一节里专题写过),传说他早年当过响马。那时候辽西一带马贼特别多,飞来飞去。马贼也叫绺子,它有时变成保险队或团练,给商团当保镖,有时团练或保险队也转换为马贼。后来张作霖统治了东北,安定了些。日本人来了,张军退了,一时出现权力真空,马贼又兴起,一部分并入了义勇军。眼下老秦是哪个圈子里的人,乡人闹不清。但他的豪情依旧,爱交友,常在独一处请客。警察所肖五、货郎鲁伯、镏锅匠丁盛,还有钱二,都是他酒肉朋友。

有时叫花子老林头碰上了,也必是他的座上客。提起这些,何二楼(他的酒馆独一处是个二层楼)便夸赞说,老秦会做生意。他结交那些走村串屯的人,还有财主衙门的底线,行情摸得准,牲口一到就卖光。何二宣传老秦虽说是为饭馆招徕生意,但讲的是实情。的确,驴贩子很注意收集信息,卖完了牲口,也总爱在饭馆茶馆里泡着。老秦在独一处有个户头,吃饭不给现钱,到一定时候就让何二去挑一头肥驴宰了。每次我见何二伯乐呵呵端一块煮驴肉给爷爷下酒时,爷爷便扣着烟袋笑着问:"老秦又结账了?"

不久,过年了,我爸爸提前出狱了,家里人很快乐。在年三十饭前,爷爷让母亲给邻居王大娘送一挂水油去。我便从酱栏的缸里摸了两个粘豆包,送给二狗和三丫。

他家也没贴对联,二狗还是那件破棉袄,三丫也是。她脏兮兮的脸,拿了豆包就想到灶炕里去烧。二狗踢她,灶是冷的。

"老秦没在你这儿过年?"

"没——有,"大娘一面摇着怀里的孩子,"回他河西的家了,家里还有一个瞎妈。媳妇伺候着,儿子跑了,拿枪去了……他得回去看看,是不?我也劝他回去,过小年走的,初六就能回来,喜子爹不是还要和他谈生意吗……"

"年准备得咋样?"母亲问。

"还能咋样,吃的还不愁,他扔下点钱,我不敢花。"

"年饭做了?有孩子,不要太糊弄。"妈说。

"这不,木匠送来两条鱼,到晚上吃点粥就睡了,夜里也不起了。你别看这几个崽子,能吃着呐,八顿也没个够。"过了一会儿,她又小声对母亲说:

"老秦想把家搬过来,在牛二后栏子里盖三间房。他媳妇不是牛二的干妹子吗?她三岁的时候老牛头捡来的。他说,茨坨富庶,好混,不像河西,九河下梢,十年九涝。"

"那挺好,他老在外面跑,家里有个照应。"母亲顺嘴说:

"我还想让他把房子盖在这院,东厢房。你想,那是财产啊!"大娘现出诡秘神色小声说。

"那你呢,咋摆?"妈觉得不妥,复又问。

"我不怕,他媳妇,那人老实,小时在一块拔草知道。我跟你说——"她掂着孩子凑近母亲,诡秘而得意地说,"有啥,别人怎么过我们怎么过,关起大门是一家。名义上我叫她姐姐,老秦出门她还不得听我的。"

"那老秦有啥想法?"

"他说,哼,这磨坊就用起来了,后栏子再搭个大牲口棚。我骂他,你跟我好是算计我的磨坊啊。"

"你开这玩笑他不怪你?"

大娘笑了笑,扬起眉:

"他搂得我喘不上气,你不知他有多壮!"她又贴到妈耳跟说了些什么,妈笑着脸有些红。

大娘晃着头:"他不在乎。他什么也不顾,干那事也是。每回都到小半夜,也不管孩子睡实没。你说怪不,我那病全好了。真舒坦,咳!回想年轻的时候,侍候两个老头。现在才算尝到爷们儿的滋味……"

"那边一点年气也没有。"回家后妈对爸说。妈又说起老秦搬家的打算,爸说:"他老是怕自己出事,想有个安顿。"

22 老道高五

说起小镇的音乐，首推乐师徐伯，接下来就是胡四的箫管、侯五的喇叭，还有梦屏的玉琴，但我们不能忽略高老道的笙竽和他的乐队。

这一天高爷爷走在街上，后面有人喊：

"高老叔。"是艾五。大有店这阵活儿不忙，长工艾五总能抽空在街上转转。此刻他正和丁盛说话，就在我家铺子前。他看见老道走过来便招呼："荣奎五叔，一向可好？"

"你小子……胖妞妈让我教训你呢！"老道腋下夹一个蓝布小包，这时停下了，"你不在那正经事上下功夫，就知道钻草垛。急什么，把姑娘的扣子都撕掉了？"

"五叔，你得给我劝劝她妈，你不愿做我未来的老丈人吗？"

"你胡扯什么？妞妞妈就看不上你这一点。学点好，积点钱，做个小买卖。你今天叫我有啥事？说！"

"是丁盛，他求我跟你说一下，想进你的班子。"

"咋的了？铜锅不挺好嘛。这山望那山高。"

"咳，他那干妹子儿跑了，信了天主，进了三台子修道院。他也想信个教，我就劝他干你这行，挣钱多，又不耽误娶媳妇。"

这是真的，月娥当了修女。丁盛感受到了落差，他的自尊心受到了严重打击。在乡民中，信教的那是上层人，在日本人统治下，财主们想借洋人保护自己的财产，多半投到主的门下。这有点像大城里的富豪躲进租借一样。

那一天，丁盛在肉铺遇到了杨约翰：一个英国人，意大利的国籍，他精通汉语，是一个披着牧师袍子的记者。他走村串屯到处采访，还能给牲畜看病。乡民戏称他"洋药汉"。丁盛说他要参加教堂的唱诗班。这位高个子牧师，歪着头，笑了。他捏着丁盛的嗓子说："你的童声没了。"丁盛垂头丧气又去找了因，要出家。了因掐着念珠问他叫啥名。丁盛心恼，天天见面还用问吗？他不耐烦地说："哥哥丁茂我丁盛。"了因微微笑了，"爹给你俩留下遗训，要人丁茂盛，你却要少了香火。回家去，和你妈拜一个菩萨够了——原来妈信佛。"

听了艾五的话，高老道故意提高嗓门，让那厢的丁盛听着：

"我们这口饭就那么好吃么？丁老二，五音就少了三个，还能奏乐？什么时候等我们要保镖的再说。"

丁盛不生气反倒乐了：

"老叔，人家说你在班子里一个顶俩。"

"此话怎讲？"

"哎，"艾五接下来，"说的是你老做道场的时候，袍子下面挂面锣，上面吹，下面敲，还说那裆里的锤又大又硬，敲得山响……"

周围的人都大笑起来。老头也不恼，向他走过来，艾五忙躲闪，要真动起手来，他可不是老叔的个儿。

"老叔，老叔，这可不是我编的。"艾五讨饶，"在茶馆听集上人说的。"

老高头站下来，用手指点他示意他住口。

"老叔，这有啥不好，老娘儿们都喜欢。听老人说，你年青时，三台子那小寡妇……"

这时，讨饭的老林头，也笑着凑上来打圆场：

"高老板，还记得吗？那年我的本家财主，一个小寡妇，给她死鬼男人做周年，不是单留下你，演奏两个晚上吗？"

"是演的'十八摸'吧！"艾五又插话。高五爷不理他，却与叫花子老林头聊起来：

"咳，老伙计，还是你知道老底。你四处跑，多替我传传名，劝他们不要找黄腊坨子那帮吹鼓手。办丧事还吹《小老妈》（曲牌子名），行吗？我们有新曲了。哪村有红白喜事，过来报个信儿来。"高老道说着从怀里掏出一把铜子儿，丢给那老叫花子。

"晚上到剃头房听你的曲儿，怎样，老叔？"艾五喊。

"我有正事。"高爷爷说着进了徐伯的铺。闲人走散了。

高老道高荣奎爷爷比我祖父小两岁，论起来还是表亲。他也是爷爷的好友，称爷爷"长润二哥"。他组织了一个以高姓为主的穿道袍的班子，但他们并没有出家，不是真正的道士，不过是一个乐队，为那些有钱人家做道场，超度亡灵。他们和一般的吹鼓手不同，除了打着道家的旗号，穿着统一的制服之外，他们是一个轻音乐队。乐器大多是笙管笛箫和丝弦，配一点锣鼓钹镲。

在乐队里高爷爷是领班和指挥，他吹的是笙。这是一种簧管气鸣乐器。高爷爷的笙吹得极好，尤其是那丰满的和弦。听水石先生说，笙在古代和竽是一种乐器，笙比竽的簧少许多。竽是36簧，笙只有13到19簧。《韩非子》的一篇文中说，齐宣王使人吹竽要三百人。后世竽只在宫廷雅乐中使用，到了宋朝便只有笙，也把笙叫竽。笙既有簧乐金属音的明亮甜美，又有竹管乐的幽咽绵长。

有一次肖家办事，请一台吹鼓乐和高家的班子唱对台戏，双方都使出了绝活儿。高爷爷瞥见我，便挤眼发出美妙的颤音，打着嘟噜，还把头歪来歪去。黄腊坨子的吹鼓手拿手的是"卡戏"——用不同音调的喇叭模仿戏中的生旦净丑。

高爷爷他们便是轻音乐，乐曲舒缓悠扬，把听众的情绪引向远方……对于悲痛亡者的亲人，它是长歌当哭；而对于在争夺遗产的儿孙，它又是摆脱烦恼净化灵魂的安眠曲。因此，一有丧事，十里八村都来找高老道的班子。

高老道这人个子高大，性情随和，喜欢与年青人嬉闹，是个老顽童。虽然他的班子有一点积蓄，生活也还宽裕。但自从妻子死后，他一年到头却总是穿着那件旧道袍，蹬一双缝了掌的云鞋，戴一顶土地庙的屋檐帽。他这身打扮一来——用现在的话说——是作广告，二来是图随便。那道袍很宽松，只在腋下有两个纽绊。冬天套个棉袄，秋天套个坎肩，夏天光着脊梁。有一年春天，见他在爷爷的铺子里晒太阳，一面和爷爷聊天，一面翻开领子捉起虱子来。当然，新一点的行头还是有的，在箱子里，那专为做法事用。

年轻人爱耍笑他，戏弄中带有嫉妒：说他吹吹打打，也能过好日子！还说不是官绅却常吃酒席，比肖警长还阔。他们嬉皮笑脸地问："高叔，那女人为啥那么喜欢你？听说老叔炼丹，有道行，把那采阴补阳的房中术给我们传授传授？"

还在少年的时候，有一次小朋友在泡子里洗澡。荣奎高五被伙伴激怒，跳上岸，当众宣示了自己那打种的优势。同伴们看得目瞪口呆，从此他也就得了一个'高大锤'的浑号。有谁知三十年后由此引起的玩笑，竟然与一场政治案件关联起来。周子杰出事那一年，长滩财主周家套车来接爷爷做杀猪手工。说是爷爷活儿干得利索、快，是金外公介绍的。两辆胶皮轱辘大车，一块去的，还有高老道的班子。周家办丧事，小公子掉进了冰窖窿里。事办得很排场，杀了好几口猪，差不多全村人都请了。不料席间出了点蹊跷事。两个戴礼帽的人在院子转来转去。这时候爷爷正坐在棚子里抽烟，顺便照看那高老叔班子的物件。突然，一个青年，高丽人，窜进来，东张西望，看样子是找藏身之处。高老道正吹笙，动了动腿，小子就钻进去了。过了一会儿，伙伴问："那什么在动？"他从袍子下提出一面铜锣来。小子早走了。后来听说，抓他因为他是反满分子。长滩人找他种稻子，那地方洼子多，渔夫姥爷还请过他，是个好小伙子，又精又诚！

这事后来在茨坨传开了。说高老道做法事的时候，裆里悬个锣，上面吹下面敲，说那"锤"又大又硬，敲得锣山响。这自然是一种玩笑，联系他早年的掌故。

可是借高五袍子藏身那小子竟是挂了号的抗日份子，高丽人安东。据警察说，他不但串连高丽人抗日，还是东满和西满义勇军的交通员。日本人对他穷追不舍。日本人把这事和高五的笑话连起来找高五盘问，高五哪里会承认这引火烧身的事。老道细想，让这掌故传开也好，绯闻不是更增加了瞎话的色彩吗？

23 传经入俗

那一日老道进了剃头房，在桌上放下了布包。此时约好了的水石先生也在座。小镇音乐家理发师徐伯给他沏了一碗茶。那边裁缝闫叔打了招呼继续闷头干活儿。

"这次去千山多亏长润二哥（我爷）请的周家二少爷。"老道喝了一口茶，言道，"人家周子休是塾师，有学问，熟悉道家经典。"接着，老道讲了这次拜山的经过。

"自从那一年给周家办丧事，我认识了周氏兄弟之后，"老道呷了一口茶继续道，"前些日子听在辽阳的周子灵捎来信说，千山无量观有道教音乐乐谱。现在因与同行竞争厉害，我急着弄些新曲子，便托长润请周先生帮助，一起去拜山取经。周子休很快答应了。他乘农忙学生不上课，便和我一起，经长滩周家骑马去了千山。我们把马系在庙儿台农家小院里，留下了草料钱，又在小溪里净了身子，便上了山。无量观我是去过几次，都没见过主事的道长。这次要抄谱子取经，非他点头不可。我们上罢香，又献了一笔不小的香火钱，然后递上了子灵的帖子。说来这些钱大部分都是子休爹周老爷出的，他还总念着那年做道场的情。可能这两样钱和信都起了作用，因为千山的寺观也有耕作经营，每年都有作物与子灵交易。那主事的便客气地接待了我们，当然我按道家的辈份给他施了大礼。他叫张三丰，道号重阳子。外界人叫他张三疯子。他听我是乐队的，便端坐着讲起'斋醮'的来历，你们二位可能知道一些。"

"斋醮是道教的祭祷仪式。那程序包括设坛摆供、焚香、化符、念咒、上章、诵经、赞颂，配合烛灯、禹步和音乐，祈求神灵消灾赐福。重阳子说，在东汉五斗米道时就有了。到了东晋南北朝，经上清派、灵宝派道士推演，形成一整套仪范程式。其中灵宝派一个姓陆的道士曾著斋戒仪范百余卷。他说的这些我赶紧记下来。你们二位知道，要是我了解得多，讲得头头是道，那些财主就会信任我，认我为正宗。办事情就找我，这样才能把竟争者挤掉。"

"这位道长得知我是茨坨人显得很兴奋。他了解南三台有个教堂，是天主教。而坨镇又有个大庙和了因和尚，佛教势力大。如果道教能插进一脚，就可以争取信徒，不然地盘就让外来的宗教占了。所以他很看重我们一行。给我们讲得很细。我这回算是开了眼界，长了知识。那斋醮仪范历经唐、宋、元各代，随着道教的发展而盛行。"

这时，水石先生插话说："是啊，没有这些形式何以寄托虔诚和哀思？只有随着这些举动慢慢展开，祈祷者才能渐入仙境。这就少不了音乐了。纵观天下，儒、道、释和天主，都有唱诗和音乐。"

"你说得对。"高五爷继续言道，"那张三丰道长特别讲了斋醮音乐的历史，还给我们介绍了北魏神瑞年间，"说着，老道打开了布包，取了上面的几页纸片，递给水石先生，一面指道，"那个寇谦之作的云中音诵……"

水石看了说："就是《华夏颂》和《步虚声》吗？"

高老道应道："就是。到了唐代，道教音乐得到了朝庭的重视。"

"唐朝的皇上，把道教当国教，"闫叔停下手里的活儿插话说，他爱读野史，"说老子李耳是他家的祖先。"

"是的，唐高宗下令乐工制作道调。那玄宗唐明皇不但让大臣们都作道曲，自己还教道士《步虚音韵》。还融合了民间音乐，吸收了西域音乐。"

"这是你抄的？"水石先生拿手里的单子问高五。

"是周先生帮我从道长的书里摘的。"

先生得意地念起来：

"明代道教音乐承袭了前朝旧乐，又吸收了南北曲音乐新制的道曲，还广泛地吸收民间小曲如《清江行》、《变地花》、《采茶歌》……"

这时，徐伯忙问："曲谱何在？"

高五爷拍了拍那一叠本子，笑说："这是张三丰命小道士从藏经阁里取来我们抄的。幸亏有周先生给我注释那些历史典故。"

徐伯国风连忙翻阅，口里念道："太好了，全是'工尺'记法。"

"你们听，"水石道："这还有清初叶梦珠对当时道教法事音乐的评语，'引商刻羽，合乐笙歌，竟同优戏。'啧啧啧！"

"那三丰道长还对我说，要做他的道门弟子，那演奏就该遵循斋醮音乐的'颂'、'赞'、'步虚'和'偈'的仪范。这些都有相应的曲子。"

"周先生和那位道长有什么交谈？他有什么看法？"水石问。

"子休只专注那些文史资料，对三丰与我谈论的法事不太关心。"

"看来这位周子休确实领悟了老庄清静无为的精髓。他可能不愿意闻你和道长身上的烟火味。"先生说罢，三人都笑了。

这时，裁缝闫叔问："高老叔，你信道教吗，看你冬夏穿那袍子？"

"我信五斗米，"老道一语双关地说，"因五斗米教是道教的创始者。三斗也行啊，这年月我得养家糊口呀！"屋子里一片笑声。

"不过，"老道又沉静地说，"我一吹起笙来，心也就沉下来了，自己也浸在音乐里。吹着吹着，就想起和嫂子柳叶度过的那些苦日子，眼泪不由自主地流下来……"

座中人听了老道的话，便也黯然，都自然地想起了老道死去的妻子，那位善良、贤慧而又美丽的柳叶……

24 裁缝闫叔

晚上，爷爷带我去徐伯的剃头房串门，剃头房和裁缝店（谢伯家的）共用三间房。我们到时屋里点着保险灯，徐伯去了高台庙与老道的班子排练。他徒弟磨推子。那小子十二三岁，白白净净剃个光头，袖管高高卷着，一副殷勤的样子。闫叔一面干活儿，一面和艾五聊天。想必是谈到了有趣的事，五叔乐得前仰后合。

裁缝闫叔闫兴奎是个幽默家。他个子不高，由于常年的职业习惯，头总是微微前倾。他项上搭一条皮尺，讲趣闻和笑话从不停止手头的工作，也不看听众。他慢吐小语，讲到会心处便用右手背轻轻地在布料上一扫。

说话间，艾五又问起家乡人的传说。对于高老道下体的奇伟，他问那是否和他炼丹有关？闫叔笑而不答，却讲起驴头太子的故事。我常想，为什么在俗文学的本子中已有记载的篇章，到了民间却千差万别、相距甚远呢？可能这多半要归功于说书人的附会，我闫叔就不乏这样的才能。而且闫叔说的事荤，话不荤，经他改编之后这段故事成了下面的样子。

说的是唐朝女皇帝武则天统治年间，有一个财主雇了一个长工。他因为穷买不起衣服，便用面袋子缝了条短裤。每当空气中湿度一大，他便有所感应，告诉东家说天要下雨了，快收拾场院，果然灵验。久之，财主竟把他当成预卜先知的能人来供奉。当然要求也提高了，由短期的天气预报改为长期的灾害预警："请教先生，明年种什么庄稼？"这小子干地里活儿干烦了，便傲慢地吐了一个字："草！"东家依计而行。第二年，果然，官家下令：高价收草。财主发了大财，把女儿也嫁给了他。

"官家为什么收草？"艾五来了兴趣。

"皇上生了个驴头太子。"

"唉——"

那一日，徐老牵着五岁的孙儿国风漫步街头，听到呜呜咽咽的声音，孙儿便扯住爷爷的手，停了下来。爷俩看到一个十四五岁的男孩，捏着一个五颜六色的泥娃在吹着。摊前还摆有二三十个。这一老一小，祖孙二人对音乐异常敏感。老头见这孩子能用这简单的孔洞吹出几个中听的调儿，不免心中一动。他拾起两个泥娃轻轻扣了几下，侧耳听它的声音点点头，问道：

"这泥人是你做的？"

"是我……媳妇做的。"高五荣奎略显迟疑。

"你——媳妇？"

"嗯，媳妇。"

"噢，柳叶，河东泥人柳的闺女。"

荣奎点头。

"小侄儿，哪一天我要带孙儿登门拜访。"老人言毕又弯身问孙子：

"怎样，我们买两个？"

两人相视片刻，会心一笑。

回家路上，孙儿拿两个泥娃，老人抚着他头：

"国风，我们来制'埙'……"说着，轻轻摇头哼起诗来。

过了两天，老先生果然带着几袋婴儿食品，拉着孙儿来探望这位不同寻常的女匠人。见到徐老先生，柳叶有点受宠若惊。因为那时徐老是镇上的绅士，书香财主，人称伯牙，而高家小两口乃家境贫寒的晚辈。老人带孙子在高家二老的亡灵牌前鞠了一躬，落座。正在操作的小俩口要洗手献茶。老人制止了，说："我就是来看你们和泥的。"柳叶介绍说："土是从北高台挖来的，又实又细。弟弟掏个洞，回来稍加些水，再摔打，直到它中间没气，匀了，熟了，再捏。晾到八成，上了色，下小窑，烧，用西山的花梨木，就在后院……"先生听了不住点头。最后，柳叶笑了笑：

"这没什么，都是给小孩玩的，比不上我娘家里做得那么细……"

二人说话间，荣奎领祖孙看泥人。这时老先生向柳叶提出建议，希望她做"埙"。他告诉年轻人说，烧这乐器质量好的价钱高，也是拿得出去的手艺。柳叶说："这乐器是听说过，可不知怎么做法。"老人说："不急，我看看书，我们一块来摸索。"

就这样，小小泥人促成了徐伯国风和高五爷荣奎这两位乐师几十年的"伯牙之交"，在小镇传为佳话……

经过几个多月的努力试验，埙做出来了。关于它的形状大小吹孔音，孔徐老先生查了一些书，最后确定的样式是梨形五音孔的，那是先生从他收藏的手抄本《棠湖埙谱》中选出的。徐老年青时见过的就是这种。柳叶的工艺精湛，北高台的土质也好，烧出来的埙不逊于宜兴泥壶，铁棕色带一点暗红，光滑油亮。徐老让小孙试了试音色音调，颇为赞许。为了配合常见的不同的管弦乐器，他们制作了几种不同基调的埙。徐老还教荣奎几个简单的曲子。这小子天生有音乐才能，一学就会，吹起来美耳中听。

从此，他便背个褡裢装上泥娃和埙，牵头毛驴走村串屯，赶集日，赴庙会。玩艺是卖得多了些，却也更辛苦了。夏天在烈日下赶路，口渴了，捧塘里水喝一口；秋天，奔远处，赶不回家，便在荒郊野店喂喂牲口，自己在草垛边猫一宿。虽然很劳累，因为挣了一点钱，他还是高兴。乐呵呵地给嫂子讲集上的见闻，还学那练把式的翻跟头。据他讲，有一次睡草垛，第二天一大早，他牵驴赶路，店主让女儿追来讨钱。他给了她一个泥娃，那女孩竟叫哥哥明天再来。嫂子袖着手，望着他乐。

年关临近了，生意越旺他便回来得越晚。那一日，柳叶做好了饭，喂了孩子，拍娃入睡秉上灯，纳鞋底等他。直到小半夜荣奎才踏着积雪归来。他拴好驴添上料，一进屋放下褡裢，倒头睡了下去。柳叶给他脱了靰鞡洗了脚，抹进炕里，爱怜地望着他。忽然，在昏暗的灯光下，她惊奇地发现在他稚嫩的上唇长出了髭须。"长成了。"她自语，在他脸上亲了一下，泪珠儿静静地流了下来……她抚着他的手，渐渐地，两年前的情景浮现在她眼前……

26 嫂娘柳叶

一场灾难扫过了坨村，高家的屋檐下只剩嫂弟二人。她望了望箱箱柜柜和炕上躺着的瘦长个子的男孩，在他的枕边是刚刚离她远去了的未满周岁的幼儿的衣衫。她怎么也不信，好像昨天他还在她的怀里蛹动……"以后的日子怎么过？"这时候男孩呻吟了一声，"得让他活着！"一股母爱的热浪袭上心头，她抱起了他，把乳头塞进他的嘴里。也许是甘甜的乳汁，也许是温暖的母爱，他精神了许多。他泪眼迷漓，身子滑落下去，跪在地上，叩头……

一月之后，他身体渐渐好起来，可以勉强和族中的叔伯们下田干活儿，和嫂子侍弄园子了。但嫂子还望他早日强健，毕竟他是家里能与她相依相伴的男子呀！何况那一次认母的叩首呢，喂奶便也持续下来。那一日，他唇的吮动使她产生了一种异样的感觉。她猛然将他推开，掩上衣襟，弟弟羞愧地卷缩了双肩……此后的两三天，嫂子再没有敞开怀。到了第四天，她的乳房有些胀痛。听邻居的嫂子们说那是要得奶疮的。而且弟弟在她面前总是纳着头踉跄走过，怪可怜的……于是她对弟弟说："如果你想补一补，那就……"嫂嫂缓缓地撩起了衣襟……

族中的老人不乏长者的智慧，果断地下达了命令，一切都顺理成章了。虽然丧期不满周年，邻里们对族人的决定也没什么闲话。毕竟孩子无依无靠又不大不小，弟嫂同居已是现实。

圆房那天晚上，他躺在嫂嫂的被窝里。平时在嫂子面前爱耍小孩玩笑的荣奎，此刻却背着身子浑身发抖，像案上的羔羊。嫂子静静地讲起了家事。

"小五"荣奎在他爷爷这枝上排行在末，嫂子就这样叫他，"我爹是做泥人的，方圆百十里谁都知道。他盼着有个男孩把手艺传下去。可妈生的头一个却是我，接着又连连生了两个妹。那一日老两口坐在葫芦架下，爹感叹地说，'看来柳家的祖业要断在我的手上了！'妈说都怪她，眼泪流下来，接着她哀哀地说，

'你要不想把手艺传给闺女,就把它带到棺材里去吧!可她们都是你的亲骨肉啊。'爹点头,吸烟,无话。"

"后来呢?"荣奎转过身来,仰卧着。

"后来他教我们画画,和泥,作泥人。可他的心总是沉沉的少有笑脸,我和妹妹都像那小兔一样,围他转。我当姑娘这些年都是在阴影下度过的,要不为啥你哥说我胆小?"

"嫂子,我们一起过日子,你说了算。"他把头偎在她臂弯里,"我不愿让你吃苦,可我太小,没力气。"

一股暖流流遍她全身,她爱抚着这个会疼人的小夫婿。她的手顺着他结实的胸脯和柔软的小腹滑下去,突然,心头一颤,连呼吸也急促了。她在他肩膀上咬了一口,柔声而急切地说:"来,小五,你能行……"

后来,在市井中这故事成为趣闻,不免有过多的渲染。甚至几十年之后,在剃头房,讲到这儿,还与"乔太守乱点鸳鸯谱"联系起来。

在剃头房,讲故事的人有几位,但能说出些掌故,将来龙去脉交代清楚,又饶有兴味的,要数水石先生和闫叔了。可是他们的技法和风格迥然不同。譬如,讲"乔太守乱点鸳鸯谱",那是俗文学的经典《今古奇观》里的故事。水石先生注重讲太守的贤达、睿智、爱民如子。他轻轻地用那扇子一击,吟道:"以美玉配明珠适获其偶,高家的长者是明白人。"闫叔则不动声色,慢儿慢儿地,展开那"弟代姊嫁,姑伴嫂眠"的戏。本来弟弟代姐姐出嫁,虽然有点滑稽也无碍大局,但如果碰巧小姑替哥哥圆房那就麻烦了。悬念就在床上——闫叔把代姊出嫁的玉郎和替兄伴嫂的慧娘形容得惟妙惟肖。而且在他用俚俗语言描述的故事里,那慧娘还是一个淘气的姑娘。如果一个姑娘淘气淘到床上,碰巧那同伴又是男扮女妆的,那麻烦如何收场?闫叔把两人在被窝里由戏耍到发现,由惊讶到迷醉讲得淋漓尽致:"移干柴近烈火无怪其燃,那嫂嫂的奶是随便吃的?"他抿嘴一笑。

柳叶望着小夫婿长出了胡须一阵欣喜,的确,她对现在的生活很满意。家里一切由她谋划,再没有奴隶的感觉;而且她有手艺与丈夫合作谋生,这是一般的家庭妇女所不能的。靠自己的勤劳过俭朴的日子,是穷人的企盼。她又吻了他一下,他醒了,笑笑,坐起来,歪身去看熟睡的儿子。柳叶让他洗脸,忙去端热在锅里的饭菜。

他端起碗扒拉了几口,又放下筷子,取过袼褙,掏出两块大洋和一把铜钱,捧给她,还挤了挤眼。柳叶在围裙上擦擦手,惊讶地问:

"咋这么多?"

荣奎告诉她,玩艺全卖了。那不同音调的埙,也叫一个吹鼓手的班子包去了。他还夸它调准音正,烧的火候好,外形美观。正赶上他们班子有个缺,拉我补上合奏了一场。我使劲,吹得满头汗。就在肖寨门,他们离三台子近和教会争,信教的人办红白喜事,都去教堂,不讲那套。吹鼓手急得很,想扩大势力,还打听我家住的胡同。

吃完饭,小两口躺在炕上,面对着面,柳叶用她的纤指在他的唇上抹了一下,悄声说,"长成了。"他便微笑亲了亲她的红兜肚。她又说:"这两年你小,我带你。等我老了,你还是壮汉,到时候讨个小,我侍候你们。"他捂住她的嘴,正色说:"嫂子你忘了我给你叩头,你永远是我的嫂娘。没有你的奶汁,我早就被扔在坑里喂野狗了。"说着,他竟掉下泪来。嫂子便搂紧他。

那一个晚上,小两口很兴奋,在枕边计划他们的未来。五年之后,他们果然组织了一个乐队,但没有当吹鼓手,而是披上了道袍。

27 埙音悠悠

高家制埙的工艺一直延续下来。我六岁那年,夏末,就在我从剃头房里听故事的后两天,跟徐伯去过高台庙。在一间耳房里看见他们家族艺人做埙的过程,那是从他们的祖母柳氏那里师承下来的。

我看见那靠墙的架子上放着好些大小不等的梨子一样的泥蛋,是烧好了的,徐伯称它是胎核。他对一个新来的徒儿讲,这核儿做好了要放一两天再用,让它吸一点潮气,免得泥糊上去的时候它吸泥里的水。这还是你们的祖母特别嘱咐过的。这时候高五爷也进来了,他也是具体指点两个孩子制埙的。他问正在往胎上包泥的徒儿说:"这坯摔熟了没有?"那孩子点头,他又谆谆教导说:"坯子要擀平擀光,包在核上厚薄要匀;它和音色音调有很大关系,不同基调的用大小不同的胎核,皮的厚薄也不一样,我那儿有样子。"谦虚的徒儿连连说"是"。我看他用马尾丝划破了坯,取出了胎,又将缝弥合好用毛笔沾水匀了。接着用刀片削去尖顶,复用和我的小手指一样粗细的圆薄铜管,在上面正中慢慢戳了个洞——徐伯告诉我那叫吹孔。徒儿小心地用秋桔皮抹光了吹孔的内壁和埙的表面。徐伯又叮嘱,过一个时辰,把里面的泥沫子倒一倒,可能是刚才挖吹孔时掉下去的。高五爷吩咐把坯放四个时辰再钻音孔。他说,今天有点潮。高五爷教手艺,从不呵斥徒弟,做样子给他们看。当时他们做的多是五音孔的埙,也有些七音孔的,弄箫管的乐队爱用它。高老道还请水石先生在埙坯上刻些诗句,给那爱好古玩的人收藏,要知道埙在中国已有七千年的历史……

屋子里一股泥土味,几个木架上摆着许多大大小小的埙的成品和未进窑的坯。形状也多样,有的像娃娃有的像球。高爷把一条小鱼送给我,我吹不响。徐伯拿过去,捏在唇边,慢声细气的小曲便和他的微笑一起传过来。我对这条小鱼爱不释手。五爷对另一个徒儿说:"埙摆到窑里之后,炉温要慢慢升再慢慢降,一不小心就会烧裂了，有的缝你是不易觉察的。"徒儿弯腰称"是"。

两位长者走到一幅画像前，高爷爷用袖子擦了擦镜面上的灰。我看到一个女孩，怯怯的样子，非常秀丽。听人说那是高奶奶柳叶年轻时的相片。五年前她去世了，是因为思念她的父亲和自己的两个儿子郁郁而去的。

高家老大是民国二年（1913年）生的，是个男孩，取名德仁。又过了四年（1917年）生的老二，又是个男孩，取名德义。高老道的长子高德仁的秉性恰似生母，聪慧而温文，深得老人们的喜爱。两孩子读完小学之后，就让外公领去了。

荣奎夫妇也想让儿子照顾外公，代他们在老人的膝下尽孝。那时外婆已死去多年，泥人柳因为没有儿子，视外孙为珍宝，决心把柳家的手艺传给他。为此还特别整理了几代人的经验，写成了《柳工俑谱》。书里除了讲解艺术技巧之外，还特别讲了制作工艺：选土、和泥、制坯各个环节的秘方，特别是烧造工艺、木材精选和火候控制。外公还给这个隔代传人换了个柳家的名字，叫柳传书。

德义天资聪颖，五六岁捏那动物，惟妙惟肖。他爹牵个毛驴走村串屯，那小猫小狗竟成了抢手货，孩子们纷纷拿鸡蛋来换。这时哥哥传书已到了十岁，一面读书，一面练手艺，技法日渐成熟。外公见了二外孙的成绩，十分高兴，又重抄了一份《柳工俑谱》，亲自配了图，让女儿收着。这是绝对的秘密。可是就在"九一八"事变之后，县长小原这个掠夺者还是缠上了高老道，给他带来了不少麻烦。

再说德义十岁那年还没读完高小，水石先生便介绍他到了沈阳先生学画的铺子去学徒。十三岁那年，从哈尔滨来的一个俄侨油画家看上这个机灵的小孩，征得了家长和师父的同意把他带走了。

"九一八"事变时，外公带传书祖孙二人（那时传书不到二十）便随沈阳的难民进了关。柳老汉早就想去天津的杨柳青拜访泥人张。与这家同行切磋技艺。如有可能，凭他在关外的声望和如今落难的处境，让孙儿在张家店里学徒，期望他能得到"东柳"、"西张"的真传。谁知这一去，便无音信。

德义的性格与哥哥大相径庭，是一个浪漫派。听乡里人说在哈尔滨见过他，与一个白俄女子出入酒吧。他的长篇故事留到后面去讲。

柳叶临终前拉着荣奎的手念着，不知年迈的爸爸是否健在。无论如何要把哥俩归拢到一起，把柳家《俑谱》中的手艺传下去。那年柳叶将将四十五岁。

这就是那段往事。

高五爷和徐伯在柳叶的像前静默了一会儿，缅怀这位高家事业的奠基人。高五爷思念亲人，在那艰难岁月相濡以沫……

"前天，"二人坐下之后，老道命徒儿上茶，一面对徐伯说，"肖警长又对我说起了抗日份子高丽人安东的事，让我提供线索，找他的联系人——是县长小原下的令。我对他说没那档子事，"裆里敲锣"那是年轻人戏弄我。班子里的人和老宋头都可作证。他笑了，又好像是顺便提起了那倒霉的《柳工俑谱》。说县长只是借去看看，还会还给我的。这回我真生气了。我说，警长，柳家的绝活儿是传男不传女。况且，柳叶和哥哥成家的时候，我还是个孩子。他也笑了，连说知道。"

"那个中国通不会善罢甘休，你知道，胡老四，他女儿梦屏有把古琴，那是她养父家从江南琴师那里讨来的名贵的珍宝。小原看上了……枪炮都在他手里，江山都让他夺了，你有啥办法？我也是，把爷爷留下谱子赶紧复制了。"

话头一转。徐伯又劝起老道：

"老叔，你看，家里事这么忙，你也该续个老伴帮着料理料理了。"

"今天，她离开我整整五年了，所以我请你来看看她给我留下的这份家业。"

高老道对妻是很忠实的，他带着这种纯净的爱走过一生。前两年，三台子一个姓林的财主续了个小老婆，那人是奉天戏班子里的，为人仗义疏财，经常周济一些贫苦人，是个女豪杰。他在给亡夫做周年道场的时候，结识了高荣奎。开始觉得他曲子奏得好，便与他切磋技艺。渐渐敬佩他的为人，特别是在他收留瞎子何三、教他技术后又为他寻师的事迹更令她感动，于是产生了爱情。多次托族中一个长工——就是说过的老林头，那时他还未沦为乞丐——给高老道带信，以演奏为名谋求会面。最后一次，她竟表示愿变卖田产与他情奔。高荣奎还是宁愿视她为异性知已，婉言谢绝了。又如现在妻已去五载，邻居胖妞妈对他那样殷勤体贴，他还是旧情难忘。

每逢月明之夜，他总是把自己绵绵的哀思寄托笙歌。那管簧音奏着和弦，明亮而甜美，回环不断，清爽中带着忧伤。

左邻右舍的老人们听了这曲子，都会想起那个善良、聪明而又美丽的柳叶；想起她背着孩子摘豆角，想起她和儿子赤脚踩泥巴；想起她把娃儿的憨笑画在泥人脸上；想起她和邻居的顽童们一起戏耍，教他们呜呜地吹那葫芦头儿，告诉孩子那叫——"埙"……

后来日本人县长小原为了接待东乡中将的视察，也是为了展示自己怀柔政策的功绩，在伪满建国十年之际，想在辽中办一个文化展。这其中就有林三献的紫砂壶，从了因那讨去的《归樵图》，还有胡四女儿那里的瑶琴。他原想让水石先生画一幅王道乐土，水石却画了一幅控诉画：古堡残阳，他只好把水石囚起来，让他画花鸟。在这个展览里，他处心积虑想得到《柳工俑谱》，为此他支使肖三林三恩威并用向高老道施压、索取。林三特别卖力，他报告小原派宪兵抄了高老道的家和庙。他积极干这事，是想一箭双雕，一是讨好小原，二如果抄出《俑谱》，给高五治罪，他还可以得到高台庙这个道观，做大烟馆。可是日本人没有抄到这本《柳工俑谱》，因为这本书不在高家，它在老道的长子高德仁手里。德仁和外公那时正亡命天涯。但在庙里确实藏有更为珍贵的油画，那是高老道的二儿子德义为他师娘收藏的已故老师俄国人苏里科夫的藏品。它在翻修家庙时埋在地基里，无人知晓。

林三要建大烟馆的企图，引起宋氏家族的众怒。林三收到宋家的警告，没敢大动。这期间肖三也受到游击队的威胁，只好向小原进言，反映了民情。这些都是后文。

28 流浪艺人

耍猴

我叫耍猴的给迷住了。

那个矮个子老头戴一顶棕色卷边礼帽，顶上破了个洞。他在向观众讨赏钱的时候，便把那洞捏着。他摇着那稀疏的乱蓬蓬的白发，鼻子和耳朵在寒风中冻得通红。老头不停地用那脏手帕擦着见风流泪的眼。遇到小孩，他便笑眯眯地将手帕一抖，翻过掌心变出一颗花生，在孩子鼻子前晃一晃，却不给他，回身丢给他的猴子，逗得大家哈哈笑。

他的班子里还有另外两个成员：一条狗和一个小男孩，他比我大两三岁。

我一连两天跟着他们转，看到他们的全部把戏就那几样：让两个动物跳绳，翻跟斗钻两个竹圈，顶那面铜锣。可是老头的智慧弥补了他们功夫上的不足。他总能设计出一些即兴的哑剧。例如：

老头带着猴子去买菜，示意猴子：在他讨价还价的时候偷小贩的菜。刁滑的猴子在排练中不断勒索他的主人，老头只好把花生、胡萝卜头之类扔给它。最后它总算领会了主人的意图。想不到卖菜的是一个小妞，她由小狗裹个头巾扮演。这小妞不但卖菜而且卖俏。她不断摇着尾巴向猴子使媚眼。猴子终于经不住诱惑，偷了主人的钱给她。可怜的老头几番讨价还价，以为事情得手，最后发现不但丢了钱，买回的竟是蒜皮和萝卜缨子——这道具是他们班子昨天吃菜剥下的垃圾。

最有趣的是，那包着头巾的小妞使出浑身解数，一面与吝啬的老头周旋，一面逗弄馋嘴的猴儿。小狗不仅变化眉眼，还不时伸出舌头，使那些赶集的劳累的农民开怀大笑。

表演有时也选些乡下人关心的题材。老头扮演保长，去捉猴子当劳工。猴子跳跳钻钻到处躲藏，最后还是被抓到了，当了"勤劳奉仕"。不幸的是，保长家是老夫少妻，难耐寂寞的娇妇——小狗扮演，哄了老头睡下，咬开劳工的绳子，双双私奔了。在老头累了或者去讨钱的时候，小狗也担当保长和他的夫人这双重身份。小狗在角色转变中显示的才能，是令人叫绝的。

在调情那段戏中，可怜的猴子前肢被捆着，便用屁股的扭摆表示爱慕之情。在稍见成效之后，竟然放肆地将自己的尾巴与那"佳人"的尾巴缠绕起来。

庄稼人笑道：看来要勾上保长的老婆，还得长个尾巴。

这时那班子里的孩子便将手中铜锣翻过来，求大叔大婶赏几个盘缠。孩子有些瘦削，穿一件空心棉袄，掉了两个扣子，用一根绳系着。每次我都给他一个铜板，那是爷爷给我买饼子的。我没有钱的时候，便跑到卢婶的茶馆里提一壶开水给他们。老头笑眯眯地望着我，夸我是善人，并让他的徒儿、猴子和小狗向我打拱。

有一次，卢婶也跟着来了。她老是望着那个衣衫褴褛的孩子，眼神里充满了悲伤的爱怜。回来时，她拉着我的手喃喃地说："要是你小荣哥活着也该这么大了。"

我知道，她说的是她得伤寒病死了的孩子。

叔叔知道我跟耍猴的转，便严厉地教训我。

"你知道那猴为啥懂人话？"叔一脸严肃。

"不知道。"我答。

"那是小孩！披上了猴皮。"他一面比划。

"猴皮咋会长在人身上？"我哂笑。

"你不懂，用针扎你浑身出血，再把猴皮剥了，趁热扒在你身上，就长在一块了。"

"那它为啥不会说话？"我置疑。

"舌头割下去了！"叔叔提高了语调，显得有点不耐烦。

"那尾巴为啥会动？"我有点挑战的味道，惹恼了他。

叔叔不回答，却踢我一脚，反问："疼不疼？"

"疼。"我皱起眉头。

"疼了就动！叫你不听话。你知道什么叫'拍花子'？他装作喜欢你，兴许给你一块糖，一拍你脑门，你迷糊了，就跟他走……"

妈妈也严厉责备我：

"要听叔叔的话，不能跟那些杂耍人到处跑。"

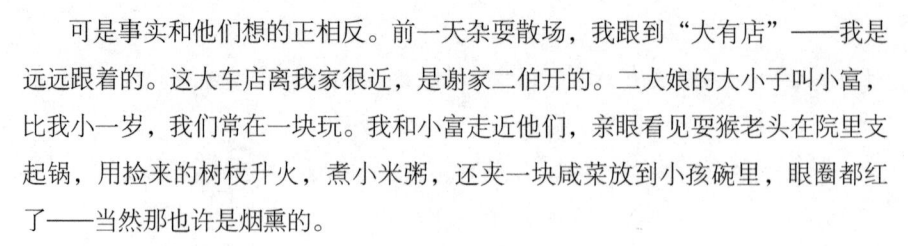

可是事实和他们想的正相反。前一天杂耍散场，我跟到"大有店"——我是远远跟着的。这大车店离我家很近，是谢家二伯开的。二大娘的大小子叫小富，比我小一岁，我们常在一块玩。我和小富走近他们，亲眼看见耍猴老头在院里支起锅，用捡来的树枝升火，煮小米粥，还夹一块咸菜放到小孩碗里，眼圈都红了——当然那也许是烟熏的。

后来，二大娘来找妈妈，讲了下面的故事。

艺人

那孩子本不是耍猴老头的亲人，是他半路捡的。老人复姓欧阳，这个姓氏使人想起侠客。但老人并不会武，只无师自通练一点杂耍。然而老人是真正意义上的侠客：是怀仁爱之心，云游天下的苦行者。

在吉林北边，那一年的夏天，老头走过一片树林。小狗发现孩子躺在路边山坡上。老头赶过去，摸摸他，感觉在发烧，便把他背到小店，喂了自家带的草药（流浪艺人总带着救急的药，有个病灾，人和畜牲都吃它，多半能顶过去。）过了一天，孩子醒来，问他家住何方。他说，自己姓田，小名牛儿。日本移民烧了他家的房子，赶走村里人。爹被抓走当了劳工，村里乡亲大半死的死逃的逃。妈有病，也跑散了。他吓坏了，走了三天两夜，便晕了过去。说着他给老人磕头，让爷爷收下他。他六岁了，能干活儿。老头听了孩子的话，抹着眼泪答应了。他又请店家作证，日后如有亲人来访，便以实相告，找到他把孩子领回去。

"老头心眼真好！"谢二大娘感叹说，"去年在瓦房店那边，遇到一家开杂货铺的，两口子没孩儿。老头想到孩子该上学了，这样四处流浪，会毁了前程，便先和孩子商量，那家也愿意收他为义子。孩子开始没反对，过了两天，一反性便跑了。他一路讨饭打听消息，走了一百多里，终于在辽阳城东一个大车店里找到了病中的艺人。从此祖孙二人便相依为命，四方流浪。"前天，二大娘吐了一口烟说："老艺人又萌生了这个念头。他说茨坨很富庶，市风也好，还有学校。他请我寻一家好心人，日子过得去就行。他说分文不取，还答应立个字据，写明孩子的来历和自愿领养的过程……"

二大娘和妈妈都静默了，过一会儿，几乎同时说出一个人："卢婶。"

29 卢婶认子

于是她们又说起卢婶。

"柳三走后，他卢婶可伤心了一阵子。"妇女们在一起谈话，说到他们尊重的人，爱以自己孩子的立场给以称谓，譬如这里"他卢婶"指的是我孩子他婶。在不容易引起混淆的情况下，也常略去前面的"他"字。二大娘说，"人这缘分啊，可真是，说聚就聚，说散就散。那几个月看他们多缠绵……"

"其实，小柳也不愿意走。"母亲说，"那阵子风声紧，他见的事多，本来就是惊弓之鸟。那还是肖六报的信儿，他五哥不是在警察所跑腿嘛！"

"我总觉得她俩长不了，柳三比她小好几岁，人长得俊，性格又活，听口音是海城人，说不定那边还有家。"二大娘这样说。

后来我长大了，理解二大娘的心态。她是一个刚强果断的，一个女当家料理一个大车店，不易。那时，二伯娶了个二房，是我的一位远房姑姑——热情而心地善良的女人。大娘难免有凄凉之感，看人也越谨慎。

妈又说："柳三那人心眼好，卢嫂困难的时候，他拉她一把。卢大哥，人死了，积一点钱，小柳来报信，如数给了她，可见柳三人可靠。你想，他是逃出来的，日本人星夜抓他，那要冒多大风险呀！说起来，卢嫂和他也算是患难之交。"

"人家卢婶也标致，要模样有模样，要身板儿有身板儿。男的都好色，做几天露水夫妻呗。柳三走后，听说一个驴贩子又盯上了她。那人长得壮实，有几个钱，总去茶馆献殷勤，还给他一条狐狸围脖。"

"这事卢嫂和我说过，那人也很正经，想在茨坨成个家，可她没收他的礼，也没吐口。"母亲忙解释。

"要听胡寡妇说，那可热闹了。"

"她的话你听得？"母亲笑着说，"她爱捕风捉影，她嫉妒卢嫂。"

"为啥呢？"

"木匠不是常在茶馆吹笛子嘛！"

"噢，"二大娘转了话题，"他们吹打的那一套确实挺好。住店的车老把总爱搬个凳子，坐在院里听，一面喝茶唠嗑，还说茨坨真是块宝地。"

大娘在受人之托后，对卢婶的摸底就这样结束了。

归宿

茶壶里的水汽咝咝地响，屋里暖和和的。下午的阳光从茶馆的西窗斜射进来，照在老艺人的头上，那稀疏的白发在逆光里银光闪烁。他略微仰起头，脸红红的，眯着眼——酒足饭饱的老人现出微笑，惬意而慈祥。几十年的岁月过去了，那印象一直留在我的记忆中。事实如此，只有饱经忧患达观幽默的老者，才有那种微笑。在简陋的衣食得到满足之后，那种感伤的自嘲的心态便浮现在这微笑中。

"您真是一位菩萨大婶，还有这孩子——小善人。"

"快别这么说，你老的年纪和我爹一样大了。孝敬你老是应该的。"卢婶搂紧我，我们和老人隔两个茶桌对坐着。

"我说的是心里话。"老人喃喃像是自语，"我已很久没有喝过这么好的酒，吃过这样可口的菜了。尤其，尤其是这么安逸，舒心畅怀……牛儿，你可记得？"他转向身旁的徒儿。他正在另一张桌上闷头吃饭。老人把剩菜移过去，孩子连忙点头。这时那只在地下进食的猴子，仿佛也懂得主人的语言，抓耳搔腮，鼓着颊中的食物，还支起牙做出应酬的笑脸。那小狗也钻过来舔我的手。

"我还真有过一个女儿，在承德的山沟里。生孩子的时候正赶上日本人并屯，折腾她难产死了，娘俩都死了。从那以后，我就成了断线的风筝。"老人的眼睛红了，我忙过去给他添一杯酒。伤心的往事助长了他的醉意，他又掏出了那脏手帕。

相同的境遇触动了卢婶，她也流下了眼泪：

"老人家，我也没了亲人……如果你不嫌弃，就认了我这个干女儿吧！"

"使不得，使不得，折煞我了。你看，你还有这么个聪明善良的孩子。"老人指的是我。

卢婶笑了：

"他不是我的儿子，是肉铺老宋头的孙子。"

"我记得，我记得。润记肉铺的掌柜，给过我猪肝，还给小狗几块骨头。爷孙俩都那么恤老怜贫，那么仁义。"

就在那天，他们谈了很久，两家达成了协议：卢婶收了牛儿为义子，但眼下孩子还跟着老人。他们依然在附近的县镇卖艺，遇有风雪严寒，便回茶馆落脚。

这样一直到次年的春天。一天，黎明前，老头突然带着猴子和狗悄然离去。孩子醒来哭了好一阵。卢婶规劝他，宽慰他，之后，送他上了小学。

耍猴的欧阳老头走了，一连几个集日我在庙前的广场上都没有找到他。没有见到小狗"保长"和猴子"勤劳俸仕"。问大有店，说他已结了账；问卢婶，她只拍拍我的头，说到挣钱多的地方去了；问寄养在她家的二牛，他愁闷地摇头。

是的，滑稽的可亲的始终面带微笑的杂耍老人走了，带着他的"保长"和"勤劳俸仕"走了，又开始了他的巡演生涯。

晴朗的日子，南满的某一集市上又会响起他那清脆的小铜锣声。他会即兴地给乡民们表演些小把戏。当他翻转了自己破旧的卷沿帽伸向掏不出一个铜板的农民时，他会带着歉疚的自嘲，作一个鬼脸，讲两句笑话。鼓励和他一样贫苦的观众站在原地，为他捧场。

温煦的春日，他会拉着"保长"，肩着"勤劳俸仕"，背一件简单的行囊，哼着无名小曲，行走在乡间的黄土路上。酷热的盛暑，他会歇在树阴下，向好心的农妇讨一瓢凉水，和他无言的伙伴一起啃着干粮，一面揉着他长满老茧的脚掌。也许瘦弱的"勤劳俸仕"熬不过严寒的冬季，倒在雪窝中。老人会怀抱"保长"抹着泪在它的墓前插两段枯枝。谁知道呢！也许，相反，在开满鲜花的秋日的山岗，老人含着笑意，永歇了他劳顿的身体。忠心的小狗会长久地在他身边逡巡，田野里会响起"勤劳俸仕"凄厉的叫声……当然，当然，这位智慧的老人会安排一切。说不定，哪个马戏团的老板会看中训练有素的"保长"和"勤劳俸仕"。自然，他在欣赏老艺人的表演之余，也会想到夜间大篷车需要一个忠实的更夫。

30 玉镯情深

瓜蛋

　　一天，四伯到铺里来。爷爷对他说，过几天叫侯五给我家修理修理门窗。四伯说可以，不过这两日他正给老杨嫂子家修屋檐，刷门漆，伏雨要来了。爷又问："晚上怎不见他去瓜棚唱小曲？"

　　"嗯，他忙。"四伯不以为然地说。"快罢园了，让二狗捡些回去腌咸菜。过些日子，梦屏开学我去一趟奉天。"

　　"小原叫她弹琴，去了？"爷问。

　　"哪敢不去！还好，小原还叫了两个日本女的陪着屏儿，穿着和服。"四伯说，带着无可奈何的语调。

　　"他喜欢听那古琴？"

　　"喜欢，这个中国通，对我们的音乐很在行。他还拿那琴弹了几下，点头称赞。"

　　"我真担心他会把琴拿去，"爷爷吸口烟。

　　"我也是，可是看那神气，比这更糟。"

　　"要孩子念完书到他那儿去？"爷爷放下烟管问。

　　"没明说，所以我要到他伯那儿去商量，给她找个好地方。"

　　"地盘都让人家占了，有枪有炮……"爷爷说了半句，停下了。

　　"再说吧，让她教书行，不能受欺负。我也算是从枪子儿里钻过来的人，能不保护自己的孩？"说完，四伯走了。爷爷叹气。

　　这几天侯五没去瓜园，也是忙，给我家修门窗、修桌椅。就是那天歇着他也没去，领我到西岗的树林里，躺在草地上听瓜棚传来的琴声。这古琴的声音使我想起外婆家的细河。河水悠悠地流，碎碎的波浪卷着沙，滚来滚去，那正是鼓浪的琴声。蓝天上白云不动,树叶在摇,像船儿在水上漂。我能想象屏姐的手指在弦上荡着……侯叔也望着天,他在想什么?瑶琴,声音渺渺的,舒缓清幽。她是那样优雅高远,别说是演奏,听琴的也需贵人。小喇叭那野腔野调何以相伴呢?

  三个小孩光着脚在罢园的瓜田里扫荡,其中一个就是我。我本来是穿着鞋的,但看到那个比我大两岁的小叫花子用脚丫扯蔓上的瓜蛋儿动作利落,便脱去鞋,可总是事半功倍,我没那么大的劲。而且由于蔓上的毛刺有点扎脚,便现出一瘸一拐的姿态。二狗冲我傻笑。我们仨虽然干同样的活儿,目的不同,我是玩,二狗是喂猪,小花子是自己吃。他全不管瓜蛋子的滋味,掠一个在侯叔送他的宽大的小褂上擦一擦,三口两口便吞下去。我们全是侯五叔召来的。瓜田罢园了,要把烂秧子和杂草铲除,把地翻一翻,为明年的耕种做准备。木匠胡四到奉天去了,他的徒弟侯五抽空收拾一下园子。

  那小叫花子不知姓啥,街面上的人叫他"溜儿",因为他动作麻利。他偷饼子,偷葱,偷梨,偶尔也偷五姥爷的鱼,但他很少偷钱。他不知道货币和食物的交换比例,还常常受到卖主的敲诈。他们给他仨瓜俩枣,接着探过头来低声吼道:偷谁的!当然,这样仗义执言,并不是想把钱归还失主。在吓跑了溜儿之后,他们便左右睃上两眼,飞快地把那康德的纸币塞进自家的腰包。

  侯五把溜儿擒来之后,给他理发,洗澡,换上穿过的旧衣,便带他干活儿,给他做伴儿。但小叫花子却眷恋自由的生活,喜欢回归自然,不愿睡在炕上,宁可蜷缩于四伯的窝棚里。谁知道呢!也许,人类的天性本来就属于那些一无所有的人,毕竟上帝是公正的。

  五叔铲了一阵,坐下来歇息。下午的太阳暖融融的,晒着脊背,晒着瓜田,晒着壕坡上迟收的南瓜……阳光给枯萎了的翻卷的秧蔓染一层光晖,土地上蒸发出衰败的藤叶的气味。狼籍的瓜田里走着三个赤足的孩子,可爱的孩子,纳着头,专心致志寻他们的果实……一阵凉风吹过,树叶儿摇摇摆摆飘落下来。秋天,色彩斑斓的秋天,丰收的秋天,凄凉的秋天……

  绿树阴浓夏日长,
  莺莺唤红娘……

风儿把小曲传送过来，那令人陶醉的小曲，心碎的小曲。这时，一辆大车走近了。

"五哥，干啥呢？"小曲停了，艾五问，他坐在大车高高的草堆上。

"给师父翻园子。"侯五懒懒地答。

"五哥，坐在那儿想谁呐？洋学生回城了吧？"问话的胖妞，咯咯地笑。她坐在艾五身边。艾五接着问："听说你师父胡四哥去了奉天？"

"是啊，你想给胖妞买幅衣料吗？稍口信去。"侯五反唇相讥。

"说你，听说他给女儿相亲去了？"

"想你的事，妞妈三婶不理你，给高五叔送两瓶酒，他可替她当家呀……"

"五哥——"胖妞叫起来。

侯五笑着转了话题，"二哥，你这草是从哪儿拉的？"他问孙二。

"羿家桥，那儿低洼地多种稗子，稗草牲口爱吃，大有店每年都买几车。"孙二答。车走远了，小曲又传来：

你支开绣楼窗，
　两眼不住望西厢……

我记得，就在两月之前的一个黄昏，彩霞满天，我和爷爷来到四伯的瓜棚架下，这只美耳动听的小曲在徐伯的琴弦上跳动。那时，侯五叔和梦屏姐姐并肩坐在壕坡上抄谱子……

"喜子，把瓜蛋儿扔给我一个！"五叔喊。

我扔给他一个，他接在手里，望着，出神。

我兜一堆瓜蛋兴冲冲走回院里，妈和叔正在干活儿，叔见我斥道：

"弄这些苦瓜蛋子干啥？"

"瓜蛋儿为啥苦？"我反问。

"秧子死了，没汁水，能不苦！谁领你干的？"

"五叔，还有二狗和溜儿。"

"都是苦瓜蛋子，快把它扔到猪圈里去！"叔叔扬起下巴，那就是非干不可了？可怜的瓜蛋，辛辛苦苦，还是用脚丫揪的呢……

玉镯

我七岁那年的夏天，侯叔走了。在茨坨小镇游游荡荡，抓小花子剃头帮大娘背柴，给嫂子唱小曲儿的侯五，走了。许多人都不解，独我知道，我太熟悉五叔了。当他悠悠的漫不经心的时候，就是他忧愁的时候，这时他爱找我玩。夏至过后的一天，他拉我到他家，屋里屋外打扫得干干净净。他的家就是不打扫也是整洁的：被褥叠在柜上，碗盆放在厨里。外间的墙上挂着木工的家什：刨子斧子和锯，玻璃窗擦得透亮。檐下燕子窝下面挂着一串红辣椒。他锁上了门，站在院子中间，忽然把那毡帽抛向空中，掉下来正好落在园子门的一根立柱上。他朝帽子鞠了一躬，口里念道："茄子豆角黄瓜窝瓜蝴蝶燕子，再见了……"我知道他把这些都托给了二姑。接着他便从怀里取出小喇叭，放了个长调，还是那么浪不溜丢。吹完后，侯叔把它塞到我手里，抚着我的头，凄凉地笑了笑，问："喜子，你知道瑶琴吗？"我摇头。他叹气说，那才是真正的乐器。我说我喜欢小喇叭，他说："那算什么！叔以后不吹了，给你吧。"走出门他又告诉我，到小北河探望了一下他养的老太太……他这一去就没回来，听说去当了国兵。

又一根断了线的风筝离开了茨坨——这个让年轻的心荒凉的古堡。

那一天晚上在剃头房，水石先生、徐伯和爸爸聊天。

"侯五这孩子心眼好，"徐伯说，"是一个啥也不愁、乐天的小伙子。没想到他也有想不开的时候，你知道他为啥去当兵吗？"

爸爸笑了："是不是他怕给我家二姑娘惹祸，钱家把她这个小叔子也看成了眼中钉。侯五人缘好，影响大……"

"嗯，这也是一方面。不过主要的是他喜欢上了梦屏，老四家的洋学生。可他心里又自卑。胡四哥说他没有正当的职业。"

"怪不得他托爸爸说情，学木匠。可那姑娘是什么态度？"

"看样子，那姑娘也有点儿喜欢他，叫他师哥，喜欢他为人善良，有音乐才能。小伙子长得也好，白白净净的，腼腆有点斯文的样子。可是……她没有嫁他的意思，她眼光高……"

"依我看，"水石先生停下笔，他正在给我爸爸写一个条幅，"侯五失恋是一方面，是个引子，它使人想起地位的低下。你看南岗那老孙头，几十年没跟谁红过脸。在肖家喂牲口，他连畜牲都没抽过一鞭子。他一辈子没摸过女人的手，谁颂过他的德性！人一穷，地位低下，屈辱就烧心。侯五给土地爷吹喇叭就是这么回事，现在终于走了！"

爸爸点头，无话说。

"前些天，侯五编了一支喇叭调。"徐伯继续说，"当时我还不知道他要跑，现在想起来那曲儿真挺悲。"徐伯说："叫玉镯。"

"为啥？"爸爸问。

徐伯笑了笑："说来也怪，你还记得侯五养了一个老太太，唔，那时你还没出来。"

"听说。"爸爸有兴趣。

"庙会那天，老太太在街头卖篓子，让干儿子侯五在旁边吹喇叭。实际上是老太太一计。她知道集上人多，说不定有小北河人，会帮她传信儿，找儿子或是亲人。果然见到了从江北回来的外甥女。姑娘叫葵花。娘儿俩抱头痛哭。姑娘从腕上退下了一支镯子，说没带贵重礼物，权作纪念。侯五是个重情义的人，但他心里想的是梦屏，便写了这曲儿。"接着徐伯念起了那词儿：

情郎哥当国兵过了小北河，
临行前小妹我做碗热河漏。
咽不下河漏你拉着妹的手，
千言万语却不知从哪儿说。

泪眼儿汪汪你望着妹妹我，
从手上我退下了那翠玉镯。
玉镯儿一只在俺的腕上戴，
这一只留给哥哥你暖心窝。

玉镯呀玉镯呀哥的护身符，
枪林哪弹雨里你要守护着。

莫等那兵车从我的门前过，

空让我推开窗阁儿唤哥哥。

暑期，梦屏毕业回家。徐伯把这小曲弹唱给她听，屏儿一面抄录一面用手帕擦着眼泪，后来竟泣不成声……

那年我七岁，不知道失恋是怎么回事。可是乐呵呵的侯叔离开了我，我心里特别难过。好朋友一个个都走了，同时又想起了他编的儿歌《数星星》："我愿和她藏猫儿，我愿和她数星星。"去年的暑假，屏姐回来采风。我和爷爷在四伯的瓜园听徐伯和侯叔弹唱小曲《绿树阴浓夏日长》，那有多快乐呀！

又一个夏天了，夜空中星光灿烂。侯叔，你在哪里？

31 铁担丁盛

我的家乡茨榆坨是明长城的边关重镇。经过这里的那一段长城是南北走向的，它的功能是向西、向北防御北元势力和后来兴起的女真。清统一中国后，这一区域土筑的界壕也就废弃了。在我村只留下一处烽火台、一段边墙和一个墩堡，还有就是引起老年人无限遐思的赫赫威名——"长胜堡"。而那些久远的故事，那些祖辈们为了生存而进行的艰苦的斗争都已沉入苍苍的落照……

丁盛的故事发生在1940年冬，小镇坨乡。

起初，这个段子在我家乡说评书的艺人那里称为"丁盛负妓"。记得说书人讲这节故事时，卢婶的茶馆挤得水泄不通。在那些闻"妓"而来的叔伯们当中，一部分光棍声称自己有学习的特权，拼命往前挤，气得隔壁铁皮匠丁茂丁老大把洋铁皮敲得震山响。他是丁盛的哥哥，是个正经人，平时不苟言笑。他生气不是因为他也是光棍，而未入前排；他生气是因为说书人坏了他家的名声。那时在我可爱的家乡还没有名誉保护和隐私权之说，他只好忍气吞声。可他弟，当事人铜锅匠丁盛却不以为然，反而搬个马扎坐在门外嘻嘻地笑。对此，丁老大的好友，我闫叔，见多识广的裁缝，劝老大说："好事，你不见当今的戏子，都是因绯闻而出名吗？说不定老二的生意会红火起来。"果然，不久就传出来，说三台子某某财主家的小老婆，为了和丁二搭讪，把家里好端端的青花大碗故意失手打碎，找他来锔。毕竟，老二是个强壮英武的汉子。大有店的长工艾五不无妒忌地对铜锅匠说："二哥，你身上那汗味，别说拔草丫头爱闻，就是发情的母马也会喷着响鼻蹈着蹄子围你打转。"

外屯来赶集的熟人，总爱到爷爷的铺子里坐坐，点上一袋烟，聊新闻。开春后的一天，一个戴毡帽的庄家汉和爷爷闲谈，他放下烟管问：

"二叔，听说，丁老二，那个铜锅匠，背了个妓女回家。"说这话时，涎着脸，望着爷爷。那潜台词是：有这等好事儿，在哪儿？

"没那事，说瞎话。"爷爷笑着说。

"说书的都讲了，'丁盛负妓'，一个段子。"

"那话听得？能顶粮食？"爷爷以长者的诚恳告诫说。

那汉子还是不甘心地咽了一下口水，扣了扣烟袋，

"想不到二叔还真会保密哩，嘿嘿。听说奉天还有人来找这妞呢。"

我把这段话拿来做引子，下面讲丁盛叔叔的故事。

丁盛

锔锅匠丁老汉的乡人叫他丁锅，他的妻是宋家姑娘，是爷爷的堂妹，我该叫姑奶奶。所以丁家也算宋氏家族的近亲。在旧社会，宗族观念是一张网，那是下层人用以号召族群、动员子弟、团结抗暴的精神纽带。当然如果族权控制在有钱有势的富人手上，那也是一害。

补锅老汉盼望家里子孙满堂，便给长子起名丁茂，次子起名丁盛。从两个孩子将将能把握工具的年龄起，老人就教他们手艺活儿。早先年，乡下人多使铁锅、陶盆和陶瓷碗，铁皮炊具是后来才有的。随着铁皮活儿的增多，老汉便将自己的传统工艺一分为二，向外延伸：二儿子身板结实生性好动，便让他挑担补锅；大儿子性格内向爱闷头琢磨，便令他做铁皮活儿。就这样老二到了十八岁，哥俩练就一身好手艺的时候，老汉闭上了眼睛。临终前，老汉把妻和老二唤到身边，用微弱的声音嘱咐说："无论如何，哪怕卖掉铺面，也要先给茂儿成个家。"老汉担担锔锅四十年，累弯了腰，给母子三人留下了一个铺面和三间瓦房，撒手而去。遗憾的是，身后虽有茂盛二子，却未见人丁兴旺。

丁锅老汉希望多子多女，还另有隐情。祖辈传下他这一支上，就只有他的两个儿子了。小镇市面的人都知道，有个说书的，人称铁嘴丁箩。他是丁锅老汉的弟。他早年并不说书，走村串屯，修理铜铁纱箩，木盆竹器。匠人们不计较那绰号，多半是因为它起着商标或专利的作用。乡下活儿少，他便往城里转。因他见多识广，言谈幽默，乡人爱听他的故事。久之，他自己悟到了，说书也可以养

家糊口。于是找了几个本子，竟无师自通地说起评书来。他讲评书有别于传统艺人，常常揉进自己的掌故，惹得酒饭茶肆市井闲人的喜爱。这个性情随和而乐观的人，习惯了游荡生活，觉得家是个累赘，也就断了丧妻后续的念头。他无子女，这一下，祭祀宗祠、繁衍后代的担子都落到了他哥老汉丁锅的肩上。所以，他临终前最后的牵念便是给长子丁茂讨个妻子。

按说，两个有手艺的青年养一个老妈，娶媳妇该不算困难。可是我六岁那年，丁茂已二十五岁还未成亲，这是何故？按乡人的传说，此事小有曲折。

丁家的铁皮铺就在卢家茶馆的北隔壁。卢婶的茶馆用的烧水壶就是老汉的长子铁皮匠丁茂的作品。丁茂发展了父亲的手艺，会做许多铁皮活儿，但在我童年的记忆中留下深刻印象的就数茶馆的烧水壶了。那时，茶馆用的烧水的工具是一种洋铁皮做的小筒壶。筒体直径有十五厘米，高约三十厘米，斜安了一个嘴，上面是一个弧形的把手。炉子是一块大铁板，板上整整齐齐挖了两排窟窿，共有十二个。烧水的时候，就把筒子壶插到窟窿里。因为同时烧着两排壶，它便因此而得名为"串壶"。为了不让筒壶掉下去，在壶的筒体上还做了一件"短裙"，卡在板上。这样，问题来了：要使壶的受火面积大，裙应该尽量靠上，可是这裙得在壶嘴根（与筒体交接处）和把手的上边，而这两个部件只有靠下才便于倒水。细心的铁皮匠经过反复的实验和计算，把围裙设计在中间偏上的位置，那正好是黄金分割点。这种壶受到卢婶的欢迎，她端着茶杯依着门喜悦地对邻居说："用这壶烧开水的时间短，倒水也很方便。"不善言谈的丁老大扶着眼镜低头笑着说："那就好，那就好……"

老大铁皮匠可是个好把式，十里八村远近驰名。他是个近视眼，不知什么时候在剃头房徐伯的建议下抓到一副眼镜，一条腿断了，拿线挂在耳上。可能眼镜的度数不够，校正不到位，做活儿时仍要引颈弓腰，那样子显得很勤奋。加之他的认真仔细的工作态度，干起活儿来那股执着的劲儿，街面的人便很信赖和佩服。于是他的名字便被善意地传为"丁卯"，言其一丝不苟，铁皮活儿做得"丁是丁，卯是卯"……有时邻居茶馆在门前挑个马灯唱小戏，他也不欣赏。反而借那灯光，伏在铁皮上，用他那大剪刀在洋铁皮上划着剪着，运用师传的技巧：折中裁曲，方里求圆。

我五六岁半大小子的时候，爱在集头子上转，有时给丁茂叔打下手。爱开玩笑的叔伯们看我和茂叔在一起，就说："丁老大，你和表哥同岁，看宋老二（我爸）孩子都这么大了，你还打光棍。你该娶个媳妇，给你妈生个孙子了。"茂叔便摸着我的头说："嘿嘿，喜子真是一个好孩子，跟我儿子一样。"那人便说："唉？茶馆老板也这么叫，莫非你们有什么约言？""别瞎扯！"——茂叔顿时严肃起来。

卢婶对这个诚实而憨厚的邻居的确很好，像对自己的弟弟一样。有时铁皮匠干活儿划破了衣服，卢婶便给他缝补。丁家给老大送饭来，她还会端些汤汤水水给他。

一次，妈和姑奶（丁母）聊天时，夸说卢婶人品好，长得也标致。丁奶忙说："她比茂儿大，还是二花开。（这是乡人对女人再嫁的说法。）"妈把话拉回来，笑说："这姑奶，一脑子娶儿媳的思想，算是没法和你说家常了。"

补锅匠丁盛是丁茂的弟弟，比哥小四岁。丁盛是个乐观的小伙子，体格健壮，爱舞枪弄棒。早年他总和我铁匠大爷的儿子承武叔在一起玩耍。本来是姑表弟又性情相投，走得更亲。我叔打两把大刀，他们便到西岗的林子里去，练刀习武。我叔还给丁盛打了一把"宝剑"插在扁担边上。因为这根铁条，长辈们便戏称这个毛头小为"铁担子丁盛"。

丁盛为人仗义，性情豪爽，脾气火爆，崇敬路见不平拔刀相助的侠客。就在他走村串屯的时候，担子里还塞一本《水浒传》。那本线装书，虽已磨损不堪，却没有丢篇少页，他在缝线的地方订上三个铜子。街面的人都喜欢他，独卖干菜的老胡头不以为然，批评他给娘招灾惹祸。但后来有一件事，稍许改变了他的态度。

有一个警痞子，不知为啥事，踢翻了老头的货床子。那年月警察的权力大，兼管着街头的工商摊贩，集头子那可是他们鱼肉百姓的领地。铁皮铺与老胡头的干菜摊子只隔三个门口。丁盛见了，勃然大怒。这等无赖竟然欺负鳏寡老人！他过来论理，胡老汉已晕过去，丁盛定要那警察背老汉去医院。在警察所跑腿的差倌肖五闻讯赶来，借了卖菜人的平车子把老胡头推了去。后来抓兵，那警察想捉丁盛，警长肖三说要维持街面繁荣，抓几个游民就是了。他私下里对肖五说，让这样的人拿了枪，跑回来要出事的。

这是真的，自从我铁匠叔跟一伙武装出走之后，丁盛时常闷闷不乐。他哥丁茂是个老实人，心里盘算着，弟弟如此心慌，倘若学那承武弃家而去，娘该如何伤心！惟一的办法，得给他娶个媳妇。就这样，弟想先请个嫂子，哥想先找个弟媳，两下里分别劝说母亲，自己的大事便拖了下来……

再说，在那动乱的年月，财主们对那些异乡游民和不安分子总怀有戒心，常常散布些谣言、制造一些舆论，一方面为唤起警惕，一方面也是为将来一旦出事罗织罪状。譬如"丁盛负妓"就是一例。此说一出，哪个良家闺秀还敢沾边？

我六岁的时候，还不知道这个掌故的含义，便问卢婶，她娓娓地对我讲了下面的故事。卢婶在小镇住久了，也学会了说书的本领，一件小事讲得饶有趣味。

锔锅匠丁盛挑个担子整天走村串屯。担子上有面小铜锣，随着担子的摆动，铜锣叮当地响。他便也即兴地嗬嗬咧咧唱上几句，但他的嗓音不准，而且性子急，小曲不着调。唱家乡的小曲，性子不能急，尤其是在"咳哟"的地方，一定要把味贯足。"二人转"的所谓"七十二咳哟"，倘若性子急，咳哟不到位，给听众的感觉就很不过瘾。用卢婶的话说，那是"抓痒都挠不到地方"。

锔盆锔碗收入甚微。试想连一个破碗都舍不得丢弃的穷人，你能从他身上赚多少钱呢！有时候丁二辛辛苦苦担担归来，也只能小心翼翼地从怀里掏出两个鸡蛋。说不定是哪一个老太太从鸡屁股下面抠出来的。或许她不认识伪满的钱币，或许她宁愿裂开豁牙的嘴，叫一声"大兄弟"，来一个以工易物，觉得更为朴实亲切。

说来也巧，有一次，一个老太太不是从生蛋鸡的屁股下面，而是从趴窝鸡的膀子下面取一个蛋给丁盛。待到丁二担着担子走进家门的时候，感到一个小尖嘴在啄他的肚皮，同时一个肉乎乎毛茸茸的小东西在蠕动。丁盛小心翼翼掏出来，竟是一只小鸡。原来丁盛的体温帮那小鸡破了壳。

"丁盛孵鸡就是这么回事。"

故事嘎然而止，卢婶在我张大眼睛的脸蛋上亲了一口。我问："后来呢？"她晃着头洋洋得意地望着我——每逢她吊起我的胃口、引起我的兴趣时总是这样表情："没什么后来。"

"可那是小公鸡还是小母鸡？"我问。

"对了，是小母鸡，小母鸡长大了又生蛋，蛋又孵小鸡。他娘很高兴，卖了不少钱。快把这壶水给你爷送去！"卢婶斩钉截铁结束了故事。

我回到铺子，正好狗肉和尚二秃叔承俭在，二秃和他哥大秃承勤是我族中叔叔。之所以叫狗肉和尚，是因为方丈了因救了他，在庙上兼着香火僧人。我给他讲刚听的故事，二叔不耐烦，"什么鸡蛋小鸡，他是给哥背回来个媳妇。吃吧，叔从老坟给你摘来的'甜甜'。"说罢扬长而去，给我留下一个悬念。我问爷爷，爷爷笑而不答。可是不久，有个机会我终于明白了事情的真相。

32 英雄救美

当我写下这个题目之后，搓搓手，不禁有些沾沾自喜。以为总算找到了一个吸人眼球的题目，如此侠义而浪漫的题材怎能不博得一片喝彩！不过，谦虚地说，这也不是我的发明，它的版权应归属于我们家乡的说书人。我至今还记得，当这位年过天命的智者把他的惊堂木一拍，高声吟出这四个字时的神情。那一刻，他似乎并不急于说出下文，相反却停下来。他将头略略后仰，"唰"的一声打开他的折扇，一面轻轻摇着，一面用他睿智的目光扫视座下那些光棍儿汉。他从他们那饥渴的期待的目光中享受乐趣。当然，我这里不想照搬他那夸张的故事，这不合我的文风，我只想讲一讲我的亲历。

我六岁那年，秋季的一天，我去铁皮铺。丁茂回家了，只有丁盛叔正在那儿锔一个碗。我便站在旁边看他做活儿。我爱玩他那一套小锤，有的锤头只有我的手指大小。闲时，我俩交替敲肘下的麻筋。他嘻笑着每每得逞，这又勾起我学艺的兴趣。

就在这时来了一个姑娘，穿一件长黑袍子，还罩个黑帽，裹得很严，胸前露出的一角衫领却是雪白的。我知道，她是修女，三台子教堂有一些，我们去那儿玩常碰到。

二十世纪三四十年代，在日伪统治的南满小镇教会有点特别，因为梵蒂冈承认满洲国，教会便有特殊的地位。一方面它进行神学和奴化的教育，另一方面它也是衣食无着的贫苦妇女的避难所。一些虔诚的或者精神上受过刺激的，或者为贫困所迫的女子，她们甘愿当修女皈依天主。在那苦难的岁月，这也不失为一种选择。但因为此地毕竟是一个小镇，没有能力建一个修道院，她们便住在教堂里，在教会神职人员的组织和监护下做些劳役，有的还到教友财主家去打工。来找丁盛的人就是其中的一个。

那修女不言语，在丁盛面前悄然打开一个黑布小包，那是一堆破碎的陶片。

"林家的宜兴泥壶，我……给摔破了。"修女怯怯地说。

丁盛望了望她，捡起那最大的一片，在手里掂着，忽然用小锤敲成了两瓣；那姑娘全身一抖，眼泪唰的流了下来。我见丁叔欺负女孩，便用脚踢他；他仰脸望我：

"财主家的，多一个锔子一升高粱！"说罢，他拿眼翻着修女。

"二哥，我知道你恨我。"姑娘啜泣道，一面用手帕擦着眼泪，"不错，是你救了我，可我的心思你该知道。我走上这条路也是为给俺娘避灾，奉天卫府来人了，这是真的。"

丁叔低了头，无话说。

当时我不解二人有何恩怨。下晌我去茶馆，见裁缝闫叔和独一处掌柜何二楼在聊天。闫叔来打水，何伯找卢婶谈生意的事。后来我知道，何伯看茶馆晚上唱小曲招徕客人，想引进点酒菜，用现在的话说叫"排档"。

"闫叔，丁二叔和一个修女吵架了。"我把看到的讲给他们。两人互相望了望，坐下来。

"唉！真是哪家都有难唱的曲。"闫叔对何二说，"你还记得今年夏天我和丁茂在你那儿喝酒，铁皮匠醉了，我俩把他架回去的事吗？"

"咋不记得，我心里还纳闷，丁老大很少沾酒，这是咋了？"何二问。

"咳，家里出事了。"闫叔小声说。

故事的原委是这样。

头年，丁盛二十岁那年的冬天，爹已经死了三年，哥哥的亲事还没有着落。那天，丁盛从四方台那边串屯回来，走到偏堡子边上，突然下起雪来。还不到吃晚饭的时候，天色顿时昏暗下来。丁盛看到路边一个破庙便走了进去，放下担子。过了一会儿，眼睛适应了屋里的黑暗，他转了一下，在残破的泥像背后，有一堆干草，想来是乞丐栖息之处。因这面没有窗户不能飘进风雪，比临门处更为安逸，他便把担子也移了过来，曲膝而坐。此情此景，令他想起"林教头风雪山神庙"。怜自家兄弟一身好手艺，日子却过得如此凄苦，整日价吃糠咽菜；哥哥二十五岁还娶不上媳妇，世事不公竟至如此。若不是老母在堂，父亲的遗愿在耳，定要闯将出去，像承武兄那样，打一方天下，抗日安民，也不枉为须眉男儿……

丁盛正自思量，但听得有男人叫骂和女人哭泣声，一阵杂乱脚步走进庙来。只听那女声哭诉"二位爷放了我吧，你们知道抓回去，太太会把我卖到窑子里去，你们就积积德吧。我这镯子和这包衣服都给你们。"

"放了你，我们如何交待！你这贱货，害得我们受了这般苦，还不想报答我们。"一个细嗓的人说。

"小婊子，识点时务，让我们兄弟温存温存，出出这两天的火气。"另一个粗嗓的人说着，女人尖叫起来，并传来撕破衣服的声音……

这厢里，丁盛听了，只气得"三尸神暴跳，七窍内生烟"，顺手抽出扁担，跳将出来，大吼一声：

"陆虞侯，哪里走！"

扁担砸下去，粗嗓子家伙扑倒在地，另一个仓皇窜出。倒地者又踉跄叩首，连呼山神爷饶命。丁盛将他一脚踢出门，两人便如遭了雷击一般惶惶然消失在黄昏的风雪中……

大凡一个人做了丧天害理的事，在突然的惊吓之下，便产生这样的幻觉——神灵显现！小镇人用说评书的言词讲到这里，总是这般结论。

丁盛再看那女人，早吓得昏了过去。他用手试了试，她还在出气，但额头在发烧，如何是好？

丁盛略加思索，救人要紧！他便迅速将工具什物和那本《水浒传》集中于担子的一端，另一端铺上草，把女人抱上去。他又脱下自己的皮褂，裹在她身上。之后，担起担子，出庙门，抄便道，奔向坨村……

这姑娘何许人？她从哪里来？遭遇了什么不幸？这些丁盛都没有细想。在这个世道之下，"落难女子"这个词儿还需要什么注解呢！到处都是讨饭的、逃荒的、躲债的、避灾的……君不见荒草沟，白骨垒垒无人收。回到家里让娘烧碗热汤，待她苏醒过来，再将养两天，身体好了，按她自己的意志奔她的前程就是了。要紧的是且不可声张，谁知追她的歹人会不会卷土重来，好在夜幕已经降临，雪花正在飞扬……

到了家，丁母给她灌了热姜汤，又命丁茂请来牛医生。医生诊断为"伤

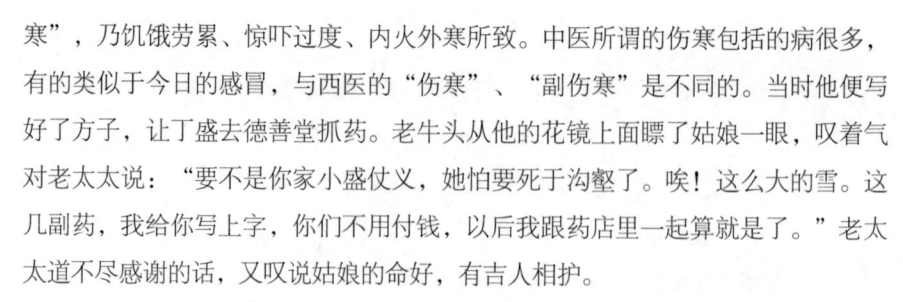

寒",乃饥饿劳累、惊吓过度、内火外寒所致。中医所谓的伤寒包括的病很多,有的类似于今日的感冒,与西医的"伤寒"、"副伤寒"是不同的。当时他便写好了方子,让丁盛去德善堂抓药。老牛头从他的花镜上面瞟了姑娘一眼,叹着气对老太太说:"要不是你家小盛仗义,她怕要死于沟壑了。唉!这么大的雪。这几副药,我给你写上字,你们不用付钱,以后我跟药店里一起算就是了。"老太太道不尽感谢的话,又叹说姑娘的命好,有吉人相护。

经过服药调养,过了些时日,姑娘身体好些了。当她了解到事情的经过和身在何处时,不胜感激,流着泪和大娘讲了自己的身世。

姑娘名叫杜月娥,当年十八岁,城中贫民窟人,五六岁时被家人卖到奉天的一个汉奸卫家当丫头。一年小二年大,姑娘出落得越发标致,老爷便起了歹心,要娶她作三房姨太。大老婆怕丫头得宠生子危及到财产,便支使心腹卖她到平康里(奉天的一个妓院)去。一个好心的小厮给她报了信,她便带了两件衣服连夜跑了出来。老爷派人追,就在那个风雪的黄昏,万分危急时遇到了恩人。

就这样姑娘深居简出过了一个月,风平浪静,传说那两个家丁怕说出真相受到责罚,就编了瞎话。说在辽中的桥下拾得她的包裹和镯子,(就是那晚细嗓男子抢了去的,他没吃闷棍,抢先逃了出去。)想她必是走投无路投水自尽了。听说那家还二次派人沿蒲河寻了一段……

我姑奶丁老太太对月娥甚为喜爱,那姑娘思前想后也无处可去,便认老太太作干娘,住了下来。那一个新年丁家过得十分快乐。在那动乱的岁月,农家收一个逃荒的认亲也是常有的事。况且在集头子上,人来人往,乡人很少见怪,一般多说是远方亲戚,像杨二、柳三不都是外来人嘛!可这姑娘后来为何又当了修女呢?说书人讲到这总要说一句:下回分解。

33 月娥游春

柔柔的雨丝飘洒过后，墙根下的残雪化了，庭院里的柳丝绿了。上午温煦的阳光，照着潮湿的园子，水气袅袅地腾起。在它波纹里，远方的景物款款地摇荡……这是梦吗？从寒冬的大病中苏醒过来的月娥，在小镇上，在穷苦人的友爱中，迎来了她十九岁的春天……

看窗前，桃树枝上绽开了粉色的蓓蕾，喜鹊喳喳叫，一阵欢欣涌上了少女的心头。她一面给丁盛补着小褂一面想起那个壮实的汉子，想起他晃晃悠悠挑着担子唱小曲。小曲跑了调，她不禁抿嘴一笑，低下了头。这时丁奶奶走了进来，她刚喂完猪，用围裙擦着手，侧身坐在炕沿上。

"娘，你抹到炕里来，暖暖身子。"姑娘放下针线笑着说。

"唉，如今这家里也有个知冷知热的人了！一天这个累呀，忙完了炕上忙地下。人老了身边得有个女儿，是不？你看，现在好了，你帮我做这些针线活儿。养两个儿子有什么用，连个媳妇都娶不上。累我，还能累几年！"老太太说的是真心话，她那由衷的感伤是动人的。

"大哥不是挺孝顺吗，人老实，手艺好，能挣钱。"

"就是太老实了，窝囊，姑娘看不上。"老太太移了移身子，换了一种腔调笑谈说，"这真是，有了儿子愁媳妇，现在有了闺女又愁女婿了。"

姑娘的脸红起来，机灵的老太太打着圆场拍腿笑：

"真是有一个，疼一个……"

说话间，丁茂匆匆走进院来。他右手捂着左臂，一进门便叫妈取面子药。月娥见他肘上在流血。娘忙上炕打开小厨，又问出了啥事？丁茂说铁皮划了一下，不要紧。茶馆卢嫂拿酒搓过了，只是血还在流。这时丁母已取出了药瓶，倒出一些面粉子给他敷上。原来丁氏父子和铁料铁器打交道，免不了误伤皮肉，便请牛医生开了方子配些止血药面，以备急需。月娥忙找了一条白布给他缠上。这姑娘在大户人家当使女，服侍人机灵又温存。丁老大突然全身战抖起来，月娥悄声问哥哥是否疼痛。丁茂摇头，脸色惨白，近视镜也滑落下来。

唉！女人，那可怕的纤纤的秀指……

南大园的桃杏花开了，一片连着一片，嫣红间着粉白，像灿烂的云霞。

老孙头在丁家铺锔了一盆一碗。丁母说，你老叔腿脚不灵了，小盛你给他送去吧，顺便领你妹逛逛杏园子。花都开了，她是城里人，没见过这景。妈又向老二低语了几句。这时月娥正在东屋缝被子，听说二哥带她去看桃花，很高兴，一股热流涌上心头，急匆匆对着镜子打扮起来。

哥哥和妹子出发了。

这是一个晴朗的日子，天空里有几朵白云，空气里带一点潮湿，微风拂面，舒爽宜人。田野里稀稀落落散布着耕作的农民，牛拉着犁，缓缓地走着。

一更里呀，月牙出正东，
小二姐呀，闷坐在房中。
……

扶犁者多是青壮年，他们时而唱着小曲，时而甩起响鞭。那清脆的音响在空旷的田野里传播，惊破冬日的倦慵，正像雨后的布谷鸟声，催人劳作。点种者多是老人，他们弓着腰有节奏地摇着葫芦。踩"格籽儿"的紧随其后，交替地用两脚把周边的土扫上来，不薄不厚盖上种子，踩上一脚。这一畜三人走在一条线上，在蓝色的苍穹下留下了美妙的剪影。

点种与踩籽的动作都很简单，但你从远看，他们都随着牛的速度不紧不慢地走着。那劳作的节奏与韵律在融融的春日里别有一番风味。在我们家乡大部分土地在收了庄稼之后就翻过了，农民叫秋翻地。于是在播种的时候就剩下了三道工序。首先是清理那些打柴漏下来的茬子、石头，打碎大土块，填平挖鼠洞留下的坑，就像眼前那帮包着头巾、拿着耙子的妇女们做的。接下来便是那一行人的播种。之后，不与他们同步的，还有一个驭手，赶一头骡拉一个石磙在压地。这石磙是那种细而长的，它与秋天打场用的短而粗的不同，它一次能压两条垅，骡就走在垅沟里。

城里来的月娥看到这田园景色感到十分新奇。一个青春女子从恐惧的阴影中走了出来，从冬日的蛰居中走了出来，那天性中的爱便也如春潮一样涌动了。

"二哥，他们种的是什么？"

"麦，清明了，清明忙种麦，谷雨种大田。"

丁盛闷声闷气地答。他怀里抱着盆碗，肩上没有担子，轻多了，可心里却分外的沉重。妈的嘱咐可教我如何启齿？

"二哥，这乡下的春天可真好，我一辈子也不想进城了。"

"冬天可难过，冰天雪地。"

"那你还要出去锔锅，那么冷，那么累……"月娥的声音里充满爱怜。

"嗯……"

"可是那天若没有你，我就完了……"

"嗯。"

"那天我若醒了该多好，可以跟你走。那锔锅家什和我该有多沉，你一口气，走了十来里，那么大的雪……我给你拆那棉袄，全叫汗沤透了。真叫人心疼！"

"你病刚好就做这些活儿，妈也不忍心。"

"可我给你拆洗衣服的时候，心里可好受，我愿侍候你，一辈子……"

此时丁盛心乱如麻，当他扭过头来看到月娥顽皮的笑脸时，忽然他有了一种感觉：

"你侍候我们一辈子，嘿，"他故作天真地笑起来，"我家有两个老光棍，再加个老姑娘，妈要愁死了……"他今天决心要把这角色演到底。

"唉——二哥——，带谁去逛园子？"那边艾五喊着。

"老——家——来的，妹。"

"踩好你的籽儿吧。"扶犁的孙二申斥说。

"孙二哥，谁家的地呀？"丁盛觉察到艾五不怀好意，便与孙二搭腔。

"谢家，大有店的。"

"我给你叔送盆去，捎什么话吗？"

"没有，昨天我去了。"

这时传来艾五俏皮的小曲：

锔锅的担子响叮当，

眼前来到了王家庄。
庄里有个王员外啊，
员外他生了仨姑娘。

地里的女人们都笑了：艾五又在想财主家的女儿了。艾五继续即兴演唱：

老大看上了铁皮匠，
镇上去当那老板娘。
老二相中了锔锅汉，
跟着担子走四方咧。

就数三妞长得俏哟，
她不见五哥不上妆。

"哪个五？是艾五还是侯五呀？"妇女们哈哈笑。

花轿抬到那艾家门，
气得侯五当了和尚。

丁盛也跟地里人大笑起来。刚离开这伙耕田的人，艾五想起一件事便在后面高喊："二哥，告诉我大舅，收工了我去看他，妈给他做双鞋。"

"听到了。"丁盛答。

拐过一溜树趟，忽然月娥兴奋地叫道：

"二哥，看前边！"

坨村的南园一片火红的桃花展现眼前了。

34 情萌桃园

南大园的面积合起来总有几百亩地，它们分属于两三家财主和几家自耕果农。这一块块的园林，被一条条弯曲的土壕和车道分割开来。

老孙头给肖家看园子，早年他在大院里当更倌兼马倌，后来便到南岗来侍弄果园。他一辈子没结婚，有一个堂侄孙二，还有一个妹妹的孩子艾五。肖家园子靠近坨村，它的北边还有九亩地是另一家的，没种树。七岁那年，我家买下了它。

老孙头的房子在园子的花木深处。丁盛和月娥到时，老头正在烧饭，从屋子里飘出了淡淡的柴草的烟气。大黄狗叫了起来。老人一拐一拐走出来，他的腿有点弯，是那种老年缺钙造成的。

"老叔才吃饭？快小晌午了。"丁盛乐呵呵说。

"不干活儿，吃两顿就够了。再说，总生火也麻烦。"

"盆铞好了，妈让给你捎来。"丁盛说着把它放到外面的板桌上。

"看你妈呀，急什么，集上我取了就是。这姑娘？"

"老家来的妹，表妹。"

"你们俩先坐一会儿，再看看园子⋯⋯"

城里的姑娘好奇地观赏着周围。这是两间朝阳的土坯草房，房前有小片空地。东边堆着一些蒿草和干树条子，西边是一口洋井。院里还有一个破旧的木案子，一张条凳。这时丁盛说：

"艾五说他晚上来，给你送双鞋。"

"脚上的还没穿坏呢。"老人低声感叹。

兄妹俩又往园子里转去，老人沉缓的脚步跟在后面。

园中的果木都经过了精心修剪，树不太高，枝桠横生，株的间距也很合适，不远不近错落有致。枝上的杏花、桃花是一片片的粉白与粉红，但在斑驳阳光的照射下，又现出不同层次的明暗与浓淡。在微风中满树的繁花轻轻摇动，使那阳光越发恍惚，花影越发迷离。加之落英缤纷，红玉满地，真如进了仙境。

丁盛怕树枝儿挂住月娥的头发，划了她的脸，便挽着她。她便乘势扬起另一只手臂，袅袅娜娜地在林间穿行。花瓣儿落在她的头发上，落在她的衣襟上。她很兴奋，偏着头，以欸乃柔音，轻轻叫了一声——"二哥。"丁盛回眸看到，桃花晖映的阳光照在姑娘的脸上，照在她雪白的皮肤上。那明亮的眼睛含着醉意：人面桃花，月娥真是个红粉佳人呀！

在林间的一小块空地上，在一个棚子下面，并排放着十来个蜂箱，蜜蜂儿一群群来往盘旋纷繁忙碌。

"这蜂也由你老照料吗？"丁盛问老人。

"不，刮蜜和分箱有专人。平时我看着，下雨放放帘子。"

转了一圈，丁盛和妹又进了屋。老人的家极其简单，外间一个灶，里间一面炕。炕上铺着狗皮褥子，墙角放个木箱，灶里正煮着瓜（南瓜）。山墙上钉了些木楔子，挂着锯、网（接果子用的）、防蜂罩。

"老叔，这窝瓜放这么长时间？"丁盛问。

"就皮硬一点，时间长了更甜。窝瓜可是穷人救命的瓜，种在壕坡上还不占地。回头给你妈搬一个去。"老人答。

丁盛想起自己的使命，谢绝说："家里还有呢。"

老人把锔好的盆和碗用水涮了涮，拿在手里把看着，感叹地对丁盛说："这还是何二给的呢，多好看的蓝花瓷。钱家二皮摔破的。正月，他请肖五在独一处吃酸菜血肠。那血肠是润记（我爷的肉铺）二婶做的。吃完了钱二还要记账，何掌柜就说，兄弟头年的账还没结，大正月讨个吉利吧。钱二认为当着肖五的面剥了他的脸，借酒劲儿，把盆碗给摔了。肖五赶紧打圆场。前些日子我去润记，何二把这拿来，苦笑说，就算饭馆再寒酸也不能拿破盆待客呀！你如不嫌弃，找丁二锯上用吧。"老孙头说罢，把菜汤舀出来放了压锅水，又从碗柜里取出一小瓶蜂蜜对丁盛说：

"给你妈带去，人老了肠胃不好，喝点蜜水，去去内火。"

"你妈也累不了几年了。"老人送兄妹走出园子，语重心长地说，"你哥也该成个家了，今年有二十四五了吧？别挑来挑去，跟谁不是过一辈子，找个心眼好的拔草丫头，也能帮你妈一把。"

老孙头的话唤起了丁盛的使命感，肚子里又转起出门时妈的话，这可真是难于启齿。丁盛和月娥都不急于回家。待到他们在一个向阳壕坡上坐下的时候，丁二便讲起哥哥的优点来。哥哥那可是他最熟悉的亲人，何况一路上他也曾认真盘算。他从自己记事的时候讲起，哥哥如何代他受过，长大了哥又怎样孝顺父母，学手艺哥是那么刻苦，待邻里哥是何等的谦和。可怜的丁盛讲起哥哥的这些长处，自己都被感动，但听者却现出漠不关心的神情。

一开头，兴奋的姑娘本以为在花林里那种亲热能在这向阳坡上缓缓展开。她多想向他倾诉十几年来卖身为奴所受的苦楚；多想让他用长满老茧的手抚摸她身上和心里的伤痕；多想执手相看泪眼，让怜与爱尽情宣泄！她想在这融融的春日委身于他的怀里，闭起眼，听悦耳的鸟雀声，任薰风拂面。她还想让他亲个嘴！她知道她的唇上有花瓣的芳香，渐渐地她感到这一切不过是闭目凝神中的幻觉。只有暖和的太阳是真的，带着花香的微风是真的。耳边的"路人"还在无休地喋喋。

她愁闷起来，愁闷又勾起了孤独感。真是，她的亲人在哪儿？父母卖了她，主人追捕她，那救她命的，不过想给哥捡回个媳妇儿。她望着南边五里之外的教堂的尖塔，陌生的十字架浸在中午的阳光里。但它那悠悠的柔和的钟声却是感人的，它给无助者以慰藉，向孤独的行人发出呼唤：来吧，罪人，来吧，我的孩子。

丁盛的饶舌停了下来，半晌，姑娘慢慢转过脸来，定定瞧着他苦笑说：

"你哥还有一个优点，你忘了，他急着想给弟说个媳妇，这点你也学会了。"说完，站起来，拍拍屁股，走了。在茅道上脚步挺快，还卖弄风骚地扭动她纤细的腰肢。

丁盛感到一阵尴尬和羞愧，站起来，跟在后面。

忽然她停下了，斜起眼：

"二哥，你爱看《水浒传》，学那武松，俺哥若是娶不上爱你的人，'杀嫂'那出戏你可演不成了。"她不枉在婢妾成群的府上当过丫头，用得着的时候，也有几句尖刻话。说完，她扭头便走，脚步越发轻快，俏皮地偏着头，大辫子在她那丰满的臀部左右摇荡。

二月里桃花开,

春风扑面来。

——田野里传来小曲——

你看那河岸上,

柳条儿摆又摆……

丁盛那感觉就像钻子钻着心,铆子铆着肝一样……

回到家,妈低声问盛,盛却吼道:"你不会问你干女儿。"当晚,铜锅匠卷了铺盖搬到铺子里和哥住到一起。又过了两天,哥俩回家吃饭,妈伤心地说:"月娥走了。她说在集上看到卫府的家丁,贼头贼脑的,她想先到教堂避一避。"老大把筷子一摔:

"你们都跟人家说了些什么?那教堂是随便去的吗,那叫修道院……"丁茂是个闷人,发起脾气来,娘也惧三分。

当晚,丁茂便找闫叔喝闷酒。

"……妈糊涂,老二也混,真是混呀!人家姑娘落难到咱家,我们却乘人之危,我们丁家成了啥人!"

丁茂和闫叔是好朋友,不仅因为他们性情相投,业务上也相通。试想,两个工种的原料,一个是布片,一个是铁片,都要制成桶状物,一个装人一个装水。而且那技术难点又都在于桶与桶、桶与锥的相交,如服装的袖管、茶壶的壶嘴与壶体的交接,就是要确定那复杂截交的展开线。因此两人常常各拿一把剪刀和粉片(画笔)画来剪去切磋技艺。但这一回,闫叔也无法,只说:

"慢慢解释吧,总有机会的。三台子才八里地。"

35 修女怨恨

黑衫子罩上了。那丰满而苗条的小身子随之隐去。浑圆饱满涨满浆液的胸脯，不安的跳动，谁人能解？她的头儿低低的，迈着急速的脚步，那迷人的水波浪便在衫子的下摆处飘荡。

初秋，月娥提着泥壶的碎片，从三台子教堂沿着边墙向坨镇走去。

我这半辈子咋这么倒霉呀！生下来爹妈就把我丢了，像扔个破枕头一样。这叫什么父母啊！我恨！再苦再穷也不能撇下亲生的骨肉，那是你身上掉下来的呀。连个叫花子都不如，那讨饭的婆娘还把妞儿捆在背上，要来的汤菜先给孩子喝。

五六岁卖给卫家，婆姨们说我长得俊，准是那些官宦财阀人家的小姐、太太的私生子，见不得人，才落得这个下场。什么小姐、太太，都是假善人。三九天那么冷，让你端屎倒尿，身上的什么脏衣服都让你洗，那水刺骨的凉呀。我恨！

还有老爷、少爷，都是鬼。调戏你，还呼来喝去。胸脯还没鼓起来，就把你按到床上。谁当你是人呀！我恨。嘴上说是要讨你做三房、四房，背地里却要把你卖到窑子里去。这些披着人皮的野兽，都是该杀。好不容易跑出来了，奴才们追上来，还要强奸你，我恨呐！

幸亏二哥救了我的命。二哥呀，二哥，你这个没脑子的锯锅匠。当一次武松我感激你，还想当第二次武松，真是个蠢货！我不当你嫂子，我不是潘金莲。现在你把我逼到修道院里来了，你不后悔？这是什么好地方呢，给人当奴仆。林三，这个色鬼，让你端茶，捏你的手，壶摔烂了，还怪你。

我今天就去给它锔上，正好见见二哥，看他想不想我。你这个丁老二，你这个孝子，没脑子的锯锅匠，还算什么"铁担丁盛"！空长一副筋骨。我今天倒要看看，你想不想我。我不信你就迷不上我。

从今天起，我月娥，闯自己的命，任他谁说，我是大家闺秀吗？我不过是听人使唤的丫头。这身黑袍子现在护着我，好啊，可它休想限制我。我要我的自由，再不任人宰割了。大不了就是上梁山，去当孙二娘！……

累了，月娥便在边墙的一个土墩上坐下来。秋风起了，脚下，成熟的高粱摆着它沉甸甸的穗，一片片，波浪一样，哗哗响。远处农家的妇女在收豆，隐隐约约听到她们的嬉笑声。有个家多好啊！种上两亩地。她又想起丁家的小院，院里的菜园——干妈真累，种菜，喂猪，洗衣，做饭。还不让我到外面帮忙，怕邻居嘴碎，问这问那。大哥闷闷的，可会疼人，总要从集上给你带回些吃货儿。她又想起二哥带她逛果园，那个憨样，自己没娶媳妇，倒想当媒，人真可笑呀。我今天倒要看看……你值不值得我掉那些眼泪儿。

想着想着，月娥的兴致来了。她站起来，提了小包，上路，一面唱起小曲。那天她和二哥逛桃园听的：

二月里桃花开，
春风扑面来。
你看那河岸上，
柳条儿摆又摆……

她得意地小声哼着，没忘记身上还有一件黑衫。

月娥到铁皮铺，我正好在。丁茂回家了，只丁盛叔正在那儿锔一个碗，我站在旁边看他做活儿。

月娥鼓起了勇气拿眼盯着二哥，她要看个究竟。心里想：那一天，春光明媚，柳丝飘荡，向阳坡上小风那么柔和，难道我的心思没有吹到你的心里？你这莽汉，滔滔不绝，摆你哥。我在你的眼里，是个啥！我被人卖来卖去才逃难，莫非你也想拿我送礼？现在和我发威。你知道我想你流了多少泪水。你是一个笨头笨脑的猪。

丁盛低了头，冒汗，无话说。

经过这番侦察，月娥明白，二哥恨她，是恨她离开了他。所以这姑娘表面悲戚，心中暗喜。回去的路上，她越发轻飘了。

月娥刚到丁家的时候，村里没谁耳闻。那是一个风雪交加的夜。知道这事的只有爷爷和牛中医。我姑爷丁老汉死后，姑奶没了主心骨，啥事都找她哥，我爷爷。牛医生就是爷爷请的。那次春游月娥露了面，随后又进了教堂，这才引起乡人的注意。

那一天，姑奶又到肉铺来了。我们两家的铺子斜对个，错三个门面，离得很近。那天，爷、妈和我在。姑奶一进屋就用衣襟擦眼泪，对妈说：

"侄媳妇，你说我这日子可咋熬！两个儿子都数叨我，那茂儿还不说话了。认的女儿也走了。"姑奶坐下来。

"咋了，姑？"其实妈已经知道一些了。

"都是你姑父死得早啊，"说着她又擦眼泪，"什么事都我一人操心。你姑父临了，拉着我的手，让我给老大成亲。这成了我心里的疙瘩。"这时我爷一直含着笑意望她。哥哥的笑容总是给这个无助的老妹妹以平静的鼓励。姑奶的语调缓下来：

"承文媳妇（我爸叫承文，姑奶便这样亲切地称呼妈），"她的声音放低了些，"那一天我和月娥谈天，她老是夸茂儿，我认为她有了意思，就让盛陪她去桃园给老孙头送盆，顺便替妈递个话，探探姑娘的口风。谁知道一回来，老二冲我发了驴脾气。第二天月娥也进了教堂。媳妇，你说，我这命咋这么苦！"说着又擦眼泪。妈笑着拍她的腿说：

"老姑，好事，八成是那姑娘看上你家老二了。"

"唉，祖宗留下的规矩，哪有老大不成家老二就娶亲的？"

"先处着，等茂完了婚再说。"

"可是现在你看，她一进教堂，好多人都知道了。若是传到城里卫家，追下来可咋办？"

"盛他娘，"爷爷说话了，在妈面前爷不叫姑奶的小名，"不要怕，三台子那是林三的地盘，有日本人给他撑腰。"

"那林三不是好东西，他要祸害月娥。"

"没事，姑娘在修道院，是主的人。林三不会因为一个女人坏了他自家的生意。他利用教会开大烟馆挣大钱。"

"是主的人咋能和老二结婚？"姑奶望着爷爷，已经没那么悲伤了。

"慢慢筹划，我认识一个牧师，好人，叫约翰，给我家猪看过病。"

"就是那个洋药汉？"

"村人这么叫他，好人。用他那西洋法给牲畜治病。他不医人，笑说自己是个半吊子，不能给人看病。"

"全靠你了，哥。你看我眼下累成啥样，棉衣都做不成了，眼花。多亏喜子妈和卢婶帮一把。你妹夫，那死鬼倒是撒手走了。唉！"姑奶说着眼泪又下来了。

"知足吧，能混上吃穿的有几家，这年头。"爷安慰她说。

36 巧饰泥壶

丁盛听水石先生说过，宜兴的泥壶是有名的艺术品，有的还很珍贵，那些爱好古董的绅士收藏它。如他手里这件紫砂壶，就是稀世珍品。那也是一个破落士家的子弟祖传下来的。不幸那个败家仔吸上了鸦片，陷进林三的圈套，那紫砂壶便落到他手里。

现在坏了的砂壶怎样加工，才能保持它的价值，使它成为一件艺术品。丁二这样想，不仅因为它是一件贵重的东西，他可以多要钱；更重要的是他要显一显自己的手艺，让月娥看一看，他，二哥丁盛，可不是一个猪脑子的莽汉。老二这样想着，便到徐伯的剃头房，来找这儿的座上客——画家水石先生。

先生看了看那一堆残片对丁盛说：

"对上壶的碎片，锔起来，你是没困难了。可是怎样才能变破碎为完美、化残缺为神奇呢？"先生呷了一口茶，在座的丁二、徐伯、闫叔和胡四都竖起耳朵。

水石先生讲了一个故事。那是他在奉天学徒时亲眼见的。他师父有位朋友，盛京（奉天、沈阳旧称）一位有名的画师，常出入帅府。

他来师父的铺子时，总爱端一把小壶，也是宜兴的紫砂小壶。但那壶很特别，周身布满裂纹，缝隙里渗出斑斑茶锈。师父好奇，问他何以如此？莫非仿古？他笑着讲了用意和制作经过。

原来当时能讨到精品的紫砂壶已属不易，但要增添古色别具一格，还得巧施精工。

他用画换来一件紫砂壶。把生黄豆装满泥壶，注入水盖上盖，再用布把它紧紧缠起来。这样，过两天，当黄豆膨胀的时候，泥壶便会均匀地破裂成许多碎片，而又不散落。然后倒出豆子，把泥壶原样粘起来，锔上。在壶里泡满浓茶，让茶锈慢慢渗出来，它便现出一种古色古香的残缺之美。

在座人听了水石先生的讲述，无不惊叹这番巧思。

丁盛决心如法炮制。当然黄豆是省下了，因为那已经是碎壶了。他打了细细的锔子，对好了泥壶残片，粘起来，精心锔好。在缺损的边缝处用同样颜色的泥粉略加胶补，然后把它放在茶馆的热灰里煨了两天。他这样做，一方面是观察金属的锔子与泥壶的胀缩是否适应，一方面也为了让它们浑然一色。最后他从茶馆要了些剩茶浓浓地泡了一壶，让它慢慢渗出，直到茶锈塞满了缝隙，沿着那裂痕蜿蜒出美丽的茶纹。

壶锔好了，丁盛拿到剃头房让大家观赏。徐伯、胡四等赞不绝口。水石先生把看良久，命徒儿到对面镜铺要一点调好的黑红漆来。正当众人不解之际，徒儿转回，水石便启笔蘸了漆，工工整整写下了十二个字：

"春慵恰似春塘水，一片湖纹愁。"

这是套改了范成大的词句，用湖纹谐壶纹，落款是"残堡石翁"。众人看了连连叫好。

试想，壶的主人一手把着泥壶，一面饮茶，一面观赏那美丽的壶纹；另一只手用指甲轻轻扣击桌面，浅吟低唱"春慵恰似春塘水……"那闲适的惆怅多么富于诗情啊！

可惜，那林三可不是诗文雅士，他是一个贪婪的见利忘义的汉奸。当然他懂得那壶的价值，他要利用它，把它献给日本人小原卖祖求荣。

第二天，丁盛从我家借了毛驴，大声召呼我："喜子，到三台子教堂去！"

我们上路了。出门时，我叔叔喊："二哥，给你粮多了回来套个车，别压坏了我家驴。"大家都笑了。奶奶说："这丁二，能给你多少高粱，还牵个驴！"

我骑在驴上，丁盛牵着，嗬嗬咧咧唱起来。他心情好。一来是锔好了泥壶，能赚一些粮食；二来是一种成就感，自己干的活儿受到了艺术家的赞扬，水石先生还题了词；最后更令他喜悦的是帮了月娥，讨得她的欢心，显示了自家的才能。

真不该那一次伤害了她。她走了，真是，干什么都提不起神儿来。多少天啦，看不见她喜盈盈的笑脸，听不见她叫二哥的甜蜜蜜的声音。唉，她的手是多么纤细柔软呀！在果园里小肩膀儿信任地靠着你，可你都做了些什么呀！你这个粗人！他承认，脑子里怎么也除不去她那背影：杨柳细腰大屁股扭呀扭……二月里桃花开，春风扑面来……他嗬嗬咧咧唱着。

37 鸦片烟馆

我和丁叔到了三台子教堂门口。他把驴拴在一棵树上,让我看着。他说得先找修女,让她领着去那泥壶的主人家。三台子教堂我常来。它占地很广,一圈有好几十间房,中间是个大礼拜堂。那厅很高,四周的窗子上都装了带花纹的彩色玻璃。厅的上面是个塔楼,有旋梯上去,顶端有口钟。钟楼上面还有一个细而高的锥,上端是一个灰黑色的十字架。

这时候从厅里传来了童声合唱,那是我最爱听的。我把驴背上的口袋拿下来,向教堂门口走去。厅里有几排人立在座位上倾着头,台上是十来个孩子在唱歌,一个教士在弹脚踏风琴。歌声悠悠,使我想起外婆家柳荫下的小河……正当我听得入神的时候,驴叫了起来。我以为有人牵它,连忙跑出来,见驴还在。它仰着头嚎叫,急躁地踢着蹄子,还要挣脱缰绳……怎么啦?我生气踢它,它依然有节奏地引颈长鸣,煞有表演的架势。我顺着它注视的方向望去,原来一个老头拉一头母驴从那边走过。

这时丁叔回来了,后面远处站着修女月娥,我问去驮粮?他说没找到林三,咱们去烟馆。他一面说一面解开绳子,向修女扬扬手,牵着驴向后街走去。

教会向所有人伸出了手,特别是那些生活在社会底层的穷人、流浪汉、乞丐和小偷。主怜悯这些受难者,在教堂的大院里,还专门空出两间房给那些在冰天雪地无处投宿的人——主知道自己生在马槽里的滋味。但三台子的神职人员还是把戒烟馆设在了远离教堂的地方,虽然它也是一个"慈善机构",但挣钱还是挺显眼的。到了烟馆,修女还是站得远远的,丁叔在门口牵着驴。他对我说:

"喜子,这回得你进去,把驴留在这儿。抽大烟的和要钱的一样,眼红了啥都掠,你牵驴我不放心。"

我说不认识林三,他告诉我是个胖子。三十岁左右,袍子外面罩件马褂,还戴个墨镜。修女说，也许在屋里没戴。听人叫他三老爷的，那就是。我进去了，三间瓦房，院里栽了果树。我一进院，一个衣衫褴褛的男人从屋里踉跄奔出，屋里人对他喊，凑足了钱明天再来，你不是又多戒一天嘛！那人恋恋不舍地回头，又骂骂咧咧走了。我一进门，看门的便问找谁，我说找林家三老爷。他要拦我，这时来个吸烟的买"烟泡"，我便进去了。这里常来一些妇女孩子找家人，闹得凶，有的还把烟灯给摔了，所以他防着小孩和女人。

我一进屋，见南北炕上躺着几个人在吸烟，中间还用个板子隔着。这些吸烟者在交钱买了"泡"以后，便自己到柜厨里去拿烟具。它包括烟灯、烟枪和一根签子，这些都摆在一个铜盘里。灯是烧酒精的，酒精在一个圆而扁的小铜壶里。一个棉线芯，很小，灯罩呈半球形，上端开个口，热气便从那里窜出。烟枪比成人的大拇指还粗些，一尺长，烟锅是个铜头。它不像旱烟袋真的有一个装烟叶的小锅，只是在侧面有个小洞，比针孔粗些，叫"嘴儿"。烟泡是个胶体物，吸前将它用手指揉成一个小手指肚大的锥，蘸在铜锅的嘴儿上，再用签子在锥的正中戳个孔直通嘴儿的洞。这一切前期工作都是在躺到卧榻上之后进行的。

按照身份、处境和饥渴状态，吸鸦片者可粗略地分为两类。一类是上层人，官宦财主，他们不缺钱，多是按时进餐的，或者请客人抽"耍烟"。这准备过程便进行得细而慢，如喝咖啡的绅士自己磨那豆，听"喀啦喀啦"的声音也是一种享受。

另一类，现在回忆起来，就如我在烟馆所见的，他们都是急惶惶的，捻泡、蘸泡、戳孔、点灯，草草而就。他们很快把烟锅凑上灯口，用签子拨一下泡尖，随那"哧啦"一声，狠狠吸上一口，然后才移开烟枪，闭起眼徐徐地伸展开那半痉挛的弓着的腿。之后，他们才放慢节奏，一面用签不断拨弄那因气化而渐渐萎缩了的泡儿，一面缓缓而深长地吸着。直到泡儿光了，还不断用签狠命地刮那烟锅。复又稍离开灯口，把签插入锅嘴儿，反复捻转，将蘸在签上的稀薄的烟汁尽量吸入体内。

戒烟馆是仁慈的，在吸烟者过足了瘾之后，总是允许他们再躺上一会儿。让他们体验那腾云驾雾的乐趣。给他们一点时间，是的，给他们一点时间：让他们盘算着还有什么东西可以变卖，让他们在心里狠狠地咒骂自己，让他们静静地流泪，回味老父老母那哀求的目光，回味妻离子散的惨境。

那年月，家乡一带，因为吸鸦片而家破人亡的故事太多了。讲一个悲辛的笑话。也是三台子人，林福，靠漏粉过着不愁衣食的日子。不幸的是，烟馆林三看中了他的粉房，便使计让警察去惊吓他，说是要他去当国兵。林福急了，便提着点心来看有钱有势的林三，那是本家的三叔。林三给他出了主意，让他抽大烟。说日本人不要吸鸦片的人当兵。林福信了。一来二去中了毒。粉房落到林三的手里。一个挺壮实的小伙子，成了鸦片鬼，死前剩下一把骨头。笑话说的是他躺在病榻上向妻儿忏悔。他让妻把烟灯递给他，他狠命一摔，那烟灯在地上跳了几下，发出"咯噔噔"的声音，竟然没碎。林福便也呜咽着流不出一滴泪。乡人据此编了歇后语：林福摔烟灯——雷声大雨点稀。

那天我在铁皮铺前问丁二，这话啥意思？丁叔向我挤了挤眼，指街上。原来孙二和小满姑走来了。小满就是死鬼林福的妻，马夫孙二是她旧日的情人。

话说回来。我在外屋没见林三，掀开帘子进了里屋。戒烟馆设了一个包间，是为那些有身份的人准备的。他或她不是老太爷，不便在家里吸烟。此时我见一个胖子在和一个中年妇女谈天，塌上烟灯还亮着，想必他们刚吸完对口烟。他见我便问道："小孩找谁？"我见他那模样，就说找林三老爷。他问我啥事，我说送泥壶。

"丁盛来了？"

我点头，他和那女人说了两句，拿着帽子跟我走出来。

"你这小孩我好像在哪儿见过，在茨坨剃头房，我去水石先生那儿买画，你在那儿研墨？"

我点头。

"你现在又想学铜盆了？"

"不，我想抽大烟。"我爽快地说。

"唉——抽不得，抽不得。"

我们出了大门，修女提着包走过来，掏出泥壶。林三接过来仔细观看，喜形于色：

"好手艺，好手艺！"他赞不绝口，"这题词水石先生的？好！好！"他抬头问丁盛，"丁掌柜，怎么算账？"

"一个铜子一升高粱,先说好了的。"

"唉——高粱发霉了不给你。你回茨坨到我的油坊搬两块豆饼,两块,不吃亏,对吧?"

丁盛思量一下,点头,说明天去取。

"痛快,吃过饭我就让家人去交待一下。"他又转向修女,把壶递过去,"送回家走,要小心!"

丁盛和我正准备走,林三又把他叫住,"听说少师傅尚武,愿不愿到这院来?"

"干啥?抽大烟的不禁打,要打就打挎洋刀的。"丁盛笑着牵驴拉我掉了头。

"笑话,笑话,好小伙子……"

38 汉奸林三

回家路上，丁叔开始大骂财主林三，说话不算数。我说豆饼也行，切成片煮菜吃。他又骂，信主的人还娶两个老婆；接着骂信主的还调戏修女，捏人家的手，壶打了还扣人家的钱……他让我骑在驴上，他牵驴一路骂着。但我看他并未生气，还喜洋洋的。肯定是和修女和好了——我心里想。

"说不定还亲了嘴。"丁盛一去三台子，我听艾五就这么说。"哪会！"闫叔反驳，"修女都蒙着脸的。

"那不会撩起来？"

"咳，人家出门人多，都是一排一排的，谁会离队……"

"得把她救出来，对不？"丁盛二叔问我。

"对，我给你当探子。"我听说书的讲，要救人得先有探子。

丁叔兴奋起来，突然丢下缰绳，跳向前方耍起拳脚。受惊的毛驴往旁一闪，把我摔了下来。想必它把丁盛看成了武松。细一想，自己也不是老虎便又安静了，低头拱我表示歉意。丁叔也忙收了架式，看我没有受伤，又将我扶上驴背。他感叹说："看你这般武艺如何当得探子，还得跟叔练呐！"说着他又拾起缰绳，走在前边唱起歌来。快到村口的时候，他对我说：

"喜子，咱得找侯五，弄两块好豆饼。"

"豆饼有啥好坏？"

"要它榨油时少转两圈的。"

"对！"我想起侯叔带我参观榨油机的情形。

地主林三，三台子人，天主教徒。家人叫他三老爷，其实他岁数不大，我六岁那年他才二十九，和瞎子何三同龄。在地主中他是个新派。怎么个新法？用肖五的话来说就是能"赶时局"。财主和警长谈起他来，爱用一种嫉妒和不屑的口气：那林三荣如何如何……我们就从这"三荣"说起。林三行三，但这三荣的三却不是次序数，而是一个数量数。这"荣"何以竟然有三？并不是因为他做了三件为民除害、光宗耀祖的事。原来父亲给他起的名字叫华荣，他那辈份在林家是荣字落底的。伪满洲国成立的时候，他刚好二十岁弱冠之年，从长辈手里接过一份财产，踌躇满志，便给自己的名上添了个字叫满荣——林华荣字满荣。后来日本人又提出口号叫"日满亲善共存共荣"，他又在自己的字后加了一个号："林华荣，字满荣，号共荣。"于是在财主那个圈子里人们便戏称他三荣，嘲笑他赶时髦讨好当局。至于穷人，便直呼为"烟馆林三"或"二鬼子"。分开来讲：

"烟"指鸦片，烟馆是戒烟馆，是教会的慈善机构。按宣传的宗旨，是为了对吸烟者进行管理控制，使其渐渐地减少药量，最后达到戒掉的目的。听起来这似乎有理，但实践证明原来的吸烟者不但没少，新的吸毒者却一年比一年多，而烟馆的所有者教会和它的经营者林三却暴富起来。他兼并了几家自耕农和一部分地主的土地，成了数一数二的大户。可见林三不是一个好信徒，他信教投靠洋人，是为了毒害良民，盘剥乡里。乡民恨他，他自知单靠教会的洋人是站不住脚的，便又极力巴结当权的日本人。他听说县里有个日本官小原爱好中国文化，便在奉天收集些字画古玩或民间的工艺品献给这个征服者。因此他深得小原的喜爱，小原喜爱林三的另一个理由是他想知道那些教徒，富人或穷人对主有什么忏悔，主又怎样开导他们。而教会也在用林三探听日本人的企图。乡民叫他二鬼子不只是通常意义下的走狗，还是指他是两面间谍，双料汉奸。教会也知道它的烟馆得罪了一些村民，它要有一个人在主和众生面前作忏悔。这正像一个哲学家说的，上帝需要魔鬼，把主的过失推到鬼身上。

林三家的后院起了两次火，乡人便说，开烟馆设赌局的都是这个下场。林三也知道百姓和财主都恨他，警察在算计他，教会也要牺牲他，但谁也没有日本人有力量。为了缓解舆论和精神上的压力，他常做两件事：一是向教会捐点财物周济穷人；二是算命，找他命中的"小人"。说来也怪，这个教徒在忏悔时从不吐露真言，他可能看清坐在帘子后面那个神职人员的脸……

他信何三给他算的命，三年前他不是说自己富贵通达，逢凶化吉吗？果然……这次他可要相一相他的"小人"。他觉得丁盛这小子是个威胁，锔锅匠几次找这修女，莫非他要把她抢走？这修女可是个讨人喜欢的妞儿。她可不像乡下粗丫头，她有模样又温存。现在虽然她还躲躲闪闪，打碎了我的壶，可她早晚得落到我的手里。还有一种可能，那丁盛不是宋家承武的把兄弟吗？那承武当了抗日军，谁能说和丁盛没有联系？宋氏家族，那是穷人头，干啥的都有。东北军里有，进了关，谁知道还有没进关的？义勇军里有，共产党里也有。谁知道，说不定帮会里还有呢。丁盛是宋氏家族的人。倘若是这小子通过在我家干活儿的修女摸我的底，那是什么兆头？想到这，林三出了一身冷汗。得想法把这小子抓起来。辽东辽西那些汉奸被绑被杀的还少吗！于是他又找瞎子何三测他的"小人"。聪明的何三套他的话，从那隐隐约约的吐露中，何三感到丁盛面临的危险，回到茨坨赶紧告诉了老二。

林三想，得先和日本人勾得紧点。对，这"泥砂壶"，宜兴泥壶，这是珍贵的紫砂壶，丁盛锔得十分精致，把它献给小原。主意已定，但也不能贸然行事。

39 水石鉴画

"曲径通幽处,禅房花木深。"水石先生吟哦着,迈进了了因方丈的小院。那是大庙后殿的东侧。院子里大半的是菜畦,种了些黄瓜豆角之类四时疏菜。东墙下栽了两棵桃树,收下桃子的时候,方丈便把它放进笸箩里,摆在庙庭上给那些乞丐和游方和尚充饥。听到先生的声音,了因方丈走出禅房,迎了过来。

"在这'王道乐土'里难得有你这安宁的一角呀!"水石先生笑道。

"阿弥陀佛!什么安宁的一角?我请你来也正是和你商量一件麻烦事。"和尚过来挽着先生一起走进禅房。这是三间瓦屋,和庄户人家的房屋格局没什么两样。东西住人,中间堂屋有灶生火。方丈自己住东屋,两个和尚住西屋。方丈将先生让进东屋,便有一小和尚来献茶,之后,方丈命他去打扫庭院,又嘱咐说:"如有人造访,便说我正打坐诵经。"

小僧出了房门,取一把扫帚,在庭院里打扫起来,一面细心谛听西厢庙庭的动静。

方丈在桌的对面坐下,一面让茶,一面把一盘残弈移开,专注地望着先生。水石也意识到了事情的重要。方丈挽了一下衣袖:

"今天,我请先生来,是请你看两幅画。这不是一般的作品,我藏它多年……"

和尚略作沉吟,复道:"先生鉴后将决定它们的去向。"说罢起立,在铜盆里洗了洗手,在柜上的佛龛前点燃了一炷香。揖后,转动了一下龛笼,后面便现出一个通向柜的夹层的洞。和尚探手取出一个黄布口袋。他解开袋口,从中小心地拿出两个系着不同缎带的牛皮纸筒。和尚先从一个筒中倒出用高丽纸裹着的一个长轴。一幅水墨丹青展在和尚的木榻之上。水石先生转过来,反剪着手,俯身细细观察。良久,他便又去净了手,将长卷擎起,背光审视。

"你看,"方丈轻声问,"这是石涛的画吗?"

先生沉吟，摇头。复又用手捻了捻纸。放下画，言道：

"这《归樵图》，不敢说是石涛的。看得出作者在刻意模仿石涛，用粗笔勾山石，以细笔剔松竹芦草的画法。可是石涛和尚在运笔方面是粗细刚柔，飞涩徐疾，兼施并用。断不会——"说到这儿，先生用指甲弹了弹画面，"如此处，谨慎滞重。"言毕，复细细地看了看字，接着说道："这字临得很像。"先生说完望着和尚。方丈又并排铺开另一幅山水。庄重地望着先生。水石精神一振，俯身仔细扫视一遍，抬眼，欢愉地说："这幅《苍山烟雨》，是石涛的真迹。你看他的画讲究气势。运笔恣肆，拨墨挥洒，不计小处瑕疵，追求宏博奇异境界。"水石又让了因对比地看这两幅山水，点道："看那结构，赝品虽笔法老练，但没有摆脱传统三重四叠的层次。而这里石涛的山谷奇石破空而来，意境深邃。"

说到这儿，先生直起腰来，"石涛在清代是一个多产的画家。我年轻时在画坊，见过几幅石涛和尚的画，都让帅府买去了。师父对我详细讲过他的技法，生怕我们认错，坏了他的名声。特别是卖给帅府的东西，或少帅拿来鉴定的。"说到这儿，先生笑了笑，"他夫人是行家，少帅从北平、天津弄回来的画，总是先让师父过目，如是真的，再拿给夫人于凤至看。"

"可是那一幅赝品，也是从你师父沈先生那里得的。"方丈笑着说，一面把画收起放回原处。

"师父说了画的作者吗？"

"那倒没有。"说着，和尚给先生添了茶，坐下，"不是我亲自办的，东北军撤退前，一个朋友送给我的。他只说是从你师父那里得来，并未言明作者。"

"这就是了，我是北大营事变前几年离开铺子的，没见过这画。我在时，师父告诫我们：对于转手的画，不言真伪。除非帅府和知心朋友要我们鉴定。不仅因为我们能力不及，易说错话；更主要的，是那些馈赠书画的，都是达官贵人，附庸风雅——你说真话，送礼和受礼的人都会扫兴，弄不好还引火烧身。"

"是了，是了。"

"再说，那些临摹或作伪者也都是高手，不然谁敢班门弄斧。只不过自己是落魄文人，没人家出名罢了。说来也很值得敬重。就说你这里那一幅，画得就非常好。如果不冒称石笔，也是佳作。即使说是和尚的作品也足以乱真。那么你要送给谁呢？"

"不是我要送，是人家要借去看。"

"此人是谁?"

"县长,日本人小原。"

"他如何得知你有此画?"

"说来话长。"方丈给先生续了茶,自己也坐下了。脸上现出多年修行特有的和悦。

40 了因东渡

和尚掐着项上的念珠——那是他的得意弟子，狗肉和尚，我叔二秃，用南大园的桃核给他做的——缓缓地说：

"我是民国七年，公历1918年东渡日本的。我是本地人。那年我二十岁，日本是大正年间。我落脚在清水寺，在京都的大学里学佛学。京都古称平安京，八世纪，中国唐代的时候始建的。布局上也仿我国的长安。中轴线上南北一条大街也叫朱雀。东边叫洛阳城，西边叫长安城。容两京于一城，可见其规模之宏伟。你看，那时候唐代的文化对日本影响有多深。

"我所在的清水寺建于公历时778年，唐代宗大历十三年。清水的寺名源自音羽之瀑的清泉。清水寺属法相宗，法相宗是以唐三藏法师及其弟子开宗立派的。弟子慈恩大师著《成唯识论》，所以法相宗又叫唯识宗。日僧道昭曾从三藏学法相宗，后来又有多名日僧在唐学法。归国后在元兴寺、兴福寺等处传法相宗，后清水寺得以传承。

"我的老师望月和尚学识渊博，德高望重。日本明治时期，佛门僧徒适应当时的形势，兴办各种社会事业，派遣僧侣出国留学。望月大师就在那时到过中国南京，在那里求学多年，结交了许多高僧。你指的那石涛的《苍山烟雨》就是一位朋友送他的。"

说到这儿，水石笑着插话：

"中国的高僧许多都是文人，他们喜爱石涛，不仅因为他是大师，而且是和尚。他是著名的清初四僧之一。"

"是的，在中国佛门，佛家宝典，历史文物，总是师徒相承。那时我学习勤奋，并且对恩师所在的净土宗派有独到的见解，深得他的喜爱。他便把这画传给了我。这事不知小原如何得知，但他只知有画，不知何名，也未见真迹。同时我还从师父那里抄来了石涛的《苦瓜和尚画语录》。"

"是啊，苦瓜是石涛的自称，那《画语录》是他的经验之谈，一字千金。可是，小原向你索那画吗？"

"他还没有明说。是他手下有个管教化的僧人，是我荐的，圆通，透露给我的。"

"那你准备怎么办呢？"

"和尚的真迹，是我佛门相传的宝物，岂能落入屠夫之手！在万不得已时，也只好将那赝品借他一阅，好在小原并没有见过那画。就是那《归樵图》也是朋友送给我的。"言及此事，和尚的脸上现出无限惋惜，好像那画已落小原之手。

"那是谁从师父的店里买去又送给你呢？"

"说来，又是一番曲折，眼下不知他在何处。"说到这儿，了因站起来，又上了一炷香，缓缓坐下，"我说一个人，不知你是否耳闻，萧向荣。"和尚抬眼望水石，先生忙点头："我记得，那时这个青年军官也在帅府当差，时而去师父的店里看书画。他和小原过往甚密。是了，他们是把兄弟，同时结拜的还有一个高丽人，叫安东。唉，不知为什么兄弟反目，两人发生决斗，小原把安东打死了。过去他们可都与我有相当的交往。"

"这事我也有所耳闻，当时《盛京时报》还加了花边，说是绯闻。"先生言。

"未必，多半是政治原因。出家人不便问那内幕。况且，那时张作霖与日本关系微妙。后来那个关东军司令本庄繁，就给大帅当过顾问。"

"我想起来了，师父说过，小原就是本庄带到帅府的，因他是学汉学的，讲一口流利的中国话。他酷爱中国文化，那时候一见师父就鞠躬。现在……成了掠夺者。他和那萧也闹翻了吗？"

和尚若有所思："不知详情。柳条湖事变前几天，萧派了一个当兵的，牵一匹马来把我请到奉天他的住处。萧亲手把那画交我。他说风声鹤唳，怕是时局有变，他难以久留，这画就送给我了。"

了因又起来为先生倒茶，一面总结说："这，就是那两轴画的来历。我说的简略了些。不知向荣讨此画意欲何为，他不像是一个收藏家。"

故事讲完了，留下了一些悬念，水石先生也没意识到事情的严重，却对《画语录》产生了兴趣。对和尚说改日要在这禅房里，把它抄写一份。了因一口答应。

这时水石先生望着桌上的残局对和尚说：

"这不是我们前两天下的吗？我已是中盘投子了，你何以还摆在这里？"

"阿弥陀佛，我想换位试试。"方丈胸有成竹地笑了。

"出家人欺人太甚！"水石先生说着，把那围棋盘划转了，挽起袖管。和尚也放下念珠，两人便就前日的残局换了黑白的位置，对弈起来。

41 博弈悬念

"方丈,你在日本的时候,日本人爱不爱听中国的音乐?"水石先生关心地问。

"他们非常喜欢,僧人的大学也在演奏汉人的曲子。他们的出家人很宽松,可以有妻室,也吃荤。爱好更是广泛。"了因答。

"你是念大学出的家?了因这个法号有什么说道?"

"说来话长,我这法名是师父起的。"了因"一词源于佛家因明学说。中国佛教有一派叫法相宗,因为探讨世界万物的相对和绝对的真实性而得名。我在日本京都念书,老师给我们讲《大唐西域记》,一个叫陈那的古印度大乘教瑜伽行派创立了新因明说。唐玄奘在印度游学接受了陈那的学说并有发挥,造诣很高,他和弟子创立了法相宗。我刚才讲过。因明说也因而得以发展。辩论者分'生因'、'了因'两派。我的师父便以'了因'定我法名。"

和尚半晌无言,复又感叹道:"中日文化交融源远流长,现在成了这个样子,听说师父望月在国内也受到军方斥责……"

"传说,"水石一面投子,"关东军召你去奉天的监狱做教化?"

"有这事,我没去。日本明治以后教化是僧人的一项工作,开导罪人。现在的'教化',就是给那些反满份子洗脑筋,宣传'大东亚共荣圈',鼓动厌战的日本兵到别国去杀生。这有悖于我们宗派的佛旨。"

"既然你不肯自己当教化,为啥荐圆通去干这事呢?"水石问。

"这是不一样的。我当教化那是在省里,受制于人;圆通在小原手下,虽然听命于小原,可他也要向佛诵读啊。"

先生明白了,了因用心良苦,为求苍生不惜冒险,在小原身边设下耳目。同时也说明了他确把自己当成至交,就在这国难当头的时候。

"我在想,像你这样有很深佛学造诣的高僧,至少也该留在名山古刹,怎么会屈居坨镇庙堂?"先生说出久怀于胸的疑问,一面漫不经心地投下一子。

了因全神注视棋盘，点了一子，笑道："看这儿。"

先生大吃一惊。刚才苦心经营作的眼，却被他一子点死了。

"这就是我。"了因指了指那颗子。"你如不解，出村面南一望便知。"

"教堂！"先生豁然开朗，原来佛要与天主争夺信徒，才在与三台子教堂近在咫尺的坨镇安置了高僧了因。

方丈复又缓缓地说："唯独在这一点上，我们的宗派与张作霖有了共同的见解。而且我又是大帅的参谋那个日本人本庄亲选的。"

"莫非就是关东军司令？"

"正是他，因我是在日本留学归来的。"

"怪不得日本人小原也要敬你三分。"

"你看到事情的一面。本庄繁荐我时，日本人还没统治东北。他和张家军有共同的敌人，他们都想防范欧美通过教会进行渗透。现在不一样了。张军成了他的敌人，他知道我在东北军中有一些朋友。他岂能不通过小原监视我？而且梵蒂冈承认满洲国，教会又和日本人站在了一边。"

"看得出，小原在这界面上实行绥靖政策也是有来头的。"先生探问。

"是啊，奉天是这满洲的腹地。辽中又是腹中之腹，让这个中国通弄一个'王道乐土'，谁能说不是关东军的怀柔之术呢！小原，小圆也，他想在他管辖的地面搞个绥靖区，顺民区，画好一个圆。"

"按你的分析，"水石一面小心地投了一子，"在小原和他的副手——那宪兵队副板田武夫的眼里，苟安的坨乡何以为患？"

"可能他们最怕也是最担心的就是宋氏家族。"方丈也轻巧地在棋盘上投了一子，"抗暴是这个家族的传统。南甸老一辈当义和团，小一辈当义勇军，北甸富人当张家军。还有地面上的穷苦人，抗出荷抗高利贷。"

"宋家的二秃也是你的弟子，市面上叫他狗肉和尚，就是其中一个。"先生笑了笑，"他那口头禅就是死活一样价。"

"那孩子是菩萨，俗人不解。"

"也是，有一次，冬天，庙前的石阶上卧着一个乞丐。二秃踢了他一脚，把身上的棉袄扔给他，自己钻到肉铺的火炕上，和瞎子何三挤到一起。第二天起来嚷，身上的虱子是瞎子的。"

俩人都乐了。了因说："小原是个中国通，也是一个掠夺狂。中国文化中的

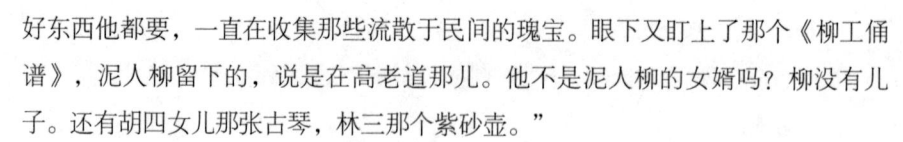

好东西他都要，一直在收集那些流散于民间的瑰宝。眼下又盯上了那个《柳工俑谱》，泥人柳留下的，说是在高老道那儿。他不是泥人柳的女婿吗？柳没有儿子。还有胡四女儿那张古琴，林三那个紫砂壶。"

"你那石涛的画可是国宝。"

"这你放心。"了因说着，坚决地投了一子。

先生木然，站起来，弹了弹袍子，笑道："看来，你在日本受过高人指点，不但佛法，棋法也无边呐！"

"这围棋虽源于中国，但我是在日本学的。中国讲礼让，日本人可是讲拼争的。"

"我可没礼让你，只是棋艺不佳。"

"互有胜负。改日见。"

方丈望了望窗外，小和尚早已扫完院子，在给菜田浇水。

先生告辞。方丈送至院外。

"现在日本人又把你当对头了？"

"那也未必，他们如真这样想，那就错了。我不是谁家的间谍和密探，我不属于同盟国也不属于轴心国，我是佛门弟子。我要做的是普渡众生，包括那些拿着屠刀、愿意放下它的人。"

那是我六岁那年的初秋，庙里的两棵老槐用它的浓阴盖了半个庭院。

先生出了大庙，正好碰上在警察所跑腿的肖五。那日不是集，街头上少有人，时而传来丁茂敲铁皮的声音。先生问肖五，"怎么今日得闲？"

肖五凑到先生跟前："烟馆林三请警长吃饭，我躲出来了。"

"没去陪？"先生笑问。

"那事干得？他请三哥（肖警长）必有所求，也许要算计谁。成与不成都是惹事。少听为好。"说完，肖五摆手走了。

42 光棍德宽

我牵着毛驴一进院,就听到王大娘——二狗妈,那破锣嗓子在呜呜咽咽地泣诉,爷爷的眉头皱起来。

我们爷俩一进屋,妇女们的声音息了。妈妈忙接过爷爷手里的褡裢,又给爷爷装烟。王大娘苦笑着欠了欠身,奶奶忙说:"侄媳妇来了一阵子了。"

"二叔,"大娘恢复了她哭诉的声音,她的腋下夹着她的一岁半的男孩——小五,"二叔,你看,我们邻居住着,我这样接二连三地找您老,也是实在没办法。我们娘六个,孤儿寡母,本来指望卖猪下来的钱买一袋高粱。孩子天天吃那菜糊,小四那弯巴腿都站不住了……"

她那小四儿子比我小三岁,从小得了小儿麻痹。听了她的话,奶奶急得去烧香;爷爷闷着头吸烟;母亲过来劝说她宽心,总会有办法的。她说,叔叔也出去要账了,欠债的那几户都是大商号,有活钱,他不会空手回来。

这时爷爷磕了磕烟袋锅,慢慢对王大娘说:

"他嫂子,你先回去给孩子做饭吧!让二媳妇(我母亲)舀二十斤秫米,再捡几块骨头拿去,给孩子做点汤。明天,明天下晌,散了集,我们两家把账结清。"

大娘又千恩万谢说:

"二叔,你们家人真是菩萨心肠。我来要钱,难开口。虽说猪是我喂养的,崽还是你们给的,你们可没少贴补。就是那喂猪的泔水,还是二叔向饭馆给要的,人家认识我们是谁呀……"说着,她嗓子越发哑,眼泪竟如泉涌。我又想起她要卖三丫,竟也哭了。

爷爷把我拉过去,说:"不说了,不说了,好好照顾孩子,别生病。病了,可看不起。"

"二叔二婶,你们看……那两个死鬼倒撒手去了,把这些崽子撇给了我。说句丧天良的话,他们有命就活着,没命就赶他们鬼爹去吧。"大娘恸哭起来,怀里的孩子也嘤嘤地叫。妈妈连忙扶她去舀米。

大娘走后不久,叔叔回来了。他一进屋,把包往炕上一摔,到外屋拿起水瓢,咕嘟咕嘟喝起水来。喝完,把瓢往缸里一丢,他一抹嘴,骂道:"这帮王八蛋,欠你的债还看不起你;钱不给,连碗热茶也不端上来。官相、乡绅,没一个好东西!吃猪鞭子,养窑姐儿。"

"越说越下道。"母亲笑着打断他。

"你都不能好好跟人家说,总是直来直去。"奶奶插话了。

"他欠我的,我还得叫他爹!"叔叔不服。

"你就是不会说话,你哥哥那时候,出去要钱没有空手回来的。"

"哼,可不是。哥哥得陪人家打麻将,还得故意把扣头(回扣)输给人家。现在老宋家算是完了。三爷要在,谁敢欺负我们?欠债不还,割我身上的肉,割你的鞭子。"

"住口吧!办事不行,就知道说蠢话。"爷爷恼了。

"气得我冒火。"叔叔又去喝凉水。

"别喝那凉水了,屋里有茶。"妈妈说。

在旧社会,卖肉的和开饭馆的这一行,都有一种职业病——债务困扰。你想,卖猪的多是穷人,他们辛辛苦苦养的猪出栏了,希望在年关时卖了,办点年货,换些油盐布料,贴补家用,要现钱。可是吃肉的却多是有钱有势的人,他们平时很少给钱,都使用"折子"。到年终算账时,不是给你些陈高粱烂谷子,就是让你到他们开的商号中去拣些积压的商品抹账。我家年复一年,被这恶性循环所拖累。爷爷没办法……

叔叔说的三爷,是我爷爷的堂叔宋德宽。在坨镇流传他的故事,说他是有名的所谓"光棍"。他也是杀猪的,也杀狗,杀牛、杀驴、马、杀兔,剥了皮卖。人很勤快。可是他也碰到家族的老问题——债务困扰。那些吃肉的有钱有势的人,欠债不还。他终于混不下去了,老婆带一个男孩回了娘家。他很烦恼,便喝酒,也赌钱,日子越发困顿。

有一次喝醉了，烟袋火烧透了棉衣，他才惊醒。忽然，他好像受到了大仙的启示。三杯下肚，辫子一甩，便去讨债了，精神格外旺盛。他到了坨镇最有势力的一家，那家的仆人夹炭火给他点烟。他谈笑风生接过铁筷子，竟然装作不小心把炭火掉在腿上，火一下烧透了裤子。燎皮肉的焦味出来了，吓得主人连忙拂去炭火，拱手还了欠债。从此，他便出了名——"光棍宋三"。

那一个冬天他追还了大部分欠债。

年关时，他把银元和一篓猪肉送到岳母家。回来正值三十晚上，那是一个没有月亮的黑夜。他在院子里站了一会，想了想自家为世道所逼，混成了这副模样。和他一起度过了多少严寒酷暑的妻，如今已和他分居回到了娘家，心里一阵酸楚。心一横，放了一把火，烧了自家的两间草房，扬长而去。他在老坟边上给媳妇和儿子留下了十亩地。没几天，府里下了文抓他，说他是反清的××会……这事究竟是财主们惧他故意诬告还是真有其事，连族人也不得而知。这一来，乡里人又纷纷传说他会掐算，聪明——聪明人自然会使计策。于是又有人说，那炭火并没烧着他，事先他在腿上绑了块猪皮。总之，人一有名故事便多，故事多了，也就越有名。"光棍宋三"，空留下一个名字。

后来听说他当义和团被打死了，民国年间给他立了个碑。不过坟里和三太奶埋在一起的不是他本人，而是一块砖头，上面刻着他的名字——宋德宽。

他儿子长字辈上，我爷叫他大哥长海，脾气和三太爷一样。日子混不下去，他一恼，撇下老婆孩儿，随了张作霖，后来又跟少帅入了关。家里一场伤寒夺去了他媳妇和大女儿的命，只爬出我二姑大秃和二秃他们姐仨。三太爷留给儿孙那几亩地也典给了钱家，却一直赎不回来。后来一辆圈树的牛车把三太爷那碑碰断了。

那一次从太平村回来，我和爷爷去老坟。爷爷就是坐在这块断碑上吸烟，他一定想起了家族往事，一脸愁容。

43 脚夫德厚

"明天是五月初一，"爷爷对奶奶说，"是前街他五爷的六六大寿，准备点酒菜，过去看看。"

"再蒸几个寿桃（面的）。"奶奶说。

第二天，爷爷带着我和叔叔去给五太爷祝寿。五太爷宋德厚是光棍宋三的亲弟弟，是南甸子宋氏家族中唯一还活着的辈份最高者。我叔叔那辈人都简呼之"德字辈"，当然是在背地里。当面便笑嘻嘻地拖着腔大声叫"五——爷"。老倔头便瞪着眼，"我不聋！"但是老头一看到我，态度便柔和起来，拉着我的手，带几分感伤，"总算看到了下一代！"——老头是一个鳏夫。

我们进了院，老人正在菜园里种菜。见了我们走过来，他抱起我，对爷爷说："要过节了，集上忙，又过来干啥？"叔叔说："五爷，今天是你的六六大寿。"太爷说："什么寿不寿，过一天少一天罢了。"到了屋内，叔叔放下提盒，把酒菜和寿桃拿出来放到碗架柜里，笑嘻嘻说："五爷，不行大礼了，这'头'就留到过年一起磕吧。"太爷却岔开话题说："你给我看着点二秃，别让他耍钱惹事，成天和那帮乞丐混在一起。财主们最警惕的就是'丐帮'，早晚惹出事！"叔叔说："二哥那庄稼活儿好着呐。钱二皮那天来称肉说，开春送粪，别人送四车他送五车。"太爷生气说："活儿干得再好，那钱大冤家还是拿他当半拉子算工钱。"爷爷拿过烟笸箩，给太爷和自己各装一袋烟，接着话说："为啥在他家干？到肖家去，不一样扛活儿？"太爷放下我，接过烟袋感叹说："还不是为了赎回那十亩地……"触到痛处，爷俩便无话了。

过了一会儿，太爷又问起爸爸，爷爷说还有一年半——那时我父亲在关东军第一军管区司令部开车，汽车着火了，父亲被判三年徒刑，在奉天大北监狱中。太爷静默了一会，若有所思地说：

"还是想法置几亩地是正经。你看我们南甸子的人，土地全让钱家、肖家还有三台子林家给兼并了。子孙们被挤出了土地,去给人家扛活儿,推车担担,做脚夫的,当兵的,杀猪的,挖煤的,下江北伐木的……穷人离开土地,就像断了根的蓬,到头来妻离子散。哪一天一蹬腿,能给孩子们留下什么呢!子孙们又得从头来。"他一面说一面抚着我的头,"看现在,大秃都二十出头了,连个媳妇也娶不上。对不起三哥三嫂……"老人深吸一口烟。

"那一年,光绪二十五年,"老人回首往事,"收了秋,我给嫂子送去了两口袋高粱,就去关内找三哥。他当了游方僧,在冀州跟一个叫武修的和尚参加了义和拳,舞枪弄棒。我劝他回家把嫂子和孩子接回来,我们哥俩种那几亩地,农闲再打点工也能养家。他不肯,他说爹妈都死了,老婆回了娘家,还有什么意思。何况财主们还在算计他,把他看成了眼中钉,迟早是个麻烦。我在那住了个把月,义和拳火得很。他们那伙人叫一个坛口,人人头上缠一块红布。坛也叫拳场,设在庙里。三哥是那个坛口的一个头目,人称大师兄。那一天从山东来了两人,一个和尚,一个瓦匠。三哥和我陪他们喝酒。两人大骂袁世凯和洋人。洋人霸占良田建教堂,义和团起来反抗,山东巡抚袁世凯还要剿灭他们。哥哥让他们劝他俩留下入伙。他说义和团就重"义和"二字。穷人要不受宰割,就得拜关帝抱成团。怎么除暴安良,先得开仓济贫,吃饱肚子。三人扬眉吐气,哈哈大笑。

"进了腊月,我要走。哥弄到了一匹马,他说你种地没牲口不行。那时,运河都结了冰,他牵着马送我。在一个小镇给马挂了掌,我心里难过极了。我知道这一别就再难见他。爹妈死得早,是他把我带大的。三哥比我大五岁,那年他三十……

"庄家人谁不喜欢牲口,可这白马却给我惹了不少麻烦。一出关,到河西,遇到一伙土匪。他们自称是保险队,又说是辽南大土匪冯麟阁的部下,看我年轻力壮,又有一匹好马,便拉我入伙……"

这时叔叔来了兴趣说:"五爷,这事可没听你说过。"太爷不理他。我也爱听故事,坐在爷爷怀里,一面玩着太爷给我削的嘎儿(陀螺)。老人吸一口烟继续道:

"我怎能干那事!保险队是啥,我还不知道?今天给钱多了,保护纳贡的财主;明天混不上花销,便是拦劫客商的土匪。他们为显示他们的诚意和身份,从我身上搜出了二十块龙洋也没拿去——那时候各省都制银元，叫光绪元宝，一个有七钱重，含九成的银子。我说出我家里的困难，实话告诉他们。再说，嫂子是生气离开了家，她和哥待我如父母，如今还拖着一个宋家的孩子，我咋能丢下她们去入伙。

"他们软禁了我。过了两天，第三天夜里我还是跑了。他们在后面追，幸亏那马刚挂的掌，过河的时候在冰上跑也没失前蹄。那河不是辽河，可能是绕阳河。那边的河岔子多，分不清，对岸是一片结冰的洼地，长满了芦苇。他们放了几枪，也没追上。河东已不是他们的地盘，不知道是怕义和团还是把我当成探子。那年月胡子（土匪）多，都是马贼，飞来飞去，火并的事，也常有。

"天蒙蒙亮，到了八角台，又碰上了商会的保安团，把我当成了绺子（土匪）。一个和我岁数相仿的矮个子审我，我讲了实话。他看我的龙洋是冀州出的，信了。拍我的肩膀说：

"'听你说的属相，你我同庚，我也是光绪元年生的。你是受苦人，虽穷，还知书识礼，是孝悌子弟。你有难处我不强留，啥时候混不下去了，来找我。可现在……你的马有点小毛病。'

"我以为他要留我的马，有点急。他的同伴笑了，拍着我说，'你别慌，我们团总是兽医，他那《牛马经》熟着呐，他要给你的马灌药。'我这才安心，想这些天夜里跑冰雪，白马真是染上了风寒。那人给马灌完药，抚着它的背连夸好马，又开着玩笑说：

"'这么好的马种地可惜了。下次你来时可以把它留在家。你喜欢侍弄牲口，到边外给我贩马去。'大伙都笑了。后来我才知道，他就是张作霖。谁知道，我把这事回家讲了，你（指爷爷）长海却留了心。张作霖占了奉天之后，那小子还是投奔了张家军。

"你三婶是光绪二十九年死的，那年你大哥十七岁。嫂子临死，拉着我的手，让我早点成家，再给孩子娶个媳妇。说我们叔嫂二人，办了这事，活的死的也都净心了。我心里这个难受，想人一辈子吃糠咽菜，受苦受累为的啥？就是传宗接代，延续这个香火……那年我满二十八岁。

"第二年，立夏。地种上了，又趟了一遍之后，我就带着牲口，到（浑）河东搭伙拉脚。那一年正赶上日俄战争，夏天俄国人在辽阳修炮台和堡垒，征我的车，拉石料和洋灰。通事（翻译）说作'水门汀'，还送给养。老毛子打仗讲排场，当兵的在战壕里吃'黑裂饽'（俄文面包的译音）抽马合烟；当官的在炮垒里喝牛奶吃烤肉，还用热水刮胡子。好多东西都要送上去。开始他们给钱，后来通事官说仗打胜了一块算，还说缴小鬼子（日本兵）的战利品分给我们。那个通事是个流子，滑头滑脑一口盖平话。他说，小鬼子的皮靴老毛子（俄国人）穿不进去，都给你们。结果老毛子打败了，撤出了辽阳。我们在前沿被日本人掠了去。

"当天晚上，我趁他们睡觉，卸了车，骑马就跑。放哨的当我给俄国人送信，一枪接一枪地打我，到了沙河中间，马中了弹，倒下了。我下来拖它，它也使劲挣扎，鼻子喷的气水噻起老高。月亮底下看那黑血一股股地涌，在水流里打着转，染了一大片。北岸的俄国兵也放枪。我实在筋疲力尽了，几次倒在水里，呛得我发蒙，撒了手。马倒下了，冲出老远，站起来，叫一声，撕心裂肺，又倒下了。一团黑影，顺流走了。我真想也一头栽到河里，这景象，多年以后还常出现在梦里。它正当年，白皮毛很光滑。你每次饮它，它总爱摆动那长鬃毛，跟你撒欢。畜牲也通人情，有灵性。它从关里到关外跟我走了两千多里，死里逃生，寒寒暑暑，给我拉车耕地。哪有什么好草料……"说到这儿，太爷不说了，只抽烟。

爷爷放下了我，又对叔叔说："走吧，让你五爷歇一歇。"我们要走，太爷没理会，似乎还沉浸在往事中。等我们走到房门，他才站起来，走到爷爷跟前说："给孩子们留点土地！我们老坟那十亩地硬让钱至仁霸去了，千万不要借那高利贷。"

我们在院子里碰到二姑，二姑是三太爷的亲孙女，大秃的亲姐。她是给五太爷做饭来的。她要留我们，爷爷说，肉店还得开门。二姑就把我抱起来说："让喜子留下给太爷祝寿，这是第四代。"爷爷笑了，问我，我想听太爷讲故事，便点头，留下了。

太爷见我留下来很高兴，但他没讲日俄战争在沙河的那个晚上，却讲了一些他在大连、辽阳、奉天作苦力拉板车时在大街上和大车店里碰到的一些有趣的故事，还有大轮船、火车、马戏团……后来大秃二秃也回来了。二秃叔见了我跳起来，先是背我屋里屋外转，接着又给我做了一个鞭子，在院子里教我抽嘎儿（陀螺）。

一次，奶奶对母亲说："你那五爷是一个重情义的人，兄嫂的托孤沉甸甸地压在他心里。他从辽阳回家的第二年，自己没成家却给侄儿长海寻了一门亲。女孩也是羿家桥人，从小一块长大的。还给小两口买了一头小骡子，看他们能持弄那几亩地，自己便去城里打工了。谁知道那长海的性子竟死像他爹光棍宋三，不愿过又劳又苦的受气日子，跑去当了张家军。咳，老宋家多少人都走上这条路。都是那老坟！"奶奶这样感叹说，"不过他走也还有原因，原先他和钱家的姑娘好，就是东街，大冤家钱至仁他小姑。人家有钱，看不起咱宋家。可是姑娘看上了长海，你那大伯，人长得英气，挺实。咳，都是命……"

奶奶是乡下妇女，没文化，但她评论起人来的确很准。和妈聊天的时候，她讲起五太爷德厚时说："你五爷的命就是孤独。"于是妈妈搬着指头算：小时候父母撒下了他；年轻时兄嫂又离开了他；一个相处五年的哑巴伴儿也没了；那匹白马，也被打死在沙河里；后来侄儿也跑了。从城里回家，和他一块儿搭伙的女人也没跟来。真是：人那么好，命那么乖。奶奶接着说："他年轻的时候，机灵，洒脱，有说有笑。老了变得又倔又默，就知道闷头干活儿，要么就拄个锄把望老坟。"奶奶最后结论说："宋家坟可能有股气。他（喜子）爷爷也是不爱说话。看那老坟就出神儿！我看他就跟孙子在一块儿有点声色。"

44 活佛二秃

我两岁那年，农历八月十五中秋节，一轮圆月藏在浓密的乌云中。

香火和尚二秃承俭踉踉跄跄走在秋雨过后的泥巴路上。他从黄腊坨子回来。了因方丈让他给黄村的一个孤寡老人送一床棉被。他在大庙当香火和尚，那年十五岁还在钱家打短工。那床被正是钱家老太太送的，她信佛。被子送给一个独居的寡妇老太太，她也是信徒。二叔实在是太累了，头晌他还给东家铡草。后晌他又跑了十几里路，到了老人家。老人那歪歪斜斜的两间草房，房山泥在秋雨中脱落了。他又弄些碎麦草和了泥，抹了山墙。在他就要收工的时候，那糟烂的梯子又折了，把他摔了下来。幸好落在软泥堆上没有受伤，泥巴糊了一屁股。老人要留他吃饭，他说："算了，我吃一顿够你吃两天，留你的稀粥度命吧。"说着他舀了半瓢凉水，灌下肚子，披上袈裟看老人抹着眼泪，走了。那已是掌灯时分。他真是又困、又乏、又饿。

黑苍苍的天空黑苍苍的大地，偶尔有几处水洼泛出白光。

"哪有码在地里的苞米秸？说不定能找到个瞎穗啃两口。也许有块瓜地，死秧子上会有两个瓜蛋子……"他自言自语。

一个青蛙跳过去，他却没捉到。

他已是步态蹒跚，口里还念着："白水，黑泥，黄干道。"可一下子又踩在泥里。他不断瞌睡，梦游一样。

忽然，二秃被什么绊了一下。他走近前，吃了一惊，死倒！吓一身冷汗，顿时精神了。他撒腿就跑，摔了一跤。他趴在地上，想刚才那感觉，不对，软的。

他慢慢爬起来，走回去，探手，还有鼻息。俯身看，是个老太太。

阿弥陀佛！佛祖今天让我和三个老太太碰面了：把一个老太太的被子送给另一个老太太；半路还有一个老太太躺在这儿，等着我。这是什么兆头？

"救人要紧！"他费了好大劲，背起老人。一步一步拖，这回顾不得什么泥水了……他又摔倒了。他吃力地爬起来，模糊地看见不远处，似乎有个窝棚。

二秃在棚里放下大娘，心里盘算起来。回村叫医生？不行，野狗把老人拖去咋办？他听了听，老妪呼吸均匀，不像是厉害的急病，许是劳累过度。等天亮拦个车，再说。还没等到计划理出头绪，扑咚，他倒下，睡着了……

热烘烘的，秋阳晒着屁股。他醒了，揉揉眼，人呢？他跳起来，走出窝棚，又钻进来。坐下抱着头，梦吗？细细回忆一天的经过，摸了摸屁股上的泥。头脑清醒了，眼睛也适应了棚里的光。忽然发现，身边一块白手帕，上面放一个蓝色的珠子，闪闪发光。

回到庙里，他拿出珠子，把这一切讲给师父。了因未作任何反应，只双手合十，面壁念佛。

二秃想起去年夏天，菩萨额上的珠子掉了下来，被顽童拾去，至今无着落，便请师父拿此珠嵌上一试，师父应了。他便和另外两个小和尚走进大殿，爬上去在佛头安上。谁知，竟严实合缝分毫不爽。师徒数人连连跪拜诵佛。

此事传了出去，人们纷纷议论说菩萨现身，一时香火旺盛。也有人说二秃本来就是活佛，来人间举善事，此番与菩萨对话，以珠显圣。

应当说，这番"造神"运动，乞丐们起了很大的推波助澜的作用。他们四处奔走，大造声势。原来二秃和尚是他们的好友。庙上赈灾都由他煮粥分发，他带领大家去大户人家诵经乞食，拿佛前贡品，分给他们。有时化缘到外村，他们讨来食物也一起分享。乞丐打野狗烧了吃，也给他。因此人们称他狗肉和尚。对此一切，高僧了因念佛默许。他知道乱世之秋，人们都想念圣人济颠。

原来，那天二秃救起的老人本是黄村河东富商家老夫人，因与家人口角出走。谁知行至黄昏头晕旧疾发作。后来家丁搜索至窝棚，妇人已醒。她见随身细软无一散失，知是恩人相救。信佛的老人便将一颗钻石置于和尚身边，主仆悄然离去。此事为怕家丑外扬，一直没有声张。

说来蹊跷，那老夫人不是别人，正是二秃生父长海早年的恋人，坨村钱家的小姑。这次她打算回娘家小住，顺便打听当兵的长海的下落。不期碰见他的儿子：真是情债纠缠，冤缘相报。

二秃叔被神化，还有一个故事。一次，二叔从三台子回来——坨乡大庙与台村教堂为争夺信徒常以办善事相互渗透，正值夏日雷雨，二秃那年是个十四岁的孩子。他一路玩耍，漫不经心在树洞里搅了一下，谁知窜出一只狐，他便去追。没跑几步，一道闪电伴着巨响，回头看那枯树竟被击中起火。这事被一过路村人见了，传为和尚救一狐仙……

我的这两位叔叔叫大秃二秃，是我三太爷"光棍宋三"（德宽）的亲孙子。他们叫"秃"并不是头上长了秃疮，或者生来是秃子。他们是在一次伤寒病中掉的头发，后来又长出来了。头发是长出来了，但是母亲已病故，父亲长海又随东北军入关，他们成了孤儿。正是"九一八"事变，小鬼子占领东三省那年冬天。他俩一个十岁，一个八岁，从窝子伤寒中，奇迹般爬出两个光头孩子。这事惊动了聪明的了因和尚，当时他是庙上的方丈。他说这是佛的旨意，便收了他俩。且说在晨曦的微亮中，他看到那小的，头上有佛光。的确，这种光影的幻觉许多人都有过，但从一位高僧的慧眼中看到，那可是非同一般了。和尚给哥俩起了名字叫承勤、承俭。虽然勤、俭乃治家之本，但街面的人还是以大秃、二秃叫来亲切。

可是从城里赶回来的五太爷不同意孩子出家，说那是两股宋家根苗。于是便留为香火和尚，实际上是好心的了因要代养他们，我家和族中的几个近支也给了些捐助。在全家有病的那艰难的日子里，二秃家以十亩坟地抵押，借了钱至仁的高利贷。哥俩便在钱家干活儿以工抵债，以期赎回那十亩地。后来五太爷也丢了城里的活儿，回来和两个孙子一起过。听奶奶说，五太爷德厚在城里有一个搭伙女人，但他执意要回村养两个堂孙，那女人也没跟来。

了因说二秃叔有佛性，这在二叔的举止中得到充分印证。二秃叔饮食起居随遇而安。一次给我家削豆饼喂猪。饭好了，妈让他吃。他说豆饼吃饱了，回头从缸里舀半瓢凉水，咕嘟咕嘟喝下去，倒在腕子炕上睡着了。奶奶叹息说，会胀肚的，真是天养活的活佛。

还有一次，天刚麻麻亮，五太爷拿根棍，到庙台岗上叫花子堆里找二叔。他用棍扒拉，见二叔脸上蒙一顶毡帽，和流浪儿挤成一团。

二叔在钱家喂牲口。钱家从边外买来一匹烈马，谁也制服不了它。独在二叔手里温顺得很。爷爷那天问到铺里来拣骨头熬汤的老孙头。老孙头中年时在财主肖家当马夫还打更,晚年去南岗看果园。他掂了骨头,一瘸一拐地笑着说:"二秃在草垛里睡觉,他身上有马料味。牲口自然喜欢。"

了因爱请徐伯推头。那一次在剃头房,大家玩笑说,和尚吃五谷杂粮,与俗人有何不同?了因讲了前朝大珠慧海禅师的故事。慧海对前来问禅的人说:和尚修道,饿了吃饭,困了睡觉。那人不解其言,反问道:"所有的人不都是这样生活的吗?"慧海说:有的人吃饭,不图其饱,百种需求;睡觉不为解困,千般计较。那不是失去了吃饭睡觉的原本吗!

了因感叹说:"吃饭睡觉本来是简单而又平常的事,然而有多少人能像我弟子二秃那样快快乐乐地吃饭;安安逸逸睡觉呢!禅,就是告诉人们,不图虚妄,平常生活。"

艾五又问:"老方丈,人说我二秃哥是活佛,此话可真?"

徐伯细心地给和尚刮头,了因端坐着思量一会,慢慢说:"佛性寓于人性;佛不也就在人之中嘛!你们看到了二秃的悃心和善心,也就看到了佛。"

"那如来佛呢?"裁缝闫叔停下手里的活问。

"如来——即如其本来。"和尚答。

现在当我到了一定年纪,有了相当的阅历,再回首往事,想当年动乱岁月了因和尚所处的环境。他能用以抵制日本人奴化和天主教的侵入,也只有三件法宝:"举善"、"念禅"和"造神"。朴厚而憨诚的二叔恰是他的样板。而且二叔是下层人,天生有"花子缘"。人们也就联想起那个妇孺皆知的狗肉和尚——济公。

45 馃匠杨二

没有人会理解你的痛苦。如此，何以还要这样动情地倾述呢？苦苦地追寻那过往了的、尘封的岁月。你所怀念的人早已没入泥土。

他是个胖子，始终带着慈爱的微笑。当他抱起你，把你举过头顶的时候，你会感到他的手总是汗涔涔的。他爱把一对双胞胎抱在两个臂弯里，那是他的孩子。还有一对稍大一点的双胞胎，对称地走在他的左右，牵着他的宽大袍子的下摆，那也是他亲生的孩子。的确，他有一点怕媳妇，逢人便懦懦地说："她太累了，她太累了。"然而他却是坨镇有名的糕点师。方圆几十里内的地主豪绅、达官贵人，甚至占领军的显要，都讨他的糕点宴请宾客，馈赠友人。

巧手的工匠，仁爱、宽厚而懦弱的好人——杨二杨永福，是我二姑用平车子捡回来的。

我这位二姑是光棍宋三宋德宽的孙女，大秃二秃的姐。她原来的丈夫是做小买卖的，姓侯，在一次车祸中丧了命，扔下一个吃奶的孩子。二姑那年才十八岁，日子过得很艰难。两个秋天过去了，眼看房上的草都烂成了泥，弟弟大秃要给她缮，可买不起草。有时候侯五给她一点零花钱，又都用在油盐上了。游民侯五是她死去的丈夫的弟弟。

那一年的冬天，她去宋家坟圈树。她有权这样做吗？当然，死了丈夫之后，她又成了宋家的姑娘。主要是她穷，而且壕东的那十亩地本来就是她家的。她坐在壕坡上，嚼着半个冷饼子，望着阳光下被白雪覆盖的自家的地，那是爷爷留下的。那一年，当他和两个弟弟从窝子伤寒中爬出来的时候，典地的钱花光了，却没有救活妈妈。爸爸随东北军入了关。从此她们成了孤儿，再没有能力从钱家赎回那地，而且钱家把那典地的钱也当成了高利贷。

一天打柴回来的路上，她碰到一个汉子。他躺在车道沟里，发高烧，昏迷不醒。二姑便掀掉了树枝，把这大块头拖到车上。回到家，将养了一个月，算是恢复了点，能踉踉跄跄自己去解手。

快到年关了，一个北风雪的晚上，汉子突然跪在地上，给二姑磕了三个响头。他说："大姐家缺粮少米，不愿拖累下去，日后有个生路，定会报救命之恩。"二姑怔了片刻，忽然扭到炕角抽泣起来，"走就走吧，说不定你媳妇烧好热炕等着你……""大姐，我，我还没成家，就被抓去当了兵。"汉子嗫嚅，"我是怕……""怕什么？怕我背不动你吗？"二姑破涕为笑了。于是他就留下了。

阴历过小年那一天，二姑来看爷爷，给老人做了一条围裙。说起那件事，她哭着对奶奶说：

"二婶，人家说我养野汉子。你说，那是出气的人呀！谁能见死不救呢？"信佛的奶奶连忙安慰她，说是积了德，必有善报。奶奶还建议她放一挂鞭炮，有个响动，算是成了亲。

二姑迟疑了一会儿，又悄声对爷爷说：

"他是个逃兵，姓黄，河西人。人窝囊，心善。有一次他们的部队和义勇军遭遇了，被困在山头上。他是伙夫，往上送饭，叫游击队截住了。他一看抗日军人腿上的伤就晕过去了，他怕见血。醒了一看，天黑了，饭菜光了，两边打仗的人也都没了。他感到有点腰痛，许是叫人踢了一脚。他这才一瘸一拐到沟里找一户人家，换了衣裳，趁夜往东溜。他知道西边在打仗。他不愿意当国兵，现在怕人查下来，连累了我。可是……我还真有点舍不得他，人年轻有力气，心眼儿也挺好。那天碰上了我，也是缘分……"

随后她婉转地说出她的请求：让爷爷收下他，给碗饭吃。她说：看警察局那伙人对二叔还很尊敬的，不会来找事。

爷爷当时没答应她，让她过两天听信。送她走时，让母亲取一挂水油和几条血肠，让她提回去。爷爷说过年了让孩子吃点油水。二姑感激不尽，说："二叔知道我爱吃血肠，生那丫头时候……"母亲也宽慰她一番。

那年我三岁，父亲在奉天开车，虽然只是学徒司机，但乡下人一律叫"做事"，而且是在军管区司令部（日本关东军第一军管区司令部）。那些汉奸狗腿子不敢随便欺负我家，何况那些警察还经常到爷爷的肉案子上去沾便宜。

爷爷只是在肖警长来取肉时，漫不经心地慨叹一番，说人手不够，得找个亲戚帮忙。那家伙也随声附和，这算是埋下个伏笔。万一日本人追查下来，也可有个圆场……

就这样，二姑父更了名称杨永福，便来我家打工。半年过去了，风平浪静。爷爷请福盛兴冯掌柜吃了顿饭，推荐侯姑父去学徒。爷爷感叹说："工钱看着给，主要想学点手艺，杀猪不是个好行当！"接着话头一转，"板油嘛，好说，只供应你们。"

在我们镇上，给日本官和上层人享用的高级点心，上杂瓣，都得用板油做。而所谓"板油"专指猪肋下腹腔壁上那两扇油，区别于肠子上摘下来的水油，油质纯正。

冯掌柜心领神会，于是交易谈成了。

二姑父心灵手巧，人又勤快。不到两年，他竟成了铺子里的高手。冯掌柜也离不开他了。薪水也多了起来。在我们家乡糕点叫馃子，糕点师叫馃匠。这期间二姑父正好利用工作之便，打点了那些警察走狗。那一天，一个警察提起良民证，肖五对三哥肖警长说："日本移民占地，农民被赶出家园，满洲到处是难民，谁去清理？"肖警长笑说："没关系，过些时候，日本人又要抓劳工，把那些没有一技之长在市面上站不住脚的，都收拾去，免得来了名额让我得罪熟人。"

不久，二姑家的房也苫了新草，菜园子里打了口洋井，青菜绿油油的。二姑的脸色好多了，二姑父也发起胖来。接着麻烦的事来了：三年连着生了四个孩子，两对龙凤胎，与二姑先头的女孩合起来挨尖五个。用叔叔的话说，像一窝猪崽在炕上拱。乡里人见了杨馃匠打趣说："你在福盛兴偷吃了什么好东西？连生两对双儿。"那个和善的人便"嘿嘿"一笑说："真没办法，觉都睡不好。"对方便揶揄道："都是你不好好睡觉闹出来的。"有的年轻人又说："你媳妇爱吃她叔宋肉铺的血肠，那东西大补，血肠补'花肠'——乡下人对子宫的称谓，吃多了，了得！"

"嘿嘿，二婶做的血肠就是好吃。"一般都是这样结束对话。

的确，奶奶做熟食有绝招。她配了一些调料，其中也有中药汁。中药里本来就有很多可吃的东西——这是中医牛先生传的。中医常到我家来讨猪鞭、猪胆、蹄壳之类，中医有个理论叫"以脏养脏"。牛先生也传些方子给奶奶，奶奶便择机使用——那多半是用于调味，与所谓"药膳"是有区别的。

每逢冬季，我家制的血肠总是脱销。尤其是集上的几家饭馆，都抢着订购。门外少不了用大黄纸赫然写上"酸菜血肠"四个大字。或者由一个伙计站在门外，肩一条毛巾，高声吆喝："宋肉铺的……"

爷爷坐在案子后面，嘴里衔着烟袋，看到这种情景，胡子下面便现出那种特有的微笑。爷爷不善言谈，听人说话的时候，有时便现出这种笑容。小时候我能朦胧地理解它。多年之后，当我自己也有了许多辛酸的经历之后，回想起苦难的家世，回想起祖辈们的挣扎，回想起宋家坟的兴衰，也不由得从心底浮现出那种酸涩的微笑！

二姑父在乡里人缘好，谁家办红白喜事或过年节做面点的时候，便请他。只要柜上不太忙，他总是有求必应。而且，他除了喝两盅酒，从不收取报酬。二姑父胖，爱冒汗，二姑便给他做了一个大手帕。

"你现在是师傅了，也得讲个排场。"二姑笑吟吟地说。

当然，大手帕也有大的用处——每逢宴席归来，总能包几个大肉丸子给孩子们带回家。

46 面点精工

福盛兴是肖寨门一家财主在茨坨开的大商号,糕点铺。生意做得很大,远近十里八村的小店都到它这儿批发点心。他们和我家有来往:做上杂瓣儿要用猪油,出来的馃子又酥又白,每月都要两三桶。由于业务的往来,那儿管事的冯掌柜成了爷爷的朋友。

我五岁那年端午节,这一天他们要犒劳伙计。说是这么说,实际上是借此机会请客,拉拢乡绅和地方官。柜上派来个体面的伙计请爷爷赴宴,连给他们杀猪,还带个小徒弟帮拿工具。过节卖肉的生意本来忙,但因为是关系户,爷爷还是答应了。把肉铺的事安排给叔叔,还精心地换了件做客的衣服,把我也带上了。

爷爷去做活儿,叫我去二姑父的作坊玩。

我一进门,见二姑父坐在那里喝茶,指挥徒弟往锅里打鸡蛋,一面擦汗。虽然外边天已经凉了,可是他屋子里有个吊炉,还很热,而且他是个胖子。他一见我,就叫我小名,把我搂过去,问我想吃什么。我说帮他干活儿。他眯起眼,乐了:"小子,随二叔(我爷)的脾气,爱学艺。"

小伙计打了小半锅蛋,便兑水,搅——用的是一把竹扫帚,但去了许多枝叶,为的是不让它挂太多的蛋糕。二姑父看那浆液和泡沫,便吩咐他再倒少许水,然后放糖和面,面要逐渐放进去。小徒弟搅了一阵之后,便有节奏地圈打起来。这时姑父放下了我,他让小伙计休息一下,往吊炉里放点炭。小伙计有十六七岁,剃个光头,圆脸,很机灵。

姑父挽了挽袖管,握起扫把,一条腿拱起,踏在锅台上,像摇桨一样摇了几下。之后便侧过身子,用扫把撩起面浆,在空中划一个弧,然后用力击打下去:再捞起,画弧,击打,这样不快不慢,反复做着椭圆运动。面浆便在锅里发出叭叽叭叽的声音。又过了一阵，他把扫把提起来，看那浆液往下流，又用两个手指捻了捻那浆糊，微微摆摆头，然后把事先准备好的一碗浆水均匀地洒在锅里，又搅了几下。放下扫把，坐下来，对徒弟说，让它"醒一醒"，便点起一袋烟。稍许，他笑眯眯地对我和徒弟说："孩子，你们看——"

他拿起漏油的勺，舀一勺浆，提起来，微微晃动。我和徒弟都惊呆了：那一缕缕细细的浆糊，在开着的窗里射进来的晨辉中，像黄灿灿的金丝绒线，柔柔地飘洒下来……

师傅又让徒弟去看那漏勺，里面竟没有一点残渣。他又严肃地嘱咐小伙计，一定要用漏勺滤一遍，防止掉进杂物，像扫把上的小刺，"这可是要给孩子吃的！"

姑父又转过来看炉里的火，他用小刷沾一点水，淋到平锅上听那瞬间化的声音。又看看吊炉里的炭火，往里面薄薄地洒了一层灰。之后，对伙计说："可以了。"徒弟便把一套模子架到平锅上去。那是由横竖两向各有六七片钢片交叉而成的，四十来个方槽，容积和我（当时）的拳头一样大。

师傅命徒弟从锅里舀一盆糊，放在炉台上。他自己用麻刷沾了香油，向那槽里扫去，动作很麻利。他对徒弟说，淋油要匀要快，时间一长香油就苦了。然后，他舀了一勺糊，向我挤了挤眼，唤起我的注意：只见他向一排排的槽里倒去，每个槽里都十分均匀。一面舀一面往复动作，轮到边角的时候，他的手便轻轻一顿，没有一滴浪费。

我站在小凳上观看，由于紧张，手心出了汗。姑父觉察了一切，抓起我的手，在他的围裙上揉擦着。那一瞬间，我真想纳头拜师。最后一勺，胖姑父还把着我的手浇了两下，随后，忽然松开了手，压起吊炉盖在平锅上。

吊炉，顾名思义，是用一根铁链子吊在房梁上的，但不是炉子本身吊在梁上。上面的炉子系在三条链上，顶端汇于一环。环上还有一根短链系于杠杆重臂的一端，环与短链的连接有个可以转动的轴。杠杆手柄这端是一个较长的力臂，如此：用手一压，便可自由移动炉体了。所谓炉体是圆形的平锅用一个半球形的铁皮罩着，有一个开口，用来添炭和清灰。下面的锅固定在炉台上，在底下生火。做蛋糕烤点心都是上下加温，让它均匀受热的。

懂事的小伙计趁片刻的休息，给师傅递过毛巾。姑父和气地对他说，下一炉由他操作。同时嘱咐说，手要稳，要快，每个槽里只倒大半下，尽量不用眼睛看，要用手的感觉来估量；遇到边角，动作要利落，买糕点多半送人，要整齐；一不小心有了边角，只好作为补分量，填在果匣里。小伙计连连点头。

过一小会儿，师傅便把吊炉拉起，移开，放在支架上。他又用麻刷沾了香油，对那鼓起来的蛋糕刷了一遍；然后用铁钩钩了吊炉，转一个角度，放在平炉上——这就是为什么吊炉的铁环和短链之间要一个活动轴的原因——要转动，为了炉下的糕点受热均匀。

不一会儿，蛋糕出炉了：师徒二人各拿一个有三条平行枝刺的钢丝叉子，一次串三排九个，只几下，便全部捡出了。

家乡的蛋糕是用槽子做模烤出来的，所以叫"槽子糕"。

那一天，我在二姑爷暖烘烘的屋里瞌睡起来。爷爷把我背了回去，他也没在那儿吃饭。

懦弱、仁厚而善良的杨二在宋氏家族的庇护下，度过了一段受人尊重的幸福时光。平静的生活是多么可贵呀！它给一个匠人展现自己创造性劳作的空间，使他得以欣赏自己而快乐。然而在敌伪的统治下，这种幸福是多么短暂啊！不久他的厄运到来了。坨村，我苦难的家乡……

47 警长肖三

烟馆林三在坨镇有个油坊，就是游民侯五打工的那个。这一天林三来查账，账房陪着。看完了，他让管事的去警所，请警长吃饭。肖三和林三虽然在为日本人当走狗这一点上沆瀣一气，但在审时度势应付百姓方面却各有面孔和手腕。林三请肖警长的主要目的是联络感情，在警长有机会受小原召见的时候，说点好话，荐他当坨镇镇长（大保长）。眼下这个位置空着，临时由财主钱至仁代管；主要是给占领军服务，诸如镇子里的出勤（勤劳俸仕——劳工）、征兵、完粮、纳税；小部分也给村人办点民事。

本来小原想让水石先生当镇长。小原是日本人，根据满洲国的宪法，日本人可在伪满的各级政府任职。早年中国通小原在帅府随大帅的参谋本庄繁（后来这人当了日本关东军司令）当小参谋。他常到沈先生的画坊里走动，观赏、研讨和购买古今名人的书画。那时水石先生在店里学徒。他们便有些来往。小原欣赏水石先生的为人，而且他是没落地主，没有明显的反日倾向。同时他在坨村交际广泛，在上下层人群中有相当的威信。他若是能为日本人效力，是镇长最好的人选。可是水石先生婉言谢绝了。小原也没有使出权威下达命令，他认为还不到时候。

打发管事走后，林三一面喝着茶，一面在盘算：这次谈话从哪里说起，怎样开头，怎样伸展。他知道肖三是个狐狸，而且还是个馋嘴狐狸。狐狸不怕，嘴馋就好。得试探那最少的价码（当时还没有底线这词儿），当然不能向他示弱，不能让他觉得我林三在求他，而应该让他认识到我们是一条线上的，单靠他肖家能对付得了大冤家钱至仁吗？他弟弟钱至义在县里当税官，那是小原的手下。话里话外还应该透给他，小原对我林三的信任，让他听出来我也是能说得上话的人，让他对我也要有点企盼和顾忌。他应该明白肖家的伤疤，护着他的"眼儿"——肖二不是东北军吗，他能说得清二哥的去向？自然，不能让他觉得我在要挟他，要借着酒劲儿，叫他感到我是个直肠子，向他吐肺腑。

还有两件事：在茨坨能弄个院子开戒烟馆吗？还得帮我把丁盛挤出来给我看家护院。丁盛要是在我的手下就能控制他，有什么不轨，就让三台子的的警察把他关起来，也让那月娥断了情人的念头。

的确，这最后一件也不是小事。自从大烟馆让许多强壮的工匠、庄稼汉变成力衰身残的废物，让许多小康的宅院家破人亡之后，它就成了千夫所指之处。好多妻子儿女登门责骂，摔烟灯、砸门窗、烧柴草。这真得雇两个人，做劝导、阻止和护卫的工作。

正当林三把这一切都滤算一遍的时候，管事的回来了。他禀报说，肖警长这会儿忙一点手头事，一小时后，请三老爷到所里去。林三便叫管事到独一处准备点酒菜，待他去见肖三时，用提盒送过去。

其实肖三这阵子也没事，不过他点上一只烟，要把这事情想一想：林三来干啥？他知道林三是小原的狗腿子，而且是不同寻常的。这不寻常就在于，他有教会和鸦片两张牌。莫非要把这两张牌打到坨村来？想到这儿，他有点紧张。这如真是小原的意思，他是顶不住的。他顶不住，这所长也就干到头了。因为他知道，茨坨可不同于三台子。三台子晚清的时候就有了教堂，在那里天主的信徒多，财主和穷人都有。坨村是大庙的天下。了因是个有来头的高僧，连小原也惧他三分。佛教徒岂能让异端侵入？再有鸦片，那是什么东西？坨村人对林三的入侵会有什么反应？会不会殃及我？在这一石激起的波澜中，我该扮演什么角色？

他仔细分析了坨村的四大家族，分析他可能的态度：肖家正在没落，虽然说还有许多田产，但在民国年间有势力的人物都已转移和逃散，所以他警长也没了靠山；小原正是看到这一点才利用他，知道他背后没有牵线的，才会死心塌地跟着他。何家，也在败落，没有势力，水石先生是个士人，何二开饭馆，何三是个算命瞎子，他们代表了何氏家族的分化瓦解。这两个族系肯定反对林三，但无能力。钱家正在兴起，钱至仁靠放债兼并许多土地。他弟钱至义在小原手下当税收官，炙手可热。钱家会与林三伙同起来吗？如果他相信小原支持林三，他们便会勾结起来，互相利用。抽大烟就要典押地产，借高利贷，这正是钱家发财的机会。这是最可怕的。

更可怕的是宋氏家族。在村子里他们是旺族，有少许财主，多半是下层人。宋家的土地很多都被钱家还有林家剥夺了，他们能不仇恨？穷人被从土地上挤出

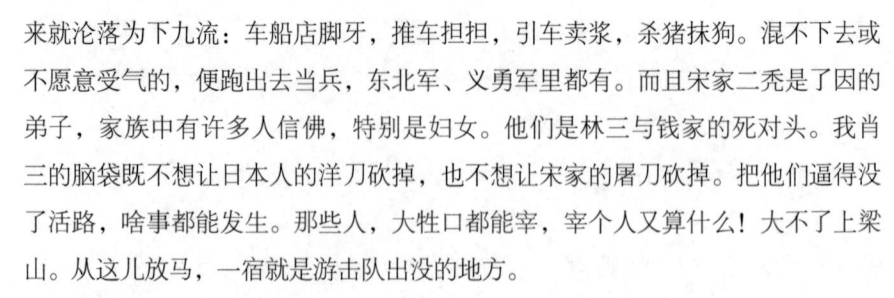

来就沦落为下九流：车船店脚牙，推车担担，引车卖浆，杀猪抹狗。混不下去或不愿意受气的，便跑出去当兵，东北军、义勇军里都有。而且宋家二秃是了因的弟子，家族中有许多人信佛，特别是妇女。他们是林三与钱家的死对头。我肖三的脑袋既不想让日本人的洋刀砍掉，也不想让宋家的屠刀砍掉。把他们逼得没了活路，啥事都能发生。那些人，大牲口都能宰，宰个人又算什么！大不了上梁山。从这儿放马，一宿就是游击队出没的地方。

　　肖三啊肖三，不能让他们看出你跟谁靠得近，又得让他们觉得你还有用。只有你和那下层人保持联络，跟日本人也能过话，两边才不会抛弃你。乱世之秋，乱世之秋……

　　正当肖三想好了怎样应付林三的时候，他听到廊里一声咳嗽：

　　"三哥，你还忙着吗？"——林三来了。

　　"快快请进吧，看我怠慢了你。"说着，警长迎了出来。

48 坨乡二奸

"三哥，我早就应该来谢你——"林三欠身给警长斟了一杯酒，"我们茨坨这地面这么平安，我的油坊能正常地运转，这都亏你呀。"

"这也要靠县里小原常派宪兵来巡逻。"肖三知他是铁杆汉奸，便出言谨慎。

"别提那宪兵队，小北河还在县城边上呢。宪兵队的眼皮底下，粮店不照样让饥民给抢了。茨坨集上市面繁荣，连小原都夸你安民有方。"肖三心里明白，小原是否说过，谁也不知。林三这样讲，与其说拍他的马屁，勿宁说是在暗示自己能听到小原的话，抬高他的身份。

"喝酒，喝酒！"肖三故作喜色。

"要应付各类人物，在穷人和富人、日本人和满洲人间周旋。兄弟知道，三哥你累呀！"林三一饮而尽，拍了拍警长的肩膀，"我真想分担一下你政事的劳苦，你也该歇到我油坊里，喝杯茶，看看账目。嫂子在家，日子很苦，四十来岁的人了，你让她拿点红利过几天舒服的日子。"

肖三心头一愣，这小子要当警长？还提出交换条件。他极力掩饰自己的心情，夹一口菜，悠悠地说：

"真是的，你年轻，到我这年纪是有点累，也许该想个退路了。"

"三哥，你想到哪儿去了！"林三大笑，呛着了，竟咳起来。少许，他一面用手帕擦嘴，一面亲热地说："傻哥，你以为我是想逼宫吗？我不过想和你配戏，做个帮衬。你想，钱至仁那老东西，唯利是图，懂什么武功文治，王道乐土。他若是换成我，我们一文一武，茨坨还不治成个王道乐土的模范！"他略停片刻，望着肖三，才换了语气，"不过这事也就咱俩说说，谈谈抱负而已。那镇长，大小是个父母官，哪里是咱哥俩定的。我说这话，你心里有数就行了。也许哪一天，小原召你，在他面前能替我美言两句。"就这样，林三自然而又亲切地表达了他的意图。

　　肖三微笑地望着他,的确,他没想到烟馆林三有这么大的胃口。想不到是很自然的,俩人虽然都是汉奸,性格截然不同:一个进取,一个保守;一个张狂,一个狡猾。肖三点了一只烟,递给林三,林三不抽。警长想,比起钱至仁来,对于我肖三,他也许不是更糟的一个,何况有油坊的红利。话说回来,他知道,乡民对他们两个都很憎恶。百姓恨他们,如果让他们想到这与我无关,对我肖三也不是件坏事。凡事你不要积极出头,也就是了。也许不像我刚才想象的那么严重。何况,这不过是两人私下里的交易,谁知道小原怎么想。

　　于是他说:"这事我们兄弟俩就议到这儿,到时候如果小原征求我的意见,哥哥定会为你使劲。"

　　"一言为定,为我们合作干了。"俩人笑迷迷举起了酒杯。林三脸红起来,有点醉意地拍着肖三的肩,

　　"三哥,放心,你那位置,没人能替代。你想,你和二哥都是行伍出身,受过正规训练。十里八村哪个能行?"

　　"是啊,如今我和二哥是各为其主了。"肖三心想,这林三没忘记揭我肖家伤疤。于是他不软不硬地说:"日本人跟你我一样,不怕东北军,怕的是义勇军。那抗日的义勇军,他们可都是宋家的人。"两人便哈哈一笑了。

　　原来肖家堂兄弟六个,老大在家种地,老二是东北军军官,老六是念书人,无所事事,他们仨是一家。肖三、肖五也是堂兄弟,老四与老五一家,早年出走当了和尚,不知去向。

　　"三哥,还有一件小事,"林三夹起一粒花生米,停下了,"叫五哥(肖五)给丁盛过个话,到我那儿去做工。帮我劝劝那些婆娘别闹事,也就是打个更,只有对那抢劫放火的才用得上他的拳脚。"

　　"好说。"肖三满口答应。他也早想找个机会把这刺儿头弄远点,"丁二在你家护院,不管咋说也算有个固定收入。遇见他妈,我也劝劝。"

　　"三哥,我还想找个院子把戒烟馆往坨镇推一推。"

　　"兄弟,这事怕难办。"肖三早有戒备,"你想,这儿多是佛教徒,他们对教会那烟馆恨之入骨。"

　　"三哥,"林三压低了声音,"你以为那鸦片是教会弄的?教会演的角色你还不知?他们拥护满洲国,又要当善人,用戒烟馆减轻它的危害,也算是和日本

人合作。那卖烟的真正的老板是日本人。他们是什么商社谁也不知道,跟我打交道的全穿便衣。连小原也不敢过问,只管放行——那来头大着呐!你我要想保住这八斤半……"他指了指自己的脑袋,"还是不知道为好。"

林三说的是真的。在侵华战争期间,日本人为了筹措资金,除了残酷掠夺占领区的财富之外,还从事走私、贩毒、倒卖军火。其中最大一项就是贩毒。所得收益用于军费和伪政权的开支。日本宏济善堂的负责人叫里见甫,就是专门干这事的。里见是日本大特务,有"鸦片王"之称。日本战败后,他作为甲级战犯被起诉,但由于美国政策的改变,他竟然被释放了。

实际上,这件事受到很多专家学者的重视。由于里见甫在日本投降前解散了"里见机关"这一特务组织,还精心销毁了大量文件,致使证据缺失。

但是,2007年,日本英文版《日本时报》在头条发表了一个消息,说是在日本发现了标注"机密"的重要历史文献——《宏济善堂纪要》。这份21页的文件原存于东京国会图书馆。它清晰地记载了宏济善堂经营鸦片贸易的范围、来源、收益和操作。日本人在华贩卖鸦片规模之大达到惊人程度。仅1941年这一年(也就是林三向肖三提出把烟馆扩大到坨村这一年),它向沦陷区中国人卖出了222吨鸦片,获利3亿元(当时的货币),这相当于汪精卫傀儡政权一年的预算。

宏济善堂的鸦片有三个来源:利用伪蒙、伪满政权强迫当地人种植,从伊朗购入和在台湾种植。

肖三听了林三的话,不禁暗自吃惊。作为警长,他再也不敢在群众中说起反对吸毒的话了——亡国奴的滋味就是这样。

他在送走林三之前,不无感伤地说:"老弟,你说那在你家油坊参份子(入股)的事,我真得让内人办一办。不知哪一天游击队干掉了我,她们娘儿几个也有个进项。"

"好说,好说。"林三满口答应。

这就是水石先生去见了因和尚那天发生在警察所里的故事。那天,水石先生从了因的禅房里出来,一下庙台岗见到了在警所里打杂的肖五。肖五说,林三来找他三哥,没什么好事,还是不听为好。那是我六岁那年的初秋。月娥已经去当修女了。

49 英子姑姑

爷爷有个坏习惯，早晨起来不吃饭，先干活儿。一切收拾停当之后，他坐在肉店里，烫上一壶酒，由妈妈送上饭菜来，此时集上也开始上人了。这一日，我和爷爷看铺子，妈妈来时我已暖好了酒，正给爷爷抓背。妈妈进来笑了，看这爷俩，还真是一对好搭档。爷爷说起瞎子讨宿的事，妈妈不高兴，说被褥都是新拆洗的，岂不让他弄脏了？爷爷便说："让小四（我叔）把这行李夹回去，把那旧毯子拿来，给他压压脚。我看瞎子媳妇给他做了件棉袍子，这炕烧热一点也能猫冬了。他走后，把那罩子洗一下也就是了。"

原来瞎子何三家住外婆家的河东村，出来算命难以归家，便四处讨宿，舍不得花钱住小店。我家肉铺靠里边有个腕子炕，与火墙相通，挤一点可睡俩人。平时闲着，冬日生火为屋子取暖。瞎子相中了。

"瞎子闯祸了，"妈妈笑着望爷爷，"英子来找我哭着说，她爹教训她，还要赶她走，我问为啥？她说就因为瞎子算命说她命中富贵。她说要去跟肖六学认字，这一下把他（指我）大爷惹恼了。"

这时候卢婶提一壶开水进来了，妈妈接过来给爷爷沏壶茶，炉子上盒里的饭菜也热了。我给爷爷端上来，虽然早上我已吃过，但妈妈还是怂恿我陪着爷爷吃。妈妈又接着说："你知道他大爷最讨厌财主，一听说她要跟小六子学字，气就来了。英子还顶他，说她一个大字不识，将来干啥？'把儿子放走了，让我跟你学打铁？'这句话把他噎住了。"

爷爷端着酒盅乐，"南甸子我们哥几个中，铁匠最倔，见我嫂子对他像耗子见猫。大侄出走，和他的脾气也有关系。唯独小英子不怕他。"铁匠大爷是爷爷堂兄叫长江。

"可不是，身边就剩这个老女儿了。他大爷也怪可怜的……"

"他那徒弟倒挺好，人老实又能干，"爷爷说，"大哥像儿子一样待他。

钱寡妇感激得不得了，一提起来就流眼泪。前两天还称了点肉，说是给大哥过生日。"

"那个偃老头没去——"卢婶接过话头，"英子说的，生日那天她在饭馆给爹要了碗饸饹面。下晌老头没打铁，出去了。女儿老远跟着，看她爹坐在妈的坟边抽烟。"

"英子最近常去你那儿？"妈问。

卢婶点头，对妈说："走，到我那儿坐坐。"妈便拉我去了，临走时还说，散了集让我叔把行李拿回去。爷爷答应了，自个儿慢慢喝酒。外面扬起雪花来。妈问起柳三，婶说到外屯帮人串场去了。

卢婶的茶馆里很暖和，早上没有茶客。她们聊起家常，接着刚才的话茬，讲起在爷爷面前不便言说的儿女情长。

"英子喜欢上了肖六，"卢婶这样开头，"还托我递话探风呢。"

"他大爷挺喜欢那徒弟……"

"英子看不上他，别看人老实，忠奸不分，窝囊货。"

"肖家那公子哥靠得住吗？他家能答应？"妈担心地问。

"难说，虽说老东家和太太过世了，可他的生母，那容氏二奶奶也是个讲门第的人，刁着呐，到哪儿都摆她的谱，就是那种心理，很怕人家看不起她是二房。"

"嗯，小六又是个孝子。"

"是个孝子，也是个情种。你没听街面人说他怎样监工拔草？"说到这儿，两人都笑了。

我们家乡在大田里锄二遍草的时候，财主们都爱雇女工。这项工作包括除草、剔苗和松土保墒，需要弯着腰，男人耐不过妇女；女工都拿着韭菜镰子蹲在地上干，效率高。肖家，那是前几年的事，老太爷还活着，他让小六子（才十四五岁），去做监工。可是他从不去检查除草的质量，却跑跑颠颠地给女工们提水，还坐在树下给她们念唱本。打头的（领工）说到点了，他还让她们再歇一会，把这段唱完……妇女们便嘻嘻哈哈地笑。有那泼辣的媳妇，便在他的脸上拧一把说，我不要工钱了，到我家给我打洗脸水，唱小曲吧。直到大家都蹲下去，地里还一片笑声……

妈妈和卢婶正聊着,英子姑姑挎一筐木炭进来了。她见妈妈在这儿便喜盈盈地叫嫂子,放下筐把我抱起来。她身上一股寒气,红扑扑的脸有点凉。

"他大爷这几天咋没过来?"

"活忙,冬天挂马掌的多,来春人家订的铧子还没打完。这不,我给卢嫂送点炭来,待会儿还得回去拉风箱呢。前两天爹过生日,小四(我叔)送去的绿豆糕还没吃完呢,他心情不好……"

"又想大娘了,老公母俩一天生日!现在剩了一个人,这人老了不能没老伴儿!"母亲感叹说。

"也在生我的气,就为我要学几个字。我要不学点写写算算将来让我抡大锤呀!这就说我顶他了……"

这时,肖六叔进来了。他摘下帽子抖抖长袍上的雪花,也不与妇女们招呼,却弯下腰来,冲着我:

"春眠不觉晓,"

"处处蚊子咬。"我乐着答。

女人都笑了。

"小六,你就这样教我孩子?"妈嗔他。

"你问他。"

"在剃头房学的。"我得意地说。

"喜子灵着呐,会好多唐诗,全本的《忆真妃》都能背。"

妈妈见人夸她孩子,喜形于色,忙说:"咱们得走了,家里还好多活儿。"说着,她扯着我。

"喜子可别走,帮姑姑记词儿。"英子姑姑拉住我,又神秘地说,"过会儿跟我到家去,让大爷给你做冰车。"我高兴极了。英子姑姑真能猜到我的心思:这些天我最想要的就是冰车。我兴奋地靠着英子姑姑,催妈妈回去。卢婶和妈妈都笑了,说英子真有手腕。

妈妈走后,卢婶给肖六沏了一壶茶。肖六从袍子里掏出了唱本,对英子说今天咱们学一篇新的。你先背会前面的一小段,那里面有二十几个常见的字。姑姑便解下围巾坐了下来。

那年月的唱本多是很薄的几页纸，有一张粉色的皮，常和黄历、年画一起卖。卢婶说："老六，你那次说的《得钞傲妻》常用的字就挺多。"

"六哥，我们今天学哪篇？"

"《黛玉悲秋》，这一篇也是韩小窗写的。"

肖六清了清嗓子，得意的念了起来："大观万木起秋声，漏尽灯残梦不成……"

英子姑姑的眼睛亮起来，那时候《红楼梦》的爱情故事家喻户晓。

观察十里八村财主们的家世，可以看到这样一个规律：先辈创业，或勤俭持家残酷剥削，或挖专取巧经商走俏，或做官为匪黑道白道。在发家致富之后，到三四代准出现叛逆的。他们可分为三种类型：一是吃喝嫖赌吸鸦片，成为败家子，如小翠的爹；二是沉溺于传统文化，由儒而道而佛，或耽迷曲艺做一个男扮女妆的票友，如之前我介绍了周子休，还有此处的肖六；那第三类是走上革命道路的人中精英，如周子杰。

如果我们将那第二类由富家子弟放大到国家的贵族，现实的例子便是清八旗子弟，他们有文学修养，过着优游的生活，在消遣中施展自己的艺术才能于是便创造出一个俗文学的流派——《清音子弟书》。它的发祥地有两处，北京和我老家沈阳。严格地说，这子弟书不同于一般的鼓词，它吸收了中国诗词语言的技巧，讲究平仄调谐和音节韵律，词藻也很华美，名符其实雅俗共赏。市井小镇的人都喜欢它，肖六便拿它作教材，教老姑认字。

要问英子姑姑为啥也同意用唱本认字，原因是小学课本"人、手、刀、口"太简单了，她早就认得，学小孩书有伤自尊；至于《三字经》之类，又太枯燥；唯独这子弟书有人情故事，念起来押韵又动听，很好记。学习步骤是，先背下来，然后对照记得的音一个字一个字地读写。这方法不失为成人识字的一条捷径。当然，英子姑姑选这些唱本，也有她的心爱，如罗松窗的《鹊桥密誓》、韩小窗的《宝玉探病》，这些催人泪下的爱情故事都不乏海誓山盟柔情蜜意。那是何等有力的情爱的催化剂呀！而且故事中的许多处都给教学双方留有余地，留有自由提问。自由阐释和自由想象的广阔空间，便于她们寻章摘句，旁敲侧击，捕捉对方的心理，窥探情感深处的秘密……

姑姑没学多少时间,我们就走了。家里有活儿,而且茶馆也上座了。

雪越下越大了,街上出摊的人已摆上床子,零零星星赶集的人也上市了。英子姑牵着我的手,脚步很快。她把围巾裹在我头上,口里还喃喃地背诵着,"人间什么?""人间难觅相思药,天上应悬薄命星。"我答。"薄命星,薄命星,"她抖着我的手,嘱咐说,"大爷要问我们在哪儿,你顺着我的口气说。"

我脑子里想着冰车,便连连点头。

50 铁匠大爷

我和英子到她家时,大爷正在给马挂掌。姑姑向我递了个眼色,匆匆走进屋去。我围在大爷身边操着手左旋右转,观察铁匠的手艺。

大爷的铁匠炉在骡马市旁边往北街去的道上,地势比较高,属于庙和学校这一块台地。它的门朝西,前面有个小空场,场上立着两个门形的架(夹)马桩子。那样子有点像学校里的双杠,只是比它高大许多,能容下一匹马,事实上它就是用来捆马腿的。

那是一匹灰马,我认识,钱家的,钱小三和二秃叔遛牲口的时候我还骑过。马的三条腿捆在桩上,头也被仰起拴在木梁上。马的一条后肢夹在大爷的右腋下,小腿被大爷搬起担在他微屈的右膝上。他的左手紧抱着马蹄,右手握一柄弯刀削那蹄壳。雪落满他的毡帽和肩背,他呼出的热气在胡子上结成白霜:

"站远点!"他叫着。我转了一个小角。

过一会儿他又叫:"去!"

我飞快跑进屋去,见钱小三一面拉风箱,一面和干活儿的哥哥得福谈家事。我拿一只蹄铁跑出门,得福也跟了出来。大爷接过我递上的马掌在蹄上比了比,又唤徒弟:"来试一试!"

得福便接过马腿,将铁掌在蹄上把试起来。

挂马掌可不是一件简单的技术,想必人们能够理解此事成为铁匠专项技艺的原因。首先是削马蹄,蹄壳既不能削得太深也不能太浅:太浅,蹄铁容易脱落,要知道蹄壳那是不断生长退化的机体;太深,对马蹄有伤害。在骡马市上,大爷一眼就能看出哪匹骡马的瘸是因为蹄铁钉得不当,而不是腿有毛病。驴马贩子老秦有时便拉着大爷到牲口市转转,他会因此而捡到一点便宜货。其次,蹄底要削得平。这个"平"可有点讲究,那不是一般理解的平。我们知道,马蹄着地时,它的趾面与地面是有一个角度的，而且前后蹄并不一样。这里所谓的"平"，是指马在自然站立时，蹄底各部受力均匀。可是话说到这儿，读者会问，难道二十世纪的前叶，一个乡村的铁匠会有什么仪器来衡量一匹马蹄底的受力吗？当然不能，但这个受力问题确实存在。这是乡民们付出了许多痛苦的代价感受到的。他们常常给铁匠点一袋烟，在那皱巴巴的脸上现出讨好的表情，恳求说："师傅，蹄儿可要削平啊！"平，那全靠铁匠的经验了。往往是这样，铁匠削了几下之后，便放下马的小腿，让牲口站在夹桩下的石面上，观察蹄腕自然弯曲的程度，觉得不合适再来修正。当然这里说的合适与否，是铁匠看出来的，并不是马的感觉。这与一位靓女在鞋店里试鞋，站起又坐下，坐下又站起，将秀足儿左右摇摆，察看鞋的式样和镜中的影子，体验脚上的感觉是不一样的。最后，也是很重要的，是试那蹄铁与削过的马蹄是否吻合，这包括轮廓的大小以及贴合的程度。如果不合适，再回火轻轻地锻打修正。大爷做的U形蹄铁宽、平而厚，不易碎裂，方圆几十里的农家都愿意到他的铺里来挂马掌。

徒弟认为校过了的蹄铁很合适，便抱着马蹄用马掌钉钉上了。马掌钉想必大部分城里的读者都未见过，它很粗糙，长不到一寸。与一般钉不同，它是扁的，帽儿也是尖的，如此它才能钉进冻土地。马掌对于在中国北方出力的马匹十分重要，而它在比中国更靠北的俄国更受到重视。那里有一句谚语，叫"把四蹄钉上马掌"，意思是对要办的事抓紧抓牢。可见，不同的民族都有对敬业者的赞许和鼓励。

铁匠大爷看我大冷天不去屋里烤火，却冷呵呵地流着鼻涕，袖手耸肩地围前围后地观看，便拍着我的头感叹地说：

"咱们南甸子宋家的后生，要是都像我孙儿这样，就有希望了！"

所谓"南甸"、"北甸"，是宋氏以坟地划分家族分支的一种称谓，南甸是老坟，北甸是若干代以前分出去的。分坟还有个规矩，至少要以前三世立祖坟。那时分出去的是宋家的富户，后来子承父业，北甸的富人也就多了起来。穷人生前买不起茔地，死后自然也就挤在老坟里。渐渐地，南北两甸成了贫与富、工匠与财主的代名词。（家族中还有南店北店的说法，指宋家开了两个大车店，但我宁愿这样说，觉得更为贴切。）十里八村，遇到择亲嫁女，一提起宋家，那些做母亲的妇女便要交叠起她们扎着裤脚的弯腿，翘起尖尖的小鞋，把长烟袋在炕沿梆上扣上几扣,扑叽,吐一口口水,探出下巴,压低声调,诡秘地问道:"他大婶,你说那宋家,是南甸的还是北甸的呀?"

当媒婆把这问话传过来的时候,祖坟处于南甸的宋家小伙顿时便会感到千钧压顶,贫穷的屈辱折磨着年轻人的心。

当年,不幸的铁匠大爷就是其中的一个。大爷排"长"字辈,名江。那时候,他身强力壮,一手好技艺。他爱上了一个南三台林家财主家的姑娘,那姑娘也很爱他。他给心爱的人打了一把小巧的剪刀,可是在重压之下,那姑娘终究没摆脱家庭的羁绊,却用那小剪刀剪断了他们的情丝。后来她成了钱家大奶奶,没随娘家信教,做善事而郁郁寡欢。特别是男人钱至仁娶了二房后,她那破碎的心皈依了佛门,虔诚地信起菩萨来。后来铁匠大爷娶了一位温顺的农家女子,那年她有病,瞎子何三预言这位比大爷小六岁又与他同日生的奶奶,会与他相濡以沫白头偕老。可是他只说对了一半,过了两年,她便离他而去了。

大爷恨财主恨钱家还有一个原因。我出生那年的冬天,一个风雪夜,来了一伙武装。五个人带了六杆枪六匹马,两人放哨,把铁匠大爷家爷俩叫起来了,让他们给牲口挂掌。直到后半夜才离去,走时,说给大爷一匹马,不过得让这小伙子送一程。大爷认为这是做人质怕报官,只好叫儿子跟去,谁知竟一去不返。过了两天,警察所把大爷传了去,问他儿子跟那伙人跑到哪里去了,大爷实言相告,并说要找掠去他儿子的人算账。警长(那时还不是肖)便大声呵斥说:"那伙人是在河西被打散的抗日军,你不报告还给他们钉蹄铁,儿子还跟了去,你们家都是反满分子。"就这样,大爷被关了两个月。后来警察实在找不到那伙人与铁匠有联系的线索,宋家又花了一些钱走动,他们才把老人放了。事后知道,这是钱至仁家告的密。对这事村人有所耳闻,以为是土匪,但钱家有人在县里混事知道是抗日游勇,巴不得告密邀功。

英子把爹接回来之后,悄悄告诉他,哥哥把娘留给他的金锁和玉镯也带走了,可见他是有意出走的。哥是想报国,他不会走歪路。听了这话,大爷的心宽了些。我这烈性子的叔叫承武,后面我还要专门讲他。

东街钱寡妇的死鬼虽然也是钱家的本家,但他并不富裕,家里有六亩地。男的死后,因借钱至仁的高利贷,那地便被钱家拱了去。大爷因寡妇受钱家欺负与她同病相怜,便收了她那大儿子当徒弟,算是有了个帮手。那时寡妇还有个小儿

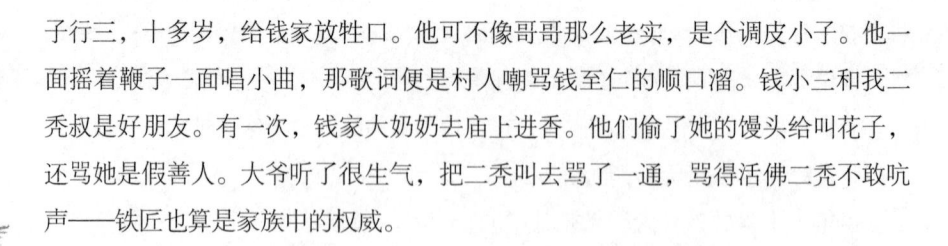

子行三，十多岁，给钱家放牲口。他可不像哥哥那么老实，是个调皮小子。他一面摇着鞭子一面唱小曲，那歌词便是村人嘲骂钱至仁的顺口溜。钱小三和我二秃叔是好朋友。有一次，钱家大奶奶去庙上进香。他们偷了她的馒头给叫花子，还骂她是假善人。大爷听了很生气，把二秃叫去骂了一通，骂得活佛二秃不敢吭声——铁匠也算是家族中的权威。

马掌钉好了，钱三说："大叔，东家说了，挂掌的钱从我妈欠东家的钱上扣，唉！这老畜牲刁着呐……"

"师傅，"徒弟得福嗫嚅地说，"要不，从我的工钱里扣吧。"

"不行，"大爷一面吸烟一面斩钉截铁地说，"宋家不管你们钱家的事。小三，你东家离这儿不远，你跑回去拿钱来，马先在这儿拴着。我点一炷香，香烧完了不见钱，我就把牲口解开，拉到骡马市去。"

"好了，就这么定了！"钱三扣上帽子走出去，但他没有急着跑，却乐滋滋晃悠悠唱起小曲来……

大爷叫徒弟把牲口解开遛一遛，别冻坏了。

这时候得福叹气说："唉！我妈……"

"得福哥，你老是怕，"英子姑一摔帘，从里屋出来，"你怕什么，钱至仁能把你妈吃了？他那高利贷把你家地都霸去了，你得想法和他斗，你越怕他越欺你。"

"他是个孝子，想他妈为难也是自然的。我还没问你，给茶馆送炭这么长时间？"

"我到二叔那坐了会儿，喜子缠着我要冰车。"姑又向我挤了挤眼。

"你要冰车？"大爷亲了我一下，把我举起来，我点头。他笑起来，"我给你做一副冰刀，两个支冰车的签子。你得让胡四伯打个木板，把冰刀钉上。"

我见大爷要给我打冰车，心里乐开了花，便支持大爷说："我爷爷算叫大冤家（钱至仁的绰号）欺负苦了，成年买肉不给钱，弄那烂折子记账……"

"好样的！"大爷笑着夸我有反抗精神。

英子姑又把我抱过去，亲了一下，我知道这是给她打掩护得的奖。

又过了一会儿，大爷说："到骡马市去！"

"爹，你真想卖那马？使不得！"

"我知道，臭一臭那姓钱的，我可不想跟他打官司。再说，谁敢买他的马？"大爷笑了。这时，钱二皮喘着气跑进门，把钱递过来。

"大——叔，这么几个小钱儿，你就那么认——真，你老的铁匠铺——拉不开风箱了？"他油嘴滑舌地断断续续说着。二皮是钱家跑腿的，是个痞子，街面人因他依钱家势力欠债不还而叫他"二皮脸"。

"牲口在外面你牵回去，改日来喝酒。"

"让我喘喘气。大叔，还是你这屋暖和，明年冬天我来学打铁。"

第三天，英姑还没学完《黛玉悲秋》，我已经到泡子里去划冰车了。这是我五岁那年冬天的事。

那冬天，侯五背家一个老太太，丁盛担回一个大姑娘。驴贩子老秦也来钉马掌，还悄悄告诉了一些我叔承武的消息。有关这三个人的故事，我在前面都讲过。

51 容氏夫人

肖家二老太太容氏出身于没落的满族，聪明伶俐、能写会算。老爷在世时她都管着半个家，只是在大太太生的小姐出嫁前敛着锋芒罢了。老爷的长子，肖老大，四十出头，是个老实人。如今小家四口人在西院的五间瓦房里住，就是胡四当年做木匠活儿的院子。那本来是给肖二准备的宅地，他随少帅进了关。老大是个庄稼把式，只带长工干活儿，管家的事便全靠二妈了。

我六岁那年，农历八月，中秋节的前一天，下晌，太阳从西厢房的顶上透过明亮的玻璃窗，照进肖家五间正房的东屋外间。那是肖老爷在世时理家的地方，也是客厅。老爷和太太前些年先后故去了。二奶奶容氏，也就是肖六的亲娘，那年她四十来岁，独居在东屋的里间。这一天，二奶奶盘腿坐在北墙下的腕子炕上，在炕桌上翻着账本打算盘。八仙桌上摆着简单的茶具，间壁墙下有一领老式的柜子，上面摆着放大了的照片，镶在镜框里。那是老爷和太太生前的相片，在小桌的两侧端坐着。相片前边放着一个铜制的水烟袋，擦得铮亮，在同样铮亮而别无它物的红漆柜上很显眼。容氏巧妙地利用了照片和这摆设，巩固了她的统治地位。老爷子生前寸步不离、端在掌上的水烟袋成了镇家之宝。

太太合上了账本，拿起一串玉石珠子，在手里掐着，略作思量，便唤胖妞去叫肖五。胖妞到警察所没见到，便拐到大有店让艾五去找。艾五正在给牲口添料，瞟一眼左右没人，搂住妞要亲嘴。这动作令槽头的大叫驴看了心烦，嚎了一嗓子。胖妞一惊，在艾五的大腿上扭了一把，一甩辫子走了。

半个时辰之后，肖五到了。他先给二大娘添了茶，问了安。二奶奶叫胖妞端个凳子，抓把枣子，娘俩聊起来。二太太先问侄媳妇的病有什么起色，肖五说还那样。太太便说回头端两升豆子去磨点豆腐，将养将养。说到这儿，容氏又问起儿子来——

"小六子还常往茶馆跑？"

"没有。"肖五答得倒爽快。

"你给我盯着他点，那酒饭茶肆的地方让他少去。我们是什么人家，前程要紧。唉！"二奶奶不说了，吸烟。

肖五连声说是。

过了一会儿，她若有所思，又像随便似的问："听说宋铁匠那丫头也常去茶馆？小六还教她念唱本？"

"不过偶而问几个字，六弟哪有功夫？他有时逗逗肉铺小子，教他几句唐诗。"

"不说了，在街面上有点人缘也好。我今天叫你，是要你拿折子到宋肉铺称二斤肉，家里过个节，再去福盛兴买两盒月饼给你三哥。他八月节回家不？"

"怕是回不去了，县长小原发火了，出荷的粮今年又加码了，他得带人去催。"

二太太所说肖五的"三哥"就是警所的肖警长，他是肖家的本家，在外屯住。

"过了节让他抽空到我这来一趟，我有事。"二奶说完从抽屉里拿出两个折子递给他，"你回去吧，所里也忙。对了，别让嘎子带肉铺小子到场院去翻苞米垛，更不要放炮。"

肖五走了，太太越想越心烦，便又敲桌子，胖妞又走进来——

"去把你六哥给我找回来，一天不着个家。"

胖妞在外屋抓一把盐豆子，便出去了。

那天正好妈带我换爷爷看铺子，胖妞一进门便在我手上塞了一把豆子，小声说："喜子，你去茶馆看你六叔在不，太太叫他回家。"我磨身出门，她又在后边叮嘱，"去里屋。"

过了一会儿，我回来说不在，她又让我去剃头房找。妈不高兴说："胖妞在财主家呆惯了，学会支使人了。"

胖妞便撒娇，"二嫂，我怕英子姐看见，那嘴刁。再说，剃头房那帮人爱拿人逗闷子。"

"还不是怪你，"妈说，"早点和五把事办了，也省得人说闲话，那草垛有啥钻头？"

胖妞脸有点红了，说妈刻薄，接着又辩解说："是妈不松口，也怪艾五不争气。我让他出去，他就是不动，这茨坨有啥混头。"

妈便笑着说："他是怕他走了你又跟候五好了。你也怪，怎么专跟五拼上了，咱家的四儿哪点照他们差？"

"哟，小四儿有你这样的嫂子，什么天仙找不到？"胖妞找到了一个反唇相讥的机会。在乡间，有时姑嫂间的调笑是饶有兴味的。

我去徐伯的理发店见六叔正与他们讲古论今，便传了话。六叔拍着我的头说"听到了"，却没动，却从袍子里掏出一篇唱本，叫我交给英子姑。这时，刚剃完头的艾五跳了过来，在我耳边嘀咕了几句，我乐了。回铺子我便对胖妞说，六叔在独一处二楼的单间里吃酒，叫她去问话。胖妞不情愿地甩着辫子去了，我痴痴地笑。妈猜到了我让人当枪使了，厉声说："就知道胡混，还不去练算盘，晚上叫你叔打你。"说着，从我手里夺过唱本摔在地上。过了一会儿，我正打算盘，胖妞蓬着头进来，在我脸上扭了一把，走了。母亲叹气。

肖老大坐在板凳上闷头吸烟，肖六跷着二郎腿嗑瓜籽，不时瞥一眼坐在对面满脸愠色的母亲。

容氏把账本推到哥俩的面前，发话了："看你们哥俩，一个游手好闲，一个低头死干；一个逛到半夜，一个倒头便睡。家里的经营谁也不盘算，你们看看。"她用纤指弹了弹账本，"去年这一年直到今年上半年，我们出了多少荷，余了多少粮又欠了多少债？这样下去还能撑几年？祖上的家业怕要败在我的手里了，老爷死得太早了……"说到这儿太太面有戚色，"你们得想想出路，想想来钱的道儿。妈是个女人，守这摊子已经不易了。"太太停下了，哥俩还是没有回应。他们知道，精明的娘，每逢想出一个什么招数，总是先把难题摆在他们面前，引而不发。直到哥俩无可奈何，再指给他们致富之路。可眼下能有什么办法？在当今的世道下。

"看看人家钱家，"太太忍不住，开始点题了，"这几年兼并了多少土地！单是宋家坟周边就有十几垧。"

"咱们能放那高利贷？干那断子绝孙的事？"肖六发言了，在家只有他敢顶撞亲娘。

"我们就是有钱放出去，也要不回来，人家有势力。"老大扣了扣烟袋说。

"你算说对了，有钱就得有势护着。老爷在世的时候比谁都清楚这个，为啥让老二跟了大帅,肖家族中惟一个精明人,而今败走他乡。"说到这儿,太太有些感伤,沉思起来。老大无言,小六悠闲地嗑着瓜籽。

"话说回来,这势也是谋来的,"太太放慢了语调,若有所思地望着窗外,"我想给小六在县里或是镇上找个差事,趁你三弟当警长还能进言。卖几垧地,疏通疏通。"

听说卖地,老大的手突然抖了一下,嗓子咕咕的不知要说什么。倒是小六正色说道:"你让我当汉奸?"

"混账!"娘火了,拍着桌子,"满洲国也是我们大清的脉。你不做事,整天在女人堆里混,总有一天演个《红楼梦》。"她向亲生的儿子发威,也是说给老大听,"你不卖地,过两年都给钱家霸去。你们不看看,他钱家的地不比我们少,去年出荷连我家的一半都不到。还不是那钱老二当着税务官?你们都下去吧,也是长心长肺的人。"太太说罢,转身进了里屋。

哥俩走出去,到了房门口,老大流着眼泪:"我们庄稼人没了地,可咋活!"

52 才子肖六

独一处是个饭馆，在十字小街西南角上，隔路东邻徐伯的理发店，北面爷爷的肉店，斜对个便是胡爷爷的干菜铺。这四家卡着坨镇中心十字路口，用现在的话说那是黄金地段，往西百余步路南便是警察所。而独一处，馆如其名，堪称鹤立鸡群。因为它是个砖木结构的二层楼。人们便昵称"何二楼"，一语双关，你可以理解为何二家的楼，也可以理解为何家的二楼。它的门斜向东北，在我的记忆中留有深刻印象的是那分列两侧高高挑起的酒幌。两个箩圈上面，三根绳各系一串绒球结成锥形，下面缀着一些花花绿绿的布条。从我记事的时候起，它就是这个样子。这罗圈幌虽经风雨剥蚀、烟尘污染，有些乌暗，但它还是不知疲倦地在风中飘摆，欢快地舞蹈。远远望去，它使人联想起那贫困潦倒的街头艺人，虽然衣衫褴褛却还花枝招展。门脸上方是水石先生撰写的"独一处"三个大字。每逢集日，在这字迹苍劲的牌匾下面，便会踱出一个伙计。头戴小帽，系着围裙，抖抖擞擞，用那嘶哑的嗓音招徕顾客，不时地还使出数来宝的技术播报花哨的菜名——这其中就有宋肉铺的血肠。

独一处的掌柜三十多岁，是个极随和的人，跟谁都能谈得来。按心理学家的说法，性格这东西一部分是先天的、一部分是后天的。何二的好脾气与他的职业有关。你想啊，南来北往的顾客，五行八作、三教九流什么人都有。酒过三巡、菜过五味，兴致来了，什么话不说？这时何二便走过来，有时也被唤过来。他要随机应便，为乐者助兴，给愁者解忧。

这一天，肖六来喝闷酒。肖六是何二的好友，何二欣赏肖六的文笔，请他来兼管账房。但肖六只帮忙，不受聘，何二只好以酒食相待。出于爱好，也是为了附庸风雅招徕顾客。在雅间里，何二请肖六写了《胡大川幻想诗》：

……倒影中间万象呈，思偕列子御风行。上穷碧落三千界，下视中华二百城……

这位穷困潦倒的孝廉为后世子孙留下了多少浪漫的幻想啊!那些过往于小镇的官宦商贾、得意失意的仕子,他们在酒酣耳热之际,望着墙壁上肖六的流畅的行草,不免要以箸击盏,摇首吟哦:

好花常令朝朝艳,明月何妨夜夜圆。大地有泉皆化酒,长林无树不摇钱。

他们赞叹坨镇果是卧虎藏龙之地。这时何二便会殷勤地走上前来,问客官是否添上河村的鲶鱼汤?那鱼便是我渔夫姥爷送来的。

肖六与何二在账房里对饮,肖六讲起家里的烦心事。妈和他哥俩谈话之后,过了两天,嫂子把他叫了过去,给他沏了茶,摆出嫂弟二人聊家常的架子。她先感叹老二一家没有音信,又念及太太不胜操劳,没有一个帮手,后来自然又提起给他成家的事。她夸铁匠铺的英子心灵手巧,模样又好,比娘看中的三台子财主林家的姑娘强多了。这时,肖六有点不耐烦,便催嫂子把葫芦里的药快点倒出来。

"哟——"嫂子点题了,"我这可都是为了你好。妈那霸道劲儿你不是不知道,要不分家啥事你能自己做主?这事不听听英子咋样想的?"

这时肖六才明白,哥回去说了卖地的事之后,嫂子定是想了分家这主意。

"那怎么个分法呢?"肖六斜眼望嫂子。

"那你说呢?"嫂子笑眼望他。

"按理,"肖六一揽袍子,跷起二郎腿,呷了一口茶,"明摆着我家是四股:娘、大哥、二哥和我。二哥临走有话,财产由娘管着,他那份自然托给娘了。现在娘老了,我是她亲生的儿子,要养她,所以呀,"肖六把茶碗一墩,"我三股,你一股!"

故事讲到这儿,肖六自己也乐了,夹一口菜,继续对何二说:"这回嫂子可真急了,骂我黑心。诉苦,说哥哥一年到头像牲口一样拼死拼活,妈还要卖地,供我这个游手好闲的人。她鼻涕一把眼泪一把,说哥那一支一大家子,几个崽儿不习文武,没了地以后可怎么过。唉!当时我真可怜她和哥,也可怜自己。"肖六无语,何二给他满了一杯。"我让嫂子宽心,说我劝妈不卖地,说现在要分家不是逼妈上吊吗！爹临死把这家这份产业托给她，爹知道她是个能干的人，寄托了家族的兴旺。还特别嘱咐了不要分家，哥不是就在床边吗？我，不是不能干事，我是不愿给日本人干事，让人骂。"

"老六，人得活着，"何二给肖六添了点酒，说起他的口头禅，"谁当皇上给谁纳贡，像你五哥说的。咱们百姓还不就像那母狗，军阀日本人是一群公狗。它们咬架为了争你，谁赢了你得跟谁配。警长你三哥要是能给你在县里找个差事，你就干呗。只要不欺压百姓，就算是为了你娘。这年头还讲什么气节。"

肖六有些醉了，目光显得茫然，不知心里想的什么。何二的话他似乎听了似乎又没听，忽然诵起胡大川的幻想诗来：

"寓形宇内复何常，几见乘龙入帝乡？须信朝荣还夕悴，妄分遗臭与流芳。"他拿眼盯着何二，像是叹，又像是问，"我到底是个废物！"说完，他便伏到桌上睡着了。

53 神秘过客

霜降后没几天,一个下午,我和叔看铺子,街上飘起雪花。我要叔叔弄两个土豆来到茶馆去烧,叔叔不动,让我回家取,说店里离开人,爷爷要骂。忽然英子姑走进来,抖着围巾上的雪,从怀里掏出一叠票子对叔说:"小四,去街上把你六哥剩下的烟都买下来。"

"老姐,你又可怜他了?那财主家的少爷就不能做小贩?"

"小四——外面下着雪,他还得给他妈买药呢!"老姑说着眼圈红了。

叔叔再不敢分辩,接过钱出去了。姑突然一屁股坐在凳上,伏向腕子柜哭了起来。我一时不知咋好,便从桌里抓了一把钱,跑了出去。姑在后面喊:"够了!"

我看到了肖六叔正站在东街的饭馆前边,戴一顶毡帽,穿一件长袍,袖着手,脖子上吊个烟贩的托盘,口里叫着香烟的牌子:"大粉刀,大粉刀。"这时,一个叫花子已先于叔叔从东面走到肖六的跟前,唱起来:

打竹板儿,脸儿朝西,眼前是位卖烟的。
卖烟的,好阔气,好像那南唐后主李皇帝。
李后主,可了不起,他不爱江山爱美女。
当了俘虏还叹气,一江春水东流去。
小楼昨夜又东风,不堪回首月明中。
明月照着牲口棚,牲口去了棚已空。
骡马进了人家槽,只有那,
野猫野狗老鼠狸子成了精。

这时,我走到跟前,只见乞丐眼圈乌黑,乱蓬蓬花白头发,一脸毛,高个子,背有点驼。一些赶集的庄稼汉聚拢来,看花子调笑财主,哈哈笑,风雪中也不觉冷。叔叔也乐了,但他还是对花子说:"去去,这烟我全买了。"可花子不动。六叔也瞟着花子,俩人似乎有些默契。花子继续唱:"眼下的事儿,可真新鲜,税官不当来卖烟。你东街卖烟来挣钱,却不知,卖你的正是东街那个'钱'。"

花子向肖六使了个媚眼,肖六木然。观众大笑,欣赏他语言的技巧和滑稽相。可六叔却明白其中的含义,"钱"指的是钱至仁兄弟。花子把两手交叉,竹板儿打了一个过门儿:

纷纭众庶总平生,何事愀愀叹不平。
你看那,今日南来北往的客,
可知道,明天钻进谁家的笼。
说什么,眼前的荣华和富贵。
到头来,不过是南柯梦一程。

这时,叔叔把钱塞到肖六口袋里,叫他去买药。肖六摘下他的托盘套到自己项上,径直向卢婶的茶馆走去。牛家的中药铺在庙台岗上,六叔风雪中且走且回头。花子还在后面叫:

不如我,一副褡裢肩上搭。
打着竹板儿走天涯。

闲人散去了,独我对说唱艺人有浓厚的兴趣,还仰面望他,但他却不想表演了。他收起竹板问:"小孩,哪儿的?"我告诉他,他笑了,"给一块骨头?"我咧嘴笑,他便随我进了铺子。我告诉英姑,六叔去买药,叔去了茶馆。姑点头,让我把钱放回去。奇怪的是,那人不拿眼选骨头,却盯着姑,摘下帽子抖着雪,弓身,问掌柜好。我忙说她是铁匠姑姑。那人眼一亮,又鞠躬,问姑娘好,铁匠大爷可好?一反叫花子油滑的常态,斯文地说:"姑娘,我在沦落到这个地步之前,养过马;去过您的铺子;蒙受大爷的照顾点拨,使我脱离危难,避免不少损失。大爷有恩于我,可是我愧难报答了。"说罢他再鞠躬,转身走了。我在后面喊:"骨头!"他不理,披一身雪花向村外走去。姑一脸疑惑。

第二天下晌，天转暖，雪很快化了，英姑来找妈说事。俩人坐在桌边，姑显得有些紧张。她先问三姐（我姑）的病，妈说好些了，在里屋睡着。

昨日乞丐走后，英子便放低声音讲了下面的事。我去茶馆和卢婶约了代卖烟卷的事。回家吃罢饭，天也黑了。雪还飘着，这时候外面来了一个人，牵两匹马，一青一白，说要挂掌。爹说天黑了看不清，那人恳求说要赶远路。爹便让我点上围灯，把青马拴上了。爹请他进屋暖和，他谢绝，牵着白马在门前遛。眼睛盯着南头空无一人的骡马市。我见客人是高个子，穿件灰长袍，长脸戴顶礼帽，眼睛有神，很斯文，也很气派。显眼的是，他斜挎着盒子枪，这年头绅士带枪，常事。

爹给青马钉完了掌，那人又去遛它，爹又给白马挂掌。雪一直下着，两匹都钉完了，那人不拴，马也不动。他弹一弹身上雪，进了屋，摘下礼帽，掏出两卷银元，对爹说："六年前，我带了六匹马来钉掌，没给钱。这，是我欠大伯的。另一卷是我的兄弟带给您的，这里还有他的一封信。"他说着，从折着的衣袖中抽出一页纸递给爹。爹抖着手去摸刚摘下的眼镜，我递给他。他读着信，手抖得更厉害，便交给我，背过脸去。我见是哥的字，泪水便迷住了眼睛。稀稀拉拉地只见"平安"二字，连忙叠起塞进怀里。这时爹镇定了些，回头把一卷大洋推给那人说："你们不欠我的，你们给了我一匹马，让孽种骑走了。告诉他，我一时半会儿还死不了，他要有良心就给他妈烧点纸吧。"那人向爹鞠了一躬，没收钱，就算弟兄们给老人尽孝了，说完，挪身出去了。我慌忙跑进屋，把一双毡袜和一件皮坎肩用蓝布一裹，追出去。见那人已跨上白马，牵着青马，小跑着向北去了。我撒腿就撵，也不敢喊。这时，听到一声口哨，从胡同里闪出一人，接过青马，低声唤荣哥。说了些什么，话听不清，声音有点耳熟。我跑到跟前，递上包，骑青马的人接过去，说了一句，"哥的事姑娘放心，可肖六有危险，跑吧。"我一下听出来，正是白天去二叔店铺那打板儿的花子。可那落魄相全没了，腰也不弯了，英武的汉子。那骑白马的叫他"杰"，他们策马奔去。我的眼泪又流了下来——哥哥走的时候就是这个样子。六年了，喜子就是那年生的。

"真是事事都不顺心，"英子姑转了话题，"肖家的人就想有势力，六子娘想让他当个官差，不想想儿子是不是那块料。这不是，卖了三垧地，买了个收税官。什么官，不过是小狗腿子。替日本人收出荷粮，在钱老二的手下。东大门外

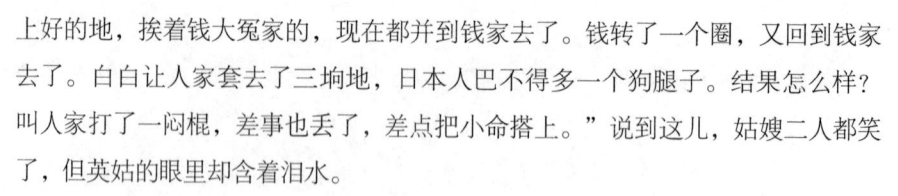

上好的地，挨着钱大冤家的，现在都并到钱家去了。钱转了一个圈，又回到钱家去了。白白让人家套去了三垧地，日本人巴不得多一个狗腿子。结果怎么样？叫人家打了一闷棍，差事也丢了，差点把小命搭上。"说到这儿，姑嫂二人都笑了，但英姑的眼里却含着泪水。

六叔挨打的事我在剃头房里听说过，事情是这样的：

河西的一个村子闹抗税，叫俩警察和他去平乱。最后，抓起一个头，关在下屋。两个警察吃酒，让他看着。结果不知从哪儿来了一杠子——人跑了，警察把他捆上了。可好，直到县里也没醒，手铐磨破了皮都不知道。后来家里又卖了两头大牲口疏通，才算了事。剃头房的人取笑他说，三垧地两头骡子换来一闷棍，肖六还是肖六。背地里，也有人说那是苦肉计。肖五就警告弟弟，回来别跟不三不四的人来往。领头的就是从山上下来的。

英姑叹罢气，低声对妈说："听说那人长相就跟那天挂马掌时放哨的人差不多。我真怕这事把爹也牵进去。我让六哥跑，他说，他走了，娘活不成。"

第二天清晨，县里来人把肖六带走了，警长和肖五全然不知。警长对二太太分析说，不会有大事，只不过拿肖六作钓饵。河西乱着呐，日本人要抓大鱼。

54 衙役肖五

衙役

"五哥,你请我吃饭,这不是黄鼠狼给鸡拜年吗?"丁盛喝了一口酒,嬉皮笑脸地说。

"你把我看成一匹狼也好,看成一条狗也好,哥今天说话,你得听。不为别的,为了大婶——你老妈。"肖五用筷子点了点丁二的鼻子。

"那是啥事?"丁盛多少有点镇住了。

"啥事?大事。我为啥在这儿说、这时候说?你看到了,何二把幌子都摘了,没有客人来,就咱俩。三哥警长要抓你当兵!当然了,这也不是他的主意,全县都算上,哥俩的必出一个。现在这命令还没公布,我先透给你,你说能让你哥去吗?"

"当兵好啊,有枪,你知道我爱摆弄那玩艺。"

"你混蛋就混在这儿了。你小子干啥事,从不为你娘想。你以为那当兵威风,你知道那国兵竟和谁打仗?你看,我们村有几个胳膊腿全着回来了?"

"唉?五哥,在集上你不是天天说,日满亲善,要保卫我们的王道乐土吗?"

肖五不理,夹了一大口菜在嘴里嚼着,又自斟了一杯酒灌下去。抹抹嘴,"我不说,你给我二斗米吗?你听水石先生讲,那个陶县令不为五斗米折腰,他是谁?他是地主。他能'采花东篱下,悠悠看南山',我能吗?我除了巴掌大一块园子,我的地在哪儿?我一个病老婆四个崽。"

"你们肖家不是坨村的大财主吗?"

"你妈,我叫大婶。她出身宋家,那宋家也有大财主,你家咋会落到这步?"

"我们丁家不能和你们比。你们肖家在大清、民国和如今的满洲都有官,你们是三朝元老。"

"说正经的吧，我今天找你，是让你做个选择。你是去当兵呢，还是去给烟馆打更护院？"

"那林三有啥道行？给他家护院就能不当兵？"

"这你就别管了，由他周旋，那烟馆名义上还是教会的嘛。我对你说，老二，这是上次林三来求我三哥提出来的。他是看中了你的武艺。"

"可我也不能对那些老娘们下手，她们来找她家的汉子，我能拦着吗？"

"谁让你管她们，摔几个烟灯算啥，大不了从烟泡钱里扣。林三要防的是夜里来的，放火抢劫的强盗。你斗得过就斗，斗不过报个信儿就行了。"

"我巴不得有人抢他，我还要分一份呢。"丁二嘻笑着。

"别胡扯，犯法的事干得？给你娘遭灾惹祸？别跟我说那些不在行的话。丁家世代是守法的生意人，你不怕坏了名声？"

"我是打心眼里不愿给林三当打手。"

"什么打手，你不过是看门，打工挣钱，你不是还给他锔过壶吗？"说到这儿，肖五笑了，"你到那儿，离教会近了，还可以护着你的干妹子，免得她受人欺负。"

丁二听了，严肃起来，"这事我得和俺妈、俺哥商量商量。"

肖五点头，感叹说："老二，你这话我爱听。什么事不能由着性子干。得想想亲人——亲人，是这个世上拴我们的一条绳。就拿我说，病老婆瘫在床上，我能扔下不管吗？前些时候三哥看我会办事，荐我去肖寨当巡警，虽说比在这儿跑腿强，可我能离得开吗？"

"你在这儿人熟了，好混。"

"人熟了，是啊，人是熟了！"肖五一仰脖喝了一口酒，有些醉意，"人都熟，可我没朋友，一个说心里话的人找不到。都是乡里乡亲，可人家防着你、恨你，骂你狗腿子。防你、恨你倒也好，可有事还要求你。"肖五苦笑了，"我又能干什么呢？他们不知道！你想那警长还听日本人呼来喝去，收粮、抓人，啥事能让你知道？泄密，那可是关系身家性命的。前些日子抓六弟，警长和我一点风声不知。全是县里来人干的，婶还训了我一通。头年驴贩老秦找我喝酒，还送我一包草药，从山里带来的，说是能治我家瘫子的风湿。过后，警长和我谈了好一阵，问我都讲了些什么，还问贩子进山的情况。我哪知道！你想，谁敢接近我？真的，一个说心里话的人都找不到。过年，我给土地庙上香，对土地唠叨一阵，不知让谁看到了，编了瞎话。"肖五醉了，瞪着无神的眼，望丁二，"他们编瞎话。说土地爷托梦，认我做干儿子。土地爷老了，跑不动了，难以在阴、阳两地和人、鬼之间周旋。找到我，让干儿子接班。有意思，真有意思。"肖五笑了，笑得那么怪异、开心。

"五哥你醉了，送你回家，酒钱我付。"丁二心里一阵难受。为自己的戒心和开头的话而自责。肖五摆手，"我这是替三哥办公事，林三出钱。"他指了指屋角那一桶油，"那是给何掌柜的。"这时掌柜何二进来了，对丁盛说："老二你回家吧，让老五歇一会儿。我把剩菜回回锅，给嫂子和孩子带回去。"

丁盛望了望座上苦笑着的肖五，离去了。

时局

就这样，肖五完成了他三哥——警长肖三交给他的任务：劝说丁盛去给林三当护院。

在那次林三与肖警长见面之后，林三给肖三送来一件貂皮裉子，表示两个人的君子协定启动了。肖三想了想，那最容易做的事，就是这一件。如果这事办成了，那是一石二鸟——一方面兑现了他的诺言，帮了林三的忙；另一方面，也为自己的地面剔去了一根刺。当然，单是丁老二，虽然他好打抱不平，能煽动群众，惹是生非，倒也不足为惧。可怕的是他背后的宋氏家族，老少几辈。如让他们抓住理，相互串通，麻烦就大了。谁知道他们和出走的承武——那西山的抗日军是不是有联系？当初，警长所以迟迟未动，是因为他没找到机会。他不愿让这事发生得突然，引起宋家和街头人的怀疑，认为他和臭名昭著的林三勾结起来算计宋家。现在机会来了。

就在我六岁那年的岁末，那是一个什么样形势呢？

1941年，日军在中国战线拉得很长。正面战场他们占领了华中华南大片领土，而且还投入了更大的兵力进攻我华北抗日根据地，实行所谓的"总力战"。日军加紧进行扫荡、清乡和蚕食，实行残酷的"三光"政策。

在东北，1939年10月伪军开始了"大讨伐"。抗日联军在极端艰苦的条件下坚持斗争。1940年2月第一路军杨靖宇将军在蒙江县牺牲之后，第三路军各支队还

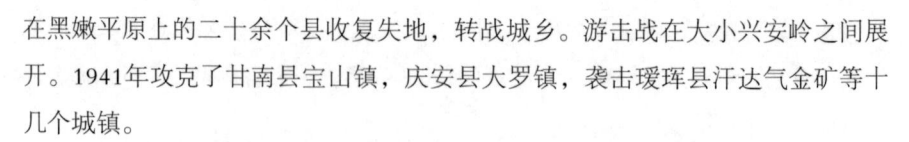

在黑嫩平原上的二十余个县收复失地，转战城乡。游击战在大小兴安岭之间展开。1941年攻克了甘南县宝山镇，庆安县大罗镇，袭击瑷珲县汗达气金矿等十几个城镇。

在国际上，1941年12月，日本由偷袭珍珠港开始了太平洋战争，他们为掠夺石油资源，不能不与英美争夺，于是，大量增兵东南亚。同时为防止中国军队南下支援在香港和缅甸的英军，日军又以重兵攻长沙，因受到顽强抵抗而败退。

日军感到严重的兵力不足，为配合关东军讨伐抗日联军而大规模扩充伪军，就是在这个背景下发生的。

在这种形势下，辽西山区的抗日武装处境艰难，他们不得不改变自己的斗争策略。有时集中起来打击小股的宪兵和伪军，有时分散到山区或河西乡村。河西，那儿由于盐碱滩多，土壤贫瘠，可耕地少，加之富豪兼并，官府盘剥，百姓困苦不堪。这儿历来有抗暴抗税传统，成了抗日武装的温床，也是义勇军的发祥地。

时局演变到这种地步，日本走上了扩大战争以战养战的不归路。这就不能不加紧对占领区的人力、粮食和财物的掠夺，而这又恰恰驱使没有活路的贫苦人民走上抗日的道路。这是历史的铁的逻辑：侵略者培养着自己的"掘墓人"。

斗争的激烈，使得辽中的统治者的策略发生了微妙的变化。一向以怀柔手段自诩的小原不得不交出宪兵队长的大权给他的副手强硬派板田武夫，自己单做县长。

所有这些时局变化，如风吹云影投向这个夕阳下的古堡，直接影响着小镇坨乡各种势力的角斗。

"丁二啊，丁二，你一天乐呵呵的，唱着小曲，你以为自己什么都清楚？是非分明？你嘲笑肖五滑头滑脑，背地里还说人家狗腿子。可你能掏心窝子给一个骂你的人排解忧患吗？"从饭馆出来，丁二这样自语着，"你要有一个病老婆，一年三百六十天，你能天天背着她出来晒太阳吗？你能不计较别人的脸色，人家再来求你的时候为他办事吗？"由此丁盛又联想到了其他，"咳，你这个自以为是的家伙。你觉得自己是个侠客，是武松，可你有承武哥那气魄吗？铁匠锤一丢，打鬼子去，真刀真枪。你觉得自己是孝子李魁，懂得掏出两个鸡蛋给娘吃，可你知道娘心里想的啥？你爱妹妹，可你把她逼到修道院去了。啥事哥丁茂都用心里滤算，找朋友闫兄讨论。你可好，出马一条枪。街面的人为你叫好，背地里说你炮筒子。唉！丁二啊，你都二十好几了。五哥今天说的事，你真得好好想想，不能像上次回林三那样。"

丁盛这样检讨着，决定要和哥找好友裁缝闫兴奎，好好议一议肖五的建议。

肖五

掌灯了，宝子不愿回家，要和爷爷在铺子里睡，便跟妈到茶馆来混。卢婶教妈打毛线活儿，那时在小镇刚时兴。爸爸要出狱回家了，妈要给他织一件毛衣。在茶馆的里屋桌边还坐着三个人：隔壁丁家兄弟和裁缝闫叔闫兴奎。他们在议事。卢婶和妈做活儿聊天是给他们放哨。若是有闲人来喝茶，便把他们支走。

丁盛把肖五找他的事对闫叔说一遍，丁茂补充说：
"娘担心，林三干坏事，得罪人多，如有人暗算他，防不及。"
"说好了，我只管打更护院，不保镖。"丁二说。
"说是这么说，拿了人家的钱，能不管人家的安全？"哥哥还是心存疑虑。
"多想想，林三到底要干啥？"闫叔一向谨慎。
"肖五哥说话那神情不像是坏主意。我今天还是真有点感动了。"
"肖五坏不坏，看对什么人。我们丁家、宋家没亏待过他。他家没劳力，媳妇瘫在床上，修修补补的活儿，我们和木匠胡四哥没少帮他忙。肉铺我舅对他更是多有照顾。"丁茂是个把人情装在心里的人，平时不说，现在是在分析问题。
"那倒是，可林三有啥计划他不会和警长讲，更不用说肖五了。"闫叔还是在疑惑。
"秋天，给他送泥壶的时候，他就提过护院的事。当时我没答应。"丁盛说。
"走一步看一步吧，总比当兵好些。老二跑远了，娘和我都不放心。"
"护院是真的，边外好多汉奸恶霸让人放火。另一方面，他管烟馆不得人心，想拉拢一些家族，维持人缘也是有的。"闫叔这样分析，又说，"不过二弟，凡事你要多动脑子，拿不准的差事不出头。别让人当枪使，给自己招灾惹祸。"

裁缝闫叔比丁盛大，比丁茂小一岁，哥仨都是心地善良的人。心地善良常常不以恶意度人，想象不出林三此举会有什么邪念——有钱人家请人护院，在那年月也是常事。于是他们又议起肖五的滑。

裁缝说："你若是担他那角色，也不得不滑。有一次，日本人叫他们下去催粮，警察所人手不够，警长让他跟去。他把媳妇背到所里了。警长说：'你这是干啥，我本来想给你一个机会立功，不然咋能升上去？'他一脸苦相说：'三哥，我若是让人打断腿，家里就两个瘫子了。你让孩子怎么活？'就这样，当了五年衙役，也没升个巡警。"

"别看是衙役那也是警长的心腹。打仗亲兄弟，上阵父子兵。"丁盛说。这时卢婶进来倒水，接丁二的话："虽然他们是堂兄弟，也未见一条心。肖家，三、五、六，仨人三样……"话到唇边，她脸一红不说了。回到外屋，她才讲起一件事。

"二妹，"她压低声音对妈说，"我给你说说肖氏兄弟的一出戏。戏里也有我。"她迅速瞥了里屋一眼，诡秘地一笑，"今年四月庙会大搜捕，你还记得？"

"记得，那一天宝子奶奶带他在集头子转。耍大刀的给抓去了。那天不是侯五干妈叫一个姑娘认走了吗？"

"对，就是那天，四月十八。晚上，肖六来了。我对他说，真得谢谢你五哥，提前透信，你看，今天，大庙、饭馆、车店到处抓人，连我这茶馆也来了。柳三若在，也难逃一劫。你猜，他说什么？"

"说啥？"

"小六子笑说，算柳三运气。日本人抓兵怎会让五哥知道。那他是吓我？我问，他笑而不答，吟起诗来。我也没往下问，后来我从英子嘴里套出来了。六子不是和英子好吗，无话不谈。你那妹，铁匠大爷女儿。"

"我有耳闻。咋的？"

"警长看上我了，他嫉妒小柳，让肖五把他赶走。"

"那么说，警长为啥不把柳三抓起来呢？"

"是啊，后来我把事挑破了，问肖六。小六子又笑了，胡诌了一句诗，对我说，'讲到这儿，你可要感谢五哥了。'老三看小柳不顺眼，对老五念叨说'他来路不明'，要报上去。老五劝说，柳三唱小曲大家爱听，你抓他犯众怒。我听肖六这么说，就问：'你三哥是警长，就那么听肖五的话？'肖六解释说，这与形势有关。日本县长小原唱'王道乐土'，愿市面上升平。听说茨坨有说拉弹唱的人才很高兴，表扬警长，还让胡四父女去表演。在这种形势下，他得想想老五的话。后来风紧了，五哥才叫我告你，让小柳赶紧走。"

"这么说两方面的原因都有了？让小柳走。"妈问。

"唉！是这样。"卢婶又想起了当时的情景。"柳三走后，警长经常让我送水。茶沏上了，又和我聊天。说我一个人不易，劳累又孤单。说他自己也太辛苦，日本宪兵和镇上的乡亲都得应付。家不在，没有个温暖。讲些让女人心软的话来挑动我。我哪敢得罪他，只好敷衍。他又讲些桃色案子，他经手的。说他如何关爱女性，为风尘女子辩护。他支起二郎腿，拖出怜香惜玉的腔调。我只好推说生意忙，走了。下次送水，又是这样缠着。肖五见了，着急，找六弟谈，说我一个寡妇，挑门做生意，坏了名声，咋在集上站脚！小六子听了，便去和妈说。容氏把警长叫去了，以族中长辈身份教训他。她还流着眼泪说，肖家这么大的财产仗着他的势力护着，他该兢兢业业做公差，检点自己的生活。她告诫他说，盯着他那位置的人多着呐。"

"婶的话，他也许会听。"妈这样说。

"肖三一面辩解，一面唯唯诺诺。"

"肖老爷死后，他对婶可殷勤了。我们是街坊，都知道。"

"他们年龄相仿，有那心思，也是图她财产。但是他不想离开他老婆，人家也是财主。他想两边都牵着。容氏怎会答应？现在不过是相互利用罢了。"

"肖五怀念他叔。肖老爷生前许下愿，说等把土地庙那块地谋过来，给东院（肖五家）划个园子。"

"难怪肖五老给土地爷烧香。街头人说他是土地爷的干儿子。笑他在日本人和百姓间调和，像土地爷跑阴阳差。"说到这儿，两个妇女都笑了。

里外屋的人还都在谈，那个叫宝子的孩子熬不过了，便跑过街，跑到斜对面的铺子里，一头钻到爷爷的热被窝里去了。

寒风扫过街面，一弯冷月照着这个苍凉的古镇。战乱时光，不眠的人在苦想，睡着的人也做梦。他们都战战兢兢守护着房前房后，那属于自己的一小块生活空间，小心地度着他们被奴役的岁月。

55 瞎子何三

在《柳堤埙音》里讲了一个瞽者给两个苦命女人算命的故事。那瞽者是何三，两个女人是吴姨和我母亲。且不说这位失明者预言的准确性，连我们这些睁大眼睛的人都不知来日的祸福，又怎能苛求于一个瞎子呢。

在那寂寞的偏僻的河村，一个有着沉重的心理负担的女人，能找到一个说话人，吐一吐心中郁闷已经不错了，何况这个人还谈得来命理学说呢。当然，关于那些五行论命的言词，女人们是难以理解的。但也正是这些神秘的呓语启迪了她们的想象，她们便也就以自己善良的推断化解了那胸中的块垒。人，不都是这样嘛！

在那里我讲了，瞎子住河东的时候常到庙上来和金外公聊天。金外公便拿出他多年收集的旧黄历，结合干支纪年给他讲时局大事和自然灾害，诸如日俄战打旅顺，孙中山创建民国，宣统逊位，直奉战、奉直战，老道口炸大帅，辽河发大水，康德立满洲，奉天闹瘟疫……瞎子很感激。他说："在残废中最可怕的残废就是瞎子，看不见就什么也不知道。我天天吹《茉莉花》，什么是茉莉花？原来它很香，不是伤心的曲儿！可我就是用这伤心的小曲想一切事的。想我的恩人，牛先生教我背命书的话，我才有了混饭的本领。可是，先生是什么样？对我只是声，绵绵的声。他死了，变成了伤心的曲儿。"

那一幅令人沉思的图画：

一个赤足童子，左手牵一根竹杆，右手提一面小铜锣。竹杆的另一端挂在瞎子的左肘，瞎子两手捏着他的"壶芦头"（埙）。主仆二人走在长长的柳阴堤上。伴着流水声我们听到：

> 好了一朵茉莉花，开哟～

"铛——铛——"

他们渐行渐远了，那小曲也许还留在您的记忆中……

现在就让我来讲一讲何三的故事。就是那个我们把命运的预卜寄托给他的人，一个终日为简陋的生活而奔波，衣食无着的"先知"。那是苦难的年代——如果自嘲能使人们得到解脱，让我来讲一讲他……

冬月里白天短，吃过晚饭就黑了。妈妈怕爷爷在家喝闷酒，就说："爸爸，带孙子去剃头房听听故事吧。"爷爷装袋烟牵着我走了。

剃头房就是徐伯的理发店，正好在十字路口的东南角，隔街与我家的肉店相对。他那三间铺面房两家合着用，另一家是谢二伯开的裁缝店，闫叔在那儿做成衣活儿。他是肖寨人，没带家眷，晚上便和徐伯的小徒弟睡在里间的小屋里。外屋是店铺占了两间半房，东墙上挂着两面大镜子。一张长而窄的条桌上放着理发工具，两把转椅对着镜面。没人剃头的时候，我爱坐在上面转着玩。徐伯望着我笑，闫叔说转一圈一个猪蹄，都记你爷爷的折子上。西墙下放一个长靠背椅，还有几个方凳散在屋间，屋里的木制家俱全是胡四伯翻修过的，南面是一个大大的裁缝案子。夏天我听肖六叔唱唱本会睡在案子上，叔叔或三叔便把我背回家去。店的门临街开在北边，冬天挂一个厚厚的棉帘子，里外都蹭得油光光的，中间夹一条木板。一掀帘子，热气扑面而来，屋子中间有一个火炉。冬天赶集的，即使不剃头有时也到屋里暖暖手。十里八村，徐伯有一个好人缘。

常来这里聊天的有画家水石先生、才子肖六、民歌手我三叔承模、游民侯五还有木匠和我爷爷，当然来得最多的还是我。牛老中医和了因和尚有时也来坐坐。

遇到水石先生讲《今古奇观》，什么《杜十娘怒沉百宝箱》、《乔太守乱点鸳鸯谱》时，或者肖六唱子弟书，什么《忆真妃》、《红梅阁》、《凤凰钗》、《全德报》、《宝莲灯》、《黛玉悲秋》之类时，卢婶也提个小凳过来坐在后面，这位苦命的妇女爱听悲欢离合的故事。如果瞎子何三在这一带算命，他是一定要来做客的。他还常常把施主们酬谢他的花生瓜子提来，给大家打牙。

这间小屋子，这个——用现在的话来说——小镇的沙龙，对一般人算是消遣，对瞎子来说却是课堂。他不能观察、不能读书，却要为他人预卜命运，指点迷津，这无疑是一个讽刺，是一个无可奈何的、对他和别人都是辛酸的讽刺。他感到了这一点，因此他渴望借助别人的眼睛增加自己的阅历。他把剃头房里的这些聪明人当成老师，跟他们学习社会，了解人生。

　　一般说来，这些人的谈话没有什么固定的主题。除了讲古论今，也说三里五屯的新闻：哪个财主家的场院着火了，那个土壕的孩子被绑票了，哪里的穷人被抓劳工了，谁家的闺女悬梁上吊了……何三在这里听故事，有时故事中的人物会成为他"顾客"。由于事先了解了一些情况，他对当事人的慰藉也便有的放矢了。有时候何三也将自己算命的案例说给大家，他们也七嘴八舌地评说。那年月，一般人都相信"八字测命"，但由于这屋子里的人生活态度不同，对命理之言便也有不同的反应：侯五是个乐观的人，送走今天的日落，不问明朝的吃喝；徐伯更是过着平静的日子，风朝雨夕都是琴上的音乐；爷爷是个宿命论者，但他是个内向的人，只在自己的心里忍耐凄苦的体验，从不找人评说；唯裁缝闫叔，凭职业习惯，爱作细致的讨论；而水石先生，则劝瞎子宁可少说，也别取悦于人。这位儒者引用了他的圣人在《论语》中的一句话，"乡原，德之贼也。"为了多得几个赏钱而讨好别人，胡说一通，是算命先生的通病。

　　那一天，何三在讲他自己的身世。我和爷爷一进门，瞎子住口，站了起来，"是二叔吗？"

　　爷爷笑着，咳嗽了一声。

　　"二叔，我正想找你。我要在茨坨和邻近的村转几天，还得睡你老肉店的热炕了。"

　　"那有什么，让侯五早晚看看火就行了。你一个人我不放心，这次谁给你拉杆呢？"

　　"师父给我找了一个老乞丐，三台子老林头。"

　　"了因和尚可真操心！你接着讲吧，我也听听。"

　　"咳！二十年前的事了……"

　　下面就是瞎子何三的故事。

何三，茨坨北街人，生来就双目失明，父母又双双早逝，五六岁就跟着爷爷过日子。高老道（那年二十左右）看这祖孙二人着实可怜，便叫孩子去学乐器，指望着稍长一些和他们一起去作道场。

"道场"原指释迦牟尼成道之处，后泛用于佛家礼拜、诵经、祭祀、布道之类的活动。再后来，中国土生的道教也沿用此称，更其十者是到了我的家乡，道场成了道士演奏的音乐会。而道士又是"伙计道"，他们和俗人一样，可以娶妻生子，只在人家办丧事时从容穿上道袍，组成乐队。一想到这些人在演奏刚一结束，便应主人的召唤匆匆奔赴酒宴的情景，怎能不对"道场"那神圣的原旨感到悲哀呢！

当乐队把这个小盲童带出去的时候，有些办事的人家出于可怜给一点施舍，有些人家却不太如意。乐队的人也觉得带一个瞎子小孩去应约，有点像乡间老妪吃酒席拖着个流鼻涕的孙儿。于是小孩被打发了。无奈之下，他便在街上吹埙乞食。直到他十三岁那年，民国十四年，郭军反奉那个冬天，坨镇来了一位青年高僧了因和尚，在庙上当了方丈。和尚在集上转了一圈，过两天就把瞎子收了去。又过些时日，给他找了一个算命师父。此人姓牛，是中医牛老头的堂兄。他可不是瞎子，是一位饱学先生，早年教私塾，后来又钻研起"子平术"来（唐李虚中和五代徐子平是命理学的开山始祖）。

一个冬日的下午，在禅房里，了因和牛先生分坐在桌子两边，盲儿在和尚身边立着，火炉上煮着茶。和尚引孩子给先生跪下，复又端起一杯茶，敬道："我知道先生是为学术而研究命理之说的，现在请先生教孩子算命术，未有不敬之意，但求先生给盲儿一碗饭吃。他今年才十三，祖父已逾六旬。试想，尔后数十年漫漫黑暗岁月，他何以谋生？谁人相伴？"和尚说到这儿，孩子已泪如雨下，顿首不已。

这时先生站了起来，激动地说："牛某无才，误人子弟，怎敢妄言祸福，殃及乡里？然今日事，你我之心可昭日月。为不为者，人也；遇不遇者，时也。就这么干吧！"言毕，先生挽起盲童。

就这样，瞎子拜师，学了算命术。

了因还给孩子起了个入世的名字叫"所思"，但与他的姓连起来念却耐人寻味——何所思。几年后，在实践中他的本领大有长进，人们便昵称"何半仙"。

对于"算命术"瞎子何三深信不疑。因为他没有知识不懂科学，更无丝毫的逻辑能力，不会辨真辨伪，因此他对人命运的解说是真诚的。他的愚蒙和宗教式的虔诚常常能感动那些问卜者。而他的师父却刚好相反，走上了回头路：由于书读得多了，更由于感到导引这个纯洁的羔羊探寻茫茫的命理之术责任重大，思想便越发游移谨慎起来。

晚年在病中，他把徒儿唤到床前，语重心长地说："我因助你谋生，引你走上这条道路；然而，天机难窥，人命无常，算命术深不可测……且众说纷纭，你将来难免受到诘责。尔后，凡事，推测不可过于执着，言词不可过于激烈……"说着，先生拿出一本手抄《中庸》继续道，"此书你不能读，请了因方丈代我讲解吧。"

瞎子接过，揣入怀中，跪拜下去……

算命

命理，这是伪学。但在小镇风情里，作为民俗，不妨讲一讲。

这些算命术将人出生的年、月、日、时（时辰）称为四柱，每柱都用中国的干支纪时法表示。这种纪时法是将天干（甲、乙、丙、丁、戊、己、庚、辛、壬、癸共十个字）和地支（子、丑、寅、卯、辰、巳、午、未、申、酉、戌、亥共十二个字）搭配起来。天干在前地支在后，并保持各自的顺序不变，循环配对，如"甲子""乙丑"……"癸亥"。共有六十个组合码（称六十——甲子）。这样，每柱用两字标记，四柱便标记成了八字。接着命理学说的魔术就开始了，它首先将干支码映射为阴阳五行（金木水火土）。

这天干地支与阴阳五行是怎样联系的呢？说起来也十分便捷草率，全是硬性规定，如天干地支逢单为阳，逢双为阴；至于它与木、火、土、金、水的关联更为省事，那办法是天干每两个，地支（基本上）每三个配一个五行的字，依次排列，如木配天干的甲乙，配地支的寅卯辰；火配天干的丙丁，配地支的巳午未……在这里，甲乙虽都与木配，但含义略有不同：甲木是栋梁之木，乙木为花果之木；丙火乃太阳之火，丁火为灯烛之火……这些全是杜撰人的规定，有的略为附会，有的不着边际，然而，这却成了预测一个人命运的依据！

命理说的另一步跳跃，是用阴阳五行解释人的命运。

古人认为，阴阳五行是组成万物的元素，它们有确定的相生相克的关系，如金生水，水生木，木又生火；木克土，土克水，水又克火等。我们且不去评说这些朴素但缺乏确切含义和科学依据的说法，单是看命理说把五行的生克和它们在四季中的兴衰运移影射为人的的命运，把我们这些在地球上直立多年，能舞枪弄棒、驱牛使马的人，分解到元素一级来演译预测，岂不滑稽！

再说生辰八字，每字都有五行之一与之对应。这样，人就成了五行共处相生相克的矛盾体。怎样理解这种关系？

命理学的五行论命多是以日柱为主，且侧重日干，结合另外三柱综合判断。这里就有一个问题：其他三柱影响到何种程度？它们分别以何等的权重又以何种算法参与命运的结论？由于这些没有也不可能有明确的规定，于是这便给算命先生留下了任意解释的余地。同时——更重要的是——为算命不准确、逃脱谴责留下了避难所。如果错了，那是算命人解释的问题，你没法说明它理论是错的——不能证"否"，命理学成了诡辩论。

在命理学说的逻辑中一切结论都是从一个人的"八字"推出来的，这不仅使人要问，在这大千世界的芸芸众生中，在同年同月同日同时（一个时辰为两个小时）生的何止一两人，难道冥冥之中注定了他们有相同的命运？不幸，这个问题恰好被瞎子何三碰上了，真有相同生辰八字的两人：一个是三台子问命的财主、烟馆林三林华荣，一个就是给这财主算命的瞎子——何三本人。

那财主在过足了烟瘾之后，小老婆拿开烟灯。他坐起来一拍脑门，忽然想要问问自己的前程，便把在街上吹埙的瞎子唤了进来。那时瞎子还没有引路童子。他弓腰走进屋里，他虽然看不见，但凭走在这深宅大院的感觉，室内的声音和气味，便知道这是一个富贵之家。命算完了，瞎子走出院来，掂着手里沉甸甸的银元，真是感慨万千。他用探路的竹杆在地上敲打着走了一会儿，摸索着在一块石头上坐下来。秋日暖洋洋的太阳晒着他的脸，而北风透过夹袄上的破洞吹进丝丝的凉意，他知道秋天过后就是冬天了。这时他又从口袋里掏出他的埙，吹起了《茉莉花》。细心的听众定会发现，那曲调里，就在那回环不断的尾音里又多了几分悲凉。

随后，他把自己的苦闷和困惑讲给了因和尚（那时他的祖父和恩师已先后谢世）。他还讲了，有一次他给一个财主的女人算命，钱没得到，还让她丈夫拿棍子赶了出来……

和尚没有给他什么安慰和回答，只悠悠地说："算命主要的是为人释怀，你学'牵进拔出'目的是什么？拔出是术，释怀才是爱，佛门之爱。算命抽签都是为世人警示邪恶，排解忧愁。"

和尚说的"牵进拔出"法是算命者用话套出问卜人心中的疑团，看他关心什么，症结在哪里，然后再慢慢地通过对话盘出问卜人产生这些心病的经历和底细。这种揣摩问者心理的方法，是一种算命的伎俩，在算命先生中很流行。这是对八字推理的一种讽刺。

瞎子在告别和尚的时候，这位对他有养父之恩的出家人对他说："如今你有了一点积蓄，成个家吧，好歹有个照应。"

那时他二十八岁，经人介绍便和东年余泡的一个无儿无女的寡妇同居了，寡妇三十岁。我的一位族中叔叔，因为小时候和哥哥在庙上当过香火和尚人称活佛二秃，那年他十五六岁，是瞎子的难兄弟。他得知此事之后，在瞎子的背上击了一掌，问道："瞎子，你和她好，批了八字没有？"

何所思密密地眨着眼，笑而不答。

自从与和尚谈话之后，瞎子又回想起师父临终前的遗嘱，深深地反省了一番。此后他给问卜者批八字，算流年大运，更灵活圆通。他还常常讲起自家不幸的遭遇，和求卜人聊天，运用他十几年算命的案例替人排解忧愁，劝人向善，引导"患者"（也许我可以这样称呼那些求签问卜的惑者）吐露心声，宣泄郁闷。有时对那些穷人，他还不收或少收他们的费用。久之，在十里八村他成了许多人的朋友，他正在由一个算命的江湖术士向一个——用现在的话来说——心理医生转变……

瞎子讲完了，水石先生叹息说："我们何氏家族已是日渐凋谢了。我们这一支不用说了，连独一处二楼大侄儿那儿也要混不下去了，和肉铺是一个难处，债务拖累。独所思侄儿，悠悠地吹他的埙，竟比我这睁眼叔叔少几分忧愁。"

听了何三的故事，夜已二更。爷爷领我回家，掀开剃头房的门帘，一股寒气袭来,他返身取了一个褂子裹在我身上。天上是寒星,地下是积雪。爷爷的烟袋锅一闪一闪冒着火星,他牵着我的手不说话。从那沉重的脚步中我能猜到,他又想起了爸爸和家族的命运。